Uma noite com
Marilyn Monroe

LUCY HOLLIDAY

Uma noite com Marilyn Monroe

Tradução
Thalita Uba

HarperCollins *Brasil*
Rio de Janeiro, 2016

Título original: A NIGHT IN WITH MARILYN MONROE

First published in Great Britain by HarperCollinsPublishers 2015
Copyright © Angela Woolfe writing as Lucy Holliday 2015
Lucy Holliday asserts the moral right to be identified as the author of this work. A catalogue record for this book is available from the British Library.

Direitos de edição da obra em língua portuguesa no Brasil adquiridos pela Casa dos Livros Editora LTDA. Todos os direitos reservados. Nenhuma parte desta obra pode ser apropriada e estocada em sistema de banco de dados ou processo similar, em qualquer forma ou meio, seja eletrônico, de fotocópia, gravação etc., sem a permissão do detentor do copyright.

Esta é uma obra de ficção. Os nomes, personagens e incidentes nele retratados são frutos da imaginação da autora. Qualquer semelhança com pessoas reais, vivas ou não, eventos ou locais é uma coincidência.

Contatos:
Rua Nova Jerusalém, 345 — Bonsucesso — 21042-235
Rio de Janeiro — RJ — Brasil
Tel.: (21) 3882-8200 — Fax: (21) 3882-8212/831

CIP-BRASIL. CATALOGAÇÃO NA PUBLICAÇÃO
SINDICATO NACIONAL DOS EDITORES DE LIVROS, RJ

H685u

Holliday, Lucy
　Uma noite com Marilyn Monroe / Lucy Holliday ; tradução Thalita Uba. - 1. ed. - Rio de Janeiro : HarperCollins Brasil, 2016.
　272 p. : il. ; 23 cm

　Tradução de: A night in with Marilyn Monroe
　ISBN 978.85.69809.82-1

　1. Ficção americana. I. Uba, Thalita. II. Título.

16-32819　　　　　　　　　　CDD: 813
　　　　　　　　　　　　　　　CDU: 821.111(73)-3

Agradecimentos

Um "muito obrigada" colossal a Kate Bradley, Charlotte Brabbin, Ledger, Kate Elton, Clare Alexander e a todos da HarperFiction. Um "obrigada" igualmente colossal a meus pais e a Josh, sem os quais este livro nunca teria sido escrito.

Prólogo

Mensagem por WhatsApp 5 Set 10h17 para: Nora
A banquinha do Heathrow tinha um exemplar da revista You & Your Wedding!!! Página 84, né? Vou dar uma olhada agora. Bjo

Mensagem por WhatsApp 5 Set 10h19 para: Nora
Vestido marfim enviesado, com mangas de renda?

Mensagem por WhatsApp 5 Set 10h20 para: Nora
Adorei! Ficaria perfeito em você. Me avise quando quiser que eu vá para Glasgow, para irmos comprar coisas de noiva. Vou embarcar a qualquer momento. Bjo

*

Mensagem por WhatsApp 5 Set 10h26 para: Cass
Não, Cass, não posso me encontrar com você no setor de calçados da Selfridges em 5 min.

Mensagem por WhatsApp 5 Set 10h27 para: Cass
Porque estou entrando no avião para Miami.

Mensagem por WhatsApp 5 Set 10h28 para: Cass
Com o Dillon.

Mensagem por WhatsApp 5 Set 10h29 para: Cass
Sim, tudo bem, me encontro com você no corredor de calçados da Selfridges depois que voltar.

*

Mensagem por WhatsApp 5 Set 10h30 para: Mãe
Pelo amor de Deus, mãe, é claro que não estou me mudando para os Estados Unidos para casar com o Dillon. A Cass obviamente entendeu errado, como sempre. São só férias.

Mensagem por WhatsApp 5 Set 10h33 para: Mãe
Não, mãe, não pensei no que eu iria responder se ele me pedisse em casamento porque ele não vai pedir. Só estamos juntos há três meses.

Mensagem por WhatsApp 5 Set 10h34 para: Mãe
Não, mãe, não tenho medo que ele não vá comprar a vaca por estar ganhando leite de graça.

Mensagem por WhatsApp 5 Set 10h35 para: Mãe
Além disso, preciso dizer que essa é uma visão bem antiquada de relacionamentos.

*

Mensagem por WhatsApp 6 Set 13h02 para: Nora
Paradisíaco. Bjo

Mensagem por WhatsApp 6 Set 13h03 para: Nora
Tudo. Hotel. Vista. Comida. Ele. Bjo

Mensagem por WhatsApp 6 Set 13h05 para: Nora
Agradeço a preocupação, mas não se preocupe. Não estou me apaixonando por ele. Nem eu sou idiota a esse ponto. Bjo

*

Mensagem por WhatsApp 7 Set 18h08 para: Olly
Oi, Ol, eu não sabia que você sabia que eu estava aqui!! Sim, eu vi a previsão de furacão. Mas deve ser só depois

de amanhã, e nós vamos embora amanhã de manhã. Ligo quando chegar. Alguma novidade quanto ao empréstimo do restaurante? Bjo

*

Mensagem por WhatsApp 9 Set 11h13 para: Nora
Não cheguei em casa ainda, não. Alguns pequenos contratempos nesse sentido. Estava me perguntando: você sabe se é fácil voar dos EUA para o Reino Unido, sem passaporte?

Mensagem por WhatsApp 9 Set 11h18 para: Nora
Esse é um dos pequenos contratempos. O Dillon está com o meu passaporte.

Mensagem por WhatsApp 9 Set 11h19 para: Nora
Esse é outro pequeno contratempo. Não sei onde o Dillon está.

Mensagem por WhatsApp 9 Set 11h20 para: Nora
Porque na nossa última noite no hotel, ele encontrou uma pessoa que conhecia, e acabamos em uma festa aleatória em Coconut Grove. Tivemos meio que uma briga, então fui embora. Esqueci que os passaportes estavam com ele.

Mensagem por WhatsApp 9 Set 11h21 para: Nora
Porque ele não voltou para o hotel, e eu não o vejo desde então.

Mensagem por WhatsApp 9 Set 11h22 para: Nora
Ele não está atendendo o celular.

Mensagem por WhatsApp 9 Set 11h23 para: Nora
Não, Nora, não me esqueci do furacão.

*

Mensagem por WhatsApp 9 Set 11h27 para: Olly
Obrigada por mandar mensagem, Olly. A Nora obviamente está mantendo você informado. Mas não posso fazer check-in em outro hotel, sem passaporte.

Mensagem por WhatsApp 9 Set 11h29 para: Olly
Já tinha saído do outro antes de perceber que o Dillon não tinha dado as caras. Além disso, o quarto mais barato saía a 800 dólares por diária. E agora o hotel está totalmente lotado de moradores locais, que estão fugindo de suas casas, apavorados, antes que venha o furacão.

*

Mensagem por WhatsApp 9 Set 11h42 para: Cass
Não, Cass, não posso levar um monte de hidratantes Kiehls para você.

Mensagem por WhatsApp 9 Set 11h46 para: Cass
Sim, eu sei que o dólar vale menos que a libra.

Mensagem por WhatsApp 9 Set 11h48 para: Cass
PORQUE ESTOU PRESA EM MIAMI, SEM PASSAPORTE, SEM QUARTO DE HOTEL, COM 26 PILAS NA CONTA CORRENTE, EXATAMENTE 17 DÓLARES NA CARTEIRA E TEM UM FURACÃO SE APROXIMANDO.

*

Mensagem por WhatsApp 9 Set 18h53 para: Nora
Crise solucionada!!! Estou passando a noite alojada dentro do estádio do Miami Dolphins Football.

Mensagem por WhatsApp 9 Set 18h55 para: Nora
Está tudo bem, mesmo. Todo mundo está sendo muito simpático. Encontrei uma família legal do Arizona que me emprestou um saco de dormir e está fazendo cachorro-quente para mim na churrasqueira portátil. Para falar a verdade, tudo está bem divertido e animado no momento!

Mensagem por WhatsApp 9 Set 18h57 para: Nora
Não. Ele ainda não está atendendo o celular.

Mensagem por WhatsApp 9 Set 19h01 para: Nora
A briga? Não foi nada.

Mensagem por WhatsApp 9 Set 19h06 para: Nora
Sim, sim. Foi porque ele estava paquerando outra menina.

Mensagem por WhatsApp 9 Set 19h08 para: Nora
Modelo de biquíni norueguesa, mas não acho que isso seja realmente importante agora.

Mensagem por WhatsApp 9 Set 20h44 para: Nora
Certo, estou começando a desconfiar que essa pequena e adorável família do Arizona talvez faça parte de um culto apocalíptico fanático ao qual eles estão tentando me converter.

*

Mensagem por WhatsApp 9 Set 21h22 para: Olly
Estou bem. Preciso admitir que está ficando um pouquinho assustador aqui agora. Os ventos estão começando a fazer um barulho danado do lado de fora do estádio. Pode ser que eu também tenha me juntado acidentalmente a um culto apocalíptico fanático. Pareceu um preço pequeno a se pagar por um saco de dormir e um cachorro-quente na hora, mas estou começando a me arrepender feio.

*

Mensagem por WhatsApp 9 Set 22h23 para: Nora
Caraca, Nora, está ficando bem assustador agora. Os ventos estão aumentando. Pessoas chorando. Rezando. Não só os apocalípticos fanáticos, mas pessoas normais também. O sinal está falhando. Mando mensagem assim que puder. Te amo. Desculpe por tudo isso. Bjo

*

Mensagem por WhatsApp 9 Set 22h26 para: Cass
Cass. estou bem no meio do pior furacão que atingiu a Flórida nas últimas duas décadas. Não sei quando vou sair daqui, se é que vou conseguir. Então, não, não posso encontrar você na Selfridges hoje para comprar sapatos.

Mensagem por WhatsApp 9 Set 22h29 para: Cass
Não, Cass. Isso não se classifica, nem de longe, como um desastre.

*

Mensagem por WhatsApp 9 Set 22h31 para: Olly
Te amo, Olly. Bjo

1

Foi um grande acontecimento, na noite passada, quando minha avó bateu na porta do meu quarto de hotel e me entregou uma caixa contendo dezessete camadas de lenços e, debaixo delas, seu véu de noiva. Um acontecimento gigantesco, para falar a verdade.

Ela não é a avó mais calorosa e amável do mundo — ninguém, do lado do meu pai, é caloroso e amável; na verdade, pensando bem, ninguém do lado da minha mãe é muito caloroso e amável também —, mas eu sempre a idolatrei um pouquinho. O fato de ela ter entregado seu véu de noiva para mim... Não para alguma das filhas dos irmãos do meu pai, mas para *mim*... Bem, fez eu me sentir especial. O que foi legal, para variar um pouco.

E, tudo bem, eu teria me sentido ainda mais especial se ela não tivesse acrescentado, depois de me observar abrir a caixa:

— Eu daria o meu vestido de casamento a você também, Libby, querida, mas receio que você não tenha uma cintura *tão* fina quanto eu tinha quando o usei.

Mas mesmo assim. Um acontecimento e tanto. Um símbolo da estima da minha avó superglamourosa.

E tem também o fato de que o véu é absolutamente deslumbrante. Falando sério, eu não iria, de jeito nenhum, conseguir encontrar nada parecido em nenhuma loja de noivas em todo o país: costurado à mão, renda marfim claríssima, com uma parte fina na altura dos cotovelos para cobrir o rosto na frente, e uma cauda de quase três metros atrás. (Minha avó se casou na igreja de um pequeno vilarejo no condado de Shropshire, onde nasceu, mas copiou todo seu look de noiva de seu ídolo do cinema, Grace Kelly, por isso o véu dramaticamente longo, carregado pelo corredor da igreja por suas — oito — madrinhas). O véu consegue *me* deixar deslumbrante, e não apenas porque a renda fina que cobre meu rosto é o equivalente a besuntar a lente de uma câmera com vaselina para deixar as imperfeições desfocadas. Alguma coisa no caimento do véu, na maneira como meu cabelo está meio preso para acomodá-lo, o tom marfim lisonjeiro, talvez... Qualquer que seja o motivo, me sinto um pouco atraente, para ser sincera.

E, agora, um tanto desfocado por trás de toda essa renda, lá vem o Olly, caminhando na minha direção. Ele estica as duas mãos, joga o véu para trás a fim de poder ver meu rosto e sorri para mim. Seus olhos estão excepcionalmente tranquilos, e ele não fala nada por um instante.

— Por que é — diz ele, quando finalmente abre a boca — que você está usando isso?

— É da minha avó. Ela trouxe ontem à noite. — Jogo o véu novamente sobre o rosto, ávida por me esconder atrás do borrão de vaselina mais uma vez, apenas por um abençoado momento. — Fica bem em mim?

— Maravilhoso. Mas (e não arranque minha cabeça por isso, Libby) você não acha que talvez devesse se ater a um chapéu comum ou algo assim? Não é o seu casamento, afinal de contas.

— Eu sei disso — respondo em um suspiro. Dou mais uma olhada para mim mesma, uma visão Grace Kellyana (certo, uma visão *mais ou menos* Grace Kellyana) da graça das noivas, no espelho de corpo inteiro no canto do meu quarto de hotel. — E obviamente não vou usar isto aqui no casamento do meu pai com a Phoebe. Apesar de que, para ser sincera, não acho que Phoebe fosse *realmente* reclamar, quero dizer, minha vó *ofereceu* o véu para ela usar hoje, e ela recusou.

Aliás, isso não reduz em nada o brilho da oferta da minha avó para mim depois. Quero dizer, tudo bem, ela tinha ficado um pouquinho ressentida porque sua nova (em breve) nora se recusou a usar o véu, pois ele engoliria seu corpo espetacular, mas não foi por isso que ela veio até o meu quarto na noite passada e o deu a mim. Ela só queria emprestá-lo a Phoebe — o item emprestado do dia do casamento —, enquanto eu o tinha *herdado*. Se é que essa é a palavra certa a se usar, considerando que minha avó ainda está bem viva.

— Mesmo assim — diz Olly, com um sorriso. — Não tenho certeza se a Phoebe iria ficar tão entusiasmada assim com uma convidada que aparece usando três metros de renda no dia de seu casamento. Especialmente se a convidada for a nova enteada.

Me encolhi.

— Desculpe, desculpe. — Ele ergue as duas mãos. — Sei que não vamos chamá-la de sua madrasta. Foi mal.

Porque não é como se eu já não tivesse problemas suficientes com a mãe *de verdade* que eu já tenho. Sem contar o fato de que meu pai nunca foi pai suficiente para que eu chame a mulher com quem ele está casando de "madrasta". Não me leve a mal: não tenho absolutamente nenhuma objeção à Phoebe, que pareceu ser uma mulher bastante agradável na conversa de dez minutos que tivemos quando Olly e eu chegamos no hotel ontem à noite. Mas acho que nos sentiremos bem mais confortáveis, depois que o dia acabar, se voltarmos a ser estranhas amigáveis, que trocam cartões de Natal e umas mensagens ocasionais. O que, levando meu pai em consideração, seria, afinal, um progresso imenso em relação aos últimos vinte e poucos anos.

— Enfim, melhor irmos descendo para o jardim, não acha? — pergunta Olly, um pouquinho relutante. Começo a retirar o véu dos cabelos e a dobrá-lo na estreita caixa de papelão. — Sei que seu pai disse que é tudo bem informal, mas duvido que isso se aplica a chegarmos depois dos noivos.

— Bem, seria um pouco irônico se meu pai, de repente, começasse a se importar com atrasos agora, visto que ele só se lembrou do meu aniversário de dezoito anos duas semanas depois da data. Mas você tem razão. Melhor irmos andando.

Volto a olhar para o espelho e vejo nosso reflexo. Agora que tirei o véu, estou usando apenas um vestido de seda com manga japonesa e sapatos de salto de camurça, ambos de um tom cinza-carvão. Eles me pareceram mais apropriados para um casamento do que meu look preto dos pés à cabeça de costume. Olly está elegante e surpreendentemente diferente do Olly de sempre, com seu terno azul escuro, uma camisa branquíssima e gravata listrada. Fazia séculos que eu não o via com uma roupa que não era nem o uniforme branco de chef ou, desde que ele tinha começado a montar o próprio restaurante, há dois meses, uma camiseta manchada de tinta e calça jeans largona, então é uma certa surpresa olhar para ele agora e lembrar de como ele fica bem quando se arruma.

— Estamos bonitos? — pergunto, encontrando os olhos dele no espelho. Olly nos estuda por um momento.

— Acho que estamos bem pra caramba — diz ele, também olhando para mim pelo espelho. — Você em especial. Gosto muito desse vestido.

— Obrigada, Ol. Ah, e já peço desculpas adiantado — digo, engatando o braço no dele e começando a andar na direção da porta, pegando meu chapéu, a bolsa e a pashmina enquanto andamos — para o caso de algum dos meus parentes achar, por engano, que somos um casal. Eu não disse a eles que somos — quer dizer, eu nunca vejo nenhum deles, obviamente —, mas você sabe como as pessoas tiram conclusões precipitadas...

— Não precisa se desculpar.

— ...e alguns podem até se lembrar de você de quando foi comigo ao velório do meu avô, onze anos atrás, então eles provavelmente vão fazer tudo quanto é tipo de pergunta quanto a por que *nós* ainda não estamos casados...

— Bem, essa seria uma pergunta perfeitamente legítima. Se nós *estivéssemos* juntos esses anos todos, quero dizer.

— ...mas você provavelmente vai conseguir despistá-los com facilidade o suficiente sem nem ter que contar que somos só melhores amigos. Enfie uma bebida na cara da maioria deles, e eles vão esquecer até que estavam conversando com você, de qualquer forma.

— Não se preocupe, Lib. Me livrar de perguntas invasivas de parentes bem-intencionados é praticamente uma especialidade minha.

E Olly abre a porta, impecavelmente bem-educado como sempre, para que eu passe à frente dele.

Estou muito, muito grata pelo Olly ter concordado em ser meu acompanhante no casamento do meu pai.

Quer dizer, sei que essa deve ser a última coisa que ele queria fazer no fim de semana: se arrastar até aqui, em Ayrshire, de onde a Phoebe é, só para me fazer companhia no casamento do meu pai. Não é como se, com a inauguração do restaurante dele no final da próxima semana, ele não tivesse muitas coisas para resolver na própria vida.

Acho que eu podia ter convidado o Adam para me acompanhar. Pressupondo que nós realmente *sejamos* um casal.

Mas o Adam e eu só estamos juntos há umas oito semanas. Sim, as coisas estão incrivelmente bem entre nós dois — digo, *tremendamente* bem —, mas ainda parece um pouco cedo demais para sujeitá-lo ao caldeirão de encontros constrangedores e emoções complicadas que, para mim, certamente marcarão o casamento do meu pai. De qualquer forma, o Olly concordou em vir comigo hoje assim que mencionei a chegada surpreendente (ok, chocante) do convite, três meses atrás, e não existe nenhuma outra pessoa que eu preferiria ter como fiel escudeiro.

(Sem contar que tenho mantido em segredo o fato de que o Adam e eu estamos, para colocar em palavras claras, estilo Facebook, que nunca traduz *exatamente* a vida real — não a minha vida real, ao menos — "em um relacionamento sério". Eu ainda não contei nem para a Nora, minha outra melhor amiga e irmã do Olly. Como eu disse, ainda é muito recente e... Bem, o último relacionamento que eu tive acabou em um desastre completo — bastante literalmente —, e estou um pouco receosa de anunciar que estou ficando com alguém de novo, mesmo que seja com um homem que é o oposto extremo do meu ex, o Dillon.)

Minha gratidão ao Olly, contudo, apesar de eu achar que já tinha percebido, ficou ainda mais óbvia quando meu pai atravessou o corredor de volta com sua esposa recém-casada, Phoebe, nem quinze minutos atrás.

Não sei o que me deu, mas senti de repente esse caroço enorme na minha garganta, e não em um sentido "lágrimas felizes de casamento". Então, foi ótimo poder esticar a mão direita para o lado e procurar a mão do Olly para segurar e, melhor ainda, perceber que não precisei ficar procurando muito porque ele já estava em busca da minha também.

Foi bom que minha avó, que estava bem do outro lado, não reparou no nosso breve-porém-significativo aperto de mãos, porque tenho bastante certeza de que ela já estaria tendo tudo quanto é tipo de ideia quanto a mim e ao Olly.

E agora eu tenho certeza *absoluta* de que ela está tendo tudo quanto é tipo de ideia, porque acabamos de sair da *orangerie* — onde a cerimônia foi realizada, nos jardins ensolarados, mas fresquinhos do hotel — para a recepção ao ar livre, e ela acaba, neste exato momento, de segurar meu braço e dizer:

— Libby, querida, seu Olly é absolutamente *maravilhoso*.

— Eu sei. — Graças a Deus o absolutamente maravilhoso Olly tinha ido buscar uma taça de champanhe para nós todos, então não tive que fazer cara de "me desculpe" para ele e torcer para que minha avó não percebesse. — Mas ele não é o *meu* Olly, para falar a verdade, vó. É só um amigo.

— Ah. — O rosto dela, milagrosamente pouco enrugado para seus oitenta e poucos anos (outra coisa que espero herdar dela, além do véu), se fechou de leve. — *Isso* é uma pena. Me lembro dele do velório do seu avô.

E ele me escreveu uma carta de condolências extremamente gentil depois. Então, se ele é só um amigo, me conte: o que há de errado com ele?

— Nada. Céus, absolutamente nada! Ele é só... Não estamos juntos — explico. Ou, para ser mais exata, *mal* explico. Então continuo:

— Se lembra da minha amiga, a Nora? Passamos uma semana na sua casa, em um verão, quando tínhamos uns catorze, quinze anos... Bem, o Olly é irmão dela.

Minha avó reflete sobre aquilo por um instante.

— Só porque ele é irmão de alguém — responde ela acidamente — não significa que não daria um namorado mais que aceitável.

É, acho que não dá para argumentar com isso, afinal. E eu certamente não ousaria discutir com a minha avó que, apesar de todo *look* de Grace Kelly no casamento, segue um pouquinho mais a linha de outro de seus ídolos das telonas, Katharine Hepburn, quando se trata de personalidade forte. Na verdade, ela está vestida mais como Katharine Hepburn hoje, com uma calça pantalona de seda creme, estupenda, e um casaco estilo quimono e — fiquei tocada com isso, visto que não somos tão próximas quanto poderíamos ser — o colar-gravata de contas que eu mandei para ela em seu aniversário de 85 anos, alguns meses atrás. (Sou designer de joias, preciso dizer, então isso não é tão simples quanto pode parecer.)

— Enfim, ele não poderia ser mais inadequado do que... Como era mesmo o nome daquele rapaz que você parou de namorar na última vez em que eu falei com você? — pergunta ela. — Aquele que abandonou você no México no meio de um terremoto.

— Era Miami. E era um furacão. — Não posso, infelizmente, corrigi-la quanto à parte do "abandonou". — E o nome dele era Dillon.

— Sim. Por que esse adorável Olly seria pior para você do que um homem que a deixa encarar desastres naturais sozinha? Você não deixaria a Libby enfrentar um desastre natural sozinha — pergunta ela para Olly, que (que ótimo *timing*) acaba de chegar com três taças de champanhe, duas delas equilibradas impressionantemente em uma das mãos —, deixaria?

— Como, sra. Lomax?

— Você não deixaria a Libby na Malásia com um tsunami se aproximando.

— É claro que não deixaria — me apressei em falar, antes que o Olly sacasse que estávamos falando do Dillon. Porque o Olly e o Dillon não são, de nenhum jeito e em nenhum sentido, amigos. — Obrigada pelo champanhe, Ol. Quer que ele pegue mais alguma coisa, vó?

— Não. Mas ele pode dançar comigo.

Ela está apontando um dedo imperioso na direção de uma pista de dança octogonal bem pequena que foi montada no local que deveria, normalmente, ser um hall. A música emanava do lado direito da pista, onde os membros de um trio de *jazz* pareciam excepcionalmente entediados.

— Não sei se é uma boa ideia, vó... — Porque eu realmente não quero que ela encurrale Olly em seu próprio território e exija saber exatamente por que não somos um casal. Não foi para isso que ele concordou em ser meu acompanhante, afinal. — Não tem ninguém dançando ainda... E talvez meu pai e a Phoebe queiram inaugurar a pista de dança...

— Bem, *eu* queria um filho que não me envergonhasse negligenciando suas obrigações como pai — diz minha avó bruscamente, que é o mais perto que ela costuma chegar do Assunto Proibido que é a história do meu pai comigo. — Mas nem sempre conseguimos o que queremos, Libby, não é mesmo? — Ela me entrega a taça de champanhe e se volta para Olly. — Então, vamos dançar?

Olly parece meio surpreso, meio apavorado, mas acaba concordando. Ele larga a própria taça em uma das mesinhas altas onde estão os petiscos do buffet, ergue as sobrancelhas para mim e estende o braço de um jeito cavalheiresco para minha avó enquanto seguem na direção da pista de dança.

Fico olhando, perplexamente fascinada, enquanto eles começam a dar uns passos surpreendentemente impressionantes. Surpreendentemente porque minha avó é uma octogenária com próteses nos joelhos e porque eu não fazia ideia de que o Olly soubesse dançar "direito". A última vez que eu o tinha visto dançar deve ter sido na festa de bodas de rubi dos pais dele, alguns anos atrás, mas ele tinha acabado bastante bêbado aquela noite e capaz de um pouquinho mais do que meros rompantes alegres de dancinhas constrangedoras (que era o que eu esperava que fosse, na época).

Pois olhe para ele agora, girando minha avó pela pista como uma mistura de Fred Astaire com Patrick Swayze. E, graças a Deus, eles estão dançando com animação demais — para os padrões idosos da minha avó, de qualquer forma — para que minha avó comece uma conversa. Então, com sorte, eu vou conseguir interromper e insistir em dançar com o Olly, antes que ela comece qualquer questionamento vergonhoso...

— Libby.

Uma voz, bem atrás de mim, me faz virar.

É meu pai, com um braço em torno de sua nova esposa, Phoebe, e o outro em torno da morena bonita que atuou como dama de honra no casamento: Rosie, a filha de dezessete anos da Phoebe.

O fato de que a Phoebe tem uma filha tinha sido novidade para mim ontem à noite. Quer dizer, eu só fiquei sabendo que a própria Phoebe existia quando o convite do casamento apareceu na minha caixa de correio, em abril. E eu só tinha trocado algumas mensagens apressadíssimas com meu pai sobre o casamento desde então, puramente centradas em se ele iria ou não conseguir estender a mim o desconto dado à família no hotel. (No fim das contas, ele conseguiu. O que foi basicamente a coisa mais paternal que ele já fez por mim nos últimos trinta anos.) Quaisquer detalhes — como eles se conheceram, há quanto tempo estavam juntos — eram um mistério total para mim, até ontem. Só para constar, ontem à noite eu fiquei sabendo que eles se conheceram em setembro passado, quando a Phoebe começou a dar aulas de oratória na universidade onde meu pai dá aulas de cinema. Foi ontem, também, que fiquei sabendo da existência de Rosie, minha — alerta de estranheza — mais nova meia-irmã.

— Pai. Phoebe. Parabéns!

Então, porque se eu não fizer, ele certamente não vai fazer, me aproximo e dou um abraço rápido nele e faço o mesmo com a Phoebe.

— Oh, obrigada, Libby! — Phoebe, uma beldade de quarenta anos, com um vestido de noiva cinturado e extremamente decotado, retribui o abraço de um jeito educado e distraído. — Que bom que você pôde vir de tão longe, meu bem.

— Ah, sem problemas! Eu que agradeço o convite.

— Fico feliz que você tenha conseguido vir — diz meu pai, com um de seus raros e extremamente fugazes sorrisos. — Sei que você anda muito ocupada ultimamente.

— Sinceramente, pai, eu jamais teria perdido.

E, então, há um momento de silêncio.

Foi exatamente por isso que eu não trouxe o Adam hoje, no lugar do Olly. Esse desconforto total, de cerrar os dentes. E isso é melhor que o de costume, acredite ou não. Até o último verão, fazia anos que eu não falava com meu pai. Foi necessário um bocado de fé e um empurrãozinho amigável de... bem, uma nova amiga minha... para quebrar o gelo no ano passado.

— Você deveria conhecer a sua mais nova meia-irmã! — diz Phoebe. Me encolho. Graças a Deus, ninguém percebe.

— Rosie, esta é a Libby. Libby, esta é a Rosie.

— Oi! — falo.

— Oi — responde Rosie.

— A Rosie vai começar o último ano do colégio — continua Phoebe — e está começando a pensar em que curso fazer na faculdade. E você, Libby... Você trabalha em uma joalheria, é isso?

— Hum, bem, eu meio que desenho minhas próprias joias, na verdade.

— Então você é uma artista! Isso é legal. A Rosie também é bem artística. Ela está pensando em fazer algum curso relacionado a artes ou talvez a design para teatro... Ah! Melhor eu ir dar "oi" para Jenny e Nick... Não, não, Eddie, você fica aqui — diz ela com firmeza quando meu pai tenta escapar atrás dela — e bota o papo em dia com a Libby. Faça essas duas conversarem! — acrescenta ela, fazendo uma espécie de cruz com as mãos para Rosie e eu. — Ajude-as a se conhecerem!

Isso vai ser complicado para o meu pai, visto que ele próprio não me conhece. Então, depois de dar uma olhada levemente desesperada para a pista de dança, onde o Olly (ai, meu Deus) agora está em uma conversa extremamente intensa com minha avó, fico com pena do meu pai e resolvo assumir o controle da conversa eu mesma.

— Então! Rosie... Você está... é... prestes a ir para a faculdade!

— Sim. — Rosie confirma com a cabeça. Bonita, em seu vestido de dama verde-claro, ela tem um ar de confiança que sugere que é uma das meninas populares do colégio. Não tomo o desinteresse dela por mim como algo pessoal além do fato de que, para ela, eu sou apenas uma pessoa mais velha, chata, que não conhece nada da vida social dela. — Como minha mãe acabou de contar.

— Certo. Então, design para teatro, talvez?

— Não se eu puder evitar — diz meu pai. — Sabe, esta menina aqui é uma forte candidata aos melhores cursos de comunicação de qualquer lugar do país. Estou tentando persuadi-la a tentar Kingston, porque é um dos melhores lugares para estudar comunicação. E ela pode se especializar em história do cinema no terceiro ano.

— Ah. — Estou levemente perplexa por meu pai estar interessado na decisão educacional iminente de Rosie, e ainda mais por ele estar tão envolvido nisso. — Então você é fã de filmes, Rosie?

— Nossa, sou, muito, adoro cinema! Especialmente os clássicos. O Eddie apresentou tantos para mim e a minha mãe... Fazemos, tipo, umas noites de cinema aos domingos, e eu convido os meus amigos e tal...

— E eu tento não ser um velho chato e parar o filme a cada cinco minutos para ensinar a eles tudo em que eles deveriam ter prestado atenção — interrompe meu pai, dando uma risadinha.

Sim, isso mesmo: uma *risadinha*.

Uma risadinha não é algo que eu já tenha ouvido meu pai emitir antes.

— Ah, você não atrapalha, Eddie — diz Rosie, também rindo. — De qualquer forma, quando você enche o saco, a gente manda você ir buscar mais pipoca.

— Então é a isso que sou reduzido, é? — pergunta meu pai, dando outra (*outra*) risadinha. — Um PhD, com todos os meus anos de experiência, e autor de um livro altamente reconhecido sobre história do cinema, e você e seus amigos só querem me mandar pegar pipoca!

— Ah, por falar no seu livro — diz Rosie —, meu amigo, Jasper, estava lendo agora nas férias e disse que é incrível. Tipo, ele tá aprendendo um monte de coisas.

— Bem, esse Jasper certamente tem um futuro brilhante! — diz meu pai, fazendo uma brincadeira com fundo de verdade.

Por outro lado, meu pai sempre fica todo exibido quando se trata de Seu Livro. O que eu suponho que seja algo bom, em alguns sentidos, porque foi a elaboração de Seu Livro que dominou a vida dele e o tornou um pai tão ruim e tão ausente para mim durante 25 anos.

Talvez seja o fato de o livro finalmente ter sido lançado, no ano passado, que permitiu que ele seja (como claramente é) um padrasto tão presente para Rosie.

Neste exato instante, sinto um toque suave no meu cotovelo. Viro e vejo que Olly se juntou a nós.

Eu não me jogo *literalmente* nos braços dele como uma mulher que está se afogando se joga nos braços de um salva-vidas, mas é algo bastante próximo disso.

— Oi — diz Olly, estendendo a mão, fria, de um jeito amigável para o meu pai. — Parabéns, sr. Lomax.

— Ah, obrigado... Você é o... hum... Oscar, certo?
— Olly — digo.
— Você é o *namorado* da Libby? — pergunta Rosie, repentinamente ficando animada e demonstrando um pouco mais de interesse em mim.
Ou, para ser mais específica, no Olly.
Ao menos presumo que é por isso que ela passou a fazer biquinho e a ajeitar os cabelos.
E o Olly *está* bonito hoje, com seu terno elegante e os cabelos cor de areia levemente arrumados para variar, então acho que não posso culpá-la pelo bico e pelos cabelos esvoaçantes, mesmo que pareça um pouquinho... incestuoso. Porque ela é minha (eca) nova meia-irmã, e o Olly é praticamente meu irmão.
— Não, não — respondo rapidamente, antes que Olly o faça. — Somos só amigos.
— *Ah* — diz Rosie, expressivamente, como se Olly, estando convenientemente solteiro, fosse decidir, de repente, que uma menina de dezessete anos é um par adequado para ele, com 33, e arrastá-la para a pista de dança para uns amassos.
— Só vim aqui, Libby — diz Olly, perspicazmente ignorando a linguagem corporal atirada de Rosie e se virando para mim —, para ver se você quer dançar. Acho que cansei a sua avó, infelizmente, então estou sem par. Mas acho que a banda de *jazz* está ávida por alguns dançarinos entusiasmados, então, se você estiver a fim de mexer o esqueleto...
— Eu adoraria — respondo, totalmente aliviada, enquanto aceito a mão estendida dele. — Conversamos depois, pai. Você precisa circular, de qualquer forma, certo?
— Com certeza — diz meu pai, também parecendo totalmente aliviado por se livrar de mim.
— E foi ótimo conhecer você, Rosie — acrescento com o que espero ser um aceno amigável-mas-não-íntimo-demais adequado de meia-irmã.
— Talvez possamos... hum... manter contato? Meu pai pode passar meu e-mail, se você quiser.
Os olhos dela ficam confusos, como se eu tivesse acabado de sugerir que a gente troque cartas escritas com penas e tinta e envie por carruagem.
— Enfim, parabéns de novo — diz Olly, rápida e polidamente, enquanto começa a me guiar na direção da pista de dança. — Você está tremendo — acrescenta ele para mim, baixinho. — Conversa complicada?

— Não para o meu pai e sua nova enteada — respondo, mas baixinho, porque não quero que minha avó ouça. Ela está sentada em uma cadeira na sombra sob umas árvores próximas, onde Olly deve tê-la educadamente largado, com uma nova taça de champanhe nas mãos. — Eles parecem estar se dando superbem. Ele se interessa pelo futuro dela... Está apresentando todos os seus filmes preferidos a ela e aos amigos... Fazendo pipoca...

Olly se encolhe de leve também — surpreendentemente, pela primeira vez durante a viagem.

— Sinto muito, Lib.

— Está tudo bem.

Não está, na real. Porque apesar de eu ter me conformado com o fato de meu pai não ligar para mim, é bem diferente vê-lo sentindo um prazer óbvio em construir um relacionamento com uma filha que surgiu na vida dele por força das circunstâncias, e não da biologia.

As noites aconchegantes de cinema em casa que a Rosie mencionou, por exemplo. Eram exatamente o tipo de coisa pela qual eu costumava ansiar — de verdade, *ansiar* mesmo — quando eu estava crescendo. Tive algumas quando eu tinha uns oito ou nove anos e ainda passava algumas noites ocasionais na casa do meu pai (antes dos planos para Seu Livro finalmente decolarem, e ele perder totalmente o interesse por mim). E ainda consigo me lembrar de como era emocionante ser tratada como adulta e assistir aos filmes preferidos do meu pai até bem depois do meu horário de ir para a cama.

Casablanca, Uma aventura na África e *Quanto mais quente melhor...* Em retrospecto, nenhum deles era exatamente o tipo de coisa que uma menina de oito anos curtiria. Mas eu gostava de assisti-los com meu pai, apesar do método bruto e um tanto formal dele de mostrá-los a mim, frequentemente parando para apontar cenas importantes. Um método que ele pareceu ter esquecido quando se trata de Rosie.

— Quer ir embora? — pergunta Olly, abaixando ainda mais o tom de voz. Ele está com uma mão na minha cintura e a outra no meu ombro enquanto dançamos (ou melhor, balançamos aleatoriamente de um lado para o outro; eu evidentemente não herdei os genes bailarinos da minha avó), e a usou para me dar um apertão gentil e reconfortante. — Vou ficar feliz em inventar uma desculpa, se você quiser. Posso dizer que você está passando mal. Ou que eu estou passando mal. Ou que *nós dois* estamos passando mal. Jogar a culpa naqueles folhados de cogumelos que eu vi passando por aí e sair correndo daqui...

Dou risada.

— Obrigada, Olly, mas acho que minha popularidade cairia ainda mais se eu jogasse um balde de água fria no grande dia do meu pai e da Phoebe.

— Você não é impopular. — Ele me olha. — Não para as pessoas que importam.

Somos interrompidos pelo barulho do celular dele tocando em algum lugar dentro do paletó.

— É o toque da Nora — falo, porque nós dois personalizamos o celular para tocar "Auld Lang Syne" desde que ela se mudou para Glasgow, alguns anos atrás. — Melhor atender. Pode ter a ver com os voos dela ou algo assim.

Meu humor fica brevemente mais animado com o lembrete de que a Nora vai nos encontrar no aeroporto de Glasgow, mais tarde, para voltar a Londres com a gente: ela vai passar a semana em "casa" para poder ajudar o Olly com os preparativos de última hora para a inauguração do restaurante e comparecer à festa na sexta à noite.

— Não, acho que ela está ligando só para saber se eu decidi acatar ou não a sugestão dela quanto à Tash e à moto.

Pisco para ele.

— Tash e que moto?

— Hum... Eu contei isso para você ontem à noite no bar, Libby. — Ele parece surpreso. — Você não estava *tão* bêbada assim, estava?

Não, eu não estava nada bêbada. Mas houve um intervalo de uns bons cinco minutos, talvez até mais, em que fui distraída pela visão de várias garrafas de uísque puro malte alinhadas na parte superior do bar. E quando penso no Dillon, coisa que eu raramente me permito fazer, períodos inteiros de tempo podem ser sugados para essa espécie de... limbo, acho que podemos chamar assim. Então, o Olly podia estar sentado pelado no bar com um pedaço de pão amarrado na cabeça, contando sobre a vez em que ele foi abduzido por alienígenas, e eu não teria assimilado nada.

— A Tash — explicou ele novamente, com a maior paciência (mais paciência do que se soubesse que eram pensamentos sobre o Dillon que estavam me distraindo ontem à noite) — também vai passar esta semana em Londres. Parece que ela tem uma conferência ou algo assim e, aparentemente, ela é *expert* com pregos e martelo... Ela se ofereceu para ajudar no restaurante à noite.

Tash, uma das amigas mais próximas da Nora, do hospital onde as duas trabalham, em Glasgow, certamente é uma *expert* com o martelo. Tash é o tipo de pessoa que é *expert* em tudo. Meio como a Nora, na verdade, capacitada e imperturbável, o que provavelmente é o motivo pelo qual elas ficaram tão amigas.

Eu não sabia que ela iria para Londres esta semana com a Nora.

Não que eu — devo salientar — tenha qualquer problema com a Tash, que pareceu muito legal todas as vezes em que a vi.

É só que eu estava esperando passar um tempinho gostoso com a Nora nos próximos dias: ajudar o Olly a preparar o restaurante para a inauguração na sexta; conversar até tarde da noite enquanto tomamos uma garrafa de vinho; ir às compras para adquirir qualquer coisinha de última hora, que ela, talvez, possa precisar para o casamento no final de julho, daqui a apenas um mês...

Quer dizer, obviamente, ainda podemos fazer todas as coisas com a Tash junto. Pelo tempo que passei com ela nas vezes em que visitei a Nora na Escócia, sei que a Tash gosta de beber e fofocar tanto quanto a Nora e eu. Além disso, como ela também vai ser madrinha do casamento, faria todo sentido que ela nos acompanhasse na nossa expedição às compras para o casamento.

Mas mesmo assim. Não é como eu tinha imaginado, com tanta alegria, que essa semana seria, só isso.

— Enfim — continua Olly —, ela está planejando descer de moto, e a Nora perguntou se eu não queria alugar uma e ir de moto também.

— Em vez de ir de avião com a gente?

— É. Conseguimos chegar lá em umas oito horas, com as paradas. Quer dizer, não que eu pense que a Tash precisa de companhia, nem nada assim; ela sempre pareceu bastante autossuficiente em todas as vezes que eu a encontrei.

Não sei por que a ideia do Olly e da Tash viajando de moto de Glasgow até Londres faz eu me sentir agitada desse jeito. Afinal, mesmo que eu *realmente* tivesse algum problema com a Tash (que, como eu já disse, definitivamente não tenho), o fato de Olly optar pelo caminho longo e desconfortável para casa com ela, em vez do voo rápido e prático comigo e a Nora, não deveria me incomodar nem um pouco. Decido que é só porque fiquei um pouco chateada por saber que talvez eu não consiga passar a semana toda com a Nora do jeito que eu tinha imaginado. E, talvez, também pelo fato de que odeio pensar nele andando de moto. Uma vez assisti a uma notícia horrorosa sobre uma moto que se enfiou debaixo de um caminhão e não consegui esquecer isso.

— Então, eu ia recusar, mas estive pensando no assunto e... bem, uma viagem noturna de moto... — Olly parece melancólico por um momento. — Nora sugeriu porque achou que talvez eu gostaria de clarear a mente um pouquinho. Com a semana cheia que vou ter e tudo mais, provavelmente vai ser bem tranquilo no domingo à noite. E eu não ando de moto há tanto tempo que quase já me esqueci de como é sossegado.

— Então você tem que ir — digo. Com relutância, porém o mais entusiasmada possível. Porque posso dizer, pela expressão no rosto dele, que ele realmente quer fazer isso.

— Mesmo?

— Claro! Só tome muito, muito cuidado, Olly, por favor, e, obviamente, chega de champanhe pelo resto da tarde...

— Não precisa se preocupar comigo — diz Olly. — Eu é que estou aqui para cuidar de você hoje, lembra?

— Eu sei. E eu vou cuidar de você durante toda a semana, Ol, prometo. Quer dizer, talvez eu não seja uma *expert* com os pregos e o martelo, mas vou levar café e uma comidinha caseira...

— Não precisa, mesmo — responde Olly, rapidamente e com toda razão, aliás, visto que ele é um chef de primeira, e eu não sei cozinhar porcaria nenhuma. — Apoio moral é suficiente.

Apoio que ele merece muito, porque ele é, realmente, como minha avó pontuou, absolutamente maravilhoso.

— Meu Deus... Minha avó — falo subitamente. — Ela ficou enchendo o saco por causa de nós dois, Olly? Me desculpe, ela fica enfiando essas ideias malucas na cabeça e...

— Está tudo bem, Lib. Quer dizer, sim, ela *mencionou* a ideia de nós dois como casal algumas vezes durante a nossa dança... Aparentemente, você daria uma ótima esposa...

Me encolho. Não pela primeira vez hoje e, provavelmente, nem pela última. (Afinal, ainda faltam os discursos e tudo mais. E se eu tiver que aguentar qualquer baboseira sentimental que meu pai tenha a dizer sobre sua nova família perfeita, vou precisar de bem mais champanhe do que tomei até agora.)

— Ai, Olly, eu sinto muito.

— ...e ela quer viver para ver pelo menos *um* casamento bem-sucedido na família e ver uma noiva indo para o altar com o véu dela, que não a faça pensar que a coisa toda está fadada ao fracasso desde o princípio...

Isso faz sentido. Os filhos da minha avó não tiveram lá os casamentos mais bem-sucedidos do mundo. Se as fotos da minha própria mãe usando aquele véu fossem indício de alguma coisa, o tempo começou a se esgotar para meu pai e minha mãe no momento em que eles tão apaixonadamente disseram "aceito".

— ...e eu a lembro seu falecido marido, aparentemente. E você a faz lembrar dela mesma. E eles foram abençoadamente felizes por 46 anos. Então, falando sério — conclui ele, dando uma risada contida —, alguém precisa de mais provas de que eu e você deveríamos estar juntos?

Isso é apavorante.

Quero dizer, sim, as pessoas sempre confundem eu e o Olly com um casal. Acho que nós dois já estamos bem acostumados com isso a essa altura. Mas ter isso jogado na minha cara por uma pessoa tão sisuda e respeitável quanto a minha avó parece, de alguma forma, real demais para estar desconfortável. É meio que como o momento em que demos aquele beijo em Paris — o famoso Erro sobre o qual nunca tínhamos falado desde então, depois de vinho demais e uma conversa intensa demais sobre amor. Não consigo olhar nos olhos de Olly e tenho certeza de que, pela tensão na voz dele, ele está tão envergonhado quanto eu.

— Mais uma vez — digo, parecendo bastante tensa também —, eu sinto muito mesmo. Ela é impossível de conter quando resolve abrir a boca. Eu não fazia ideia de que ela ia tagarelar assim com você...

O celular dele está tocando "Auld Lang Syne" de novo.

— Melhor você atender dessa vez — digo, grata pela distração. — Diga à Nora para falar para a Tash que ela vai ter companhia na estrada.

— Está bem — diz Olly, tirando o celular do paletó. — E aí só vou precisar de cinco minutos on-line para reservar uma moto. Promete que vai me chamar assim que os discursos começarem, Lib?

— Prometo.

Fico olhando ele se afastar do barulho da banda, colocando o celular na orelha enquanto anda. E aí respiro bem, bem fundo e sigo na direção da minha avó para persuadi-la, educadamente, a deixar o assunto para lá até o fim do casamento. Afinal, se eu consigo suportar ficar por aqui no grande dia do meu pai e guardar todas as coisas que até gostaria bastante de colocar para fora, minha avó — que é fã de carteirinha de bombardear as pessoas — certamente consegue também.

2

Como eu disse, só faz oito semanas. Mas eu realmente acho que, para ser sincera, talvez eu já esteja me apaixonando pelo Adam.

A fim de deixar tudo bem claro, preciso esclarecer que a) sou uma romântica incurável, e b) meus padrões são vergonhosamente baixos. Quer dizer, se você é do tipo de garota que costuma receber dúzias de rosas vermelhas sem nenhum motivo especial ou é levada para hotéis cinco estrelas luxuosos nos lagos italianos antes de receber um pedido de casamento em uma gôndola ao entardecer, então meu motivo para ter percebido subitamente que Adam pode ser O Cara vai parecer um pouco... bobo.

Por outro lado, dizem por aí que são as pequenas coisas que fazem o relacionamento durar. Se oferecer para dar um pulinho na loja às oito da manhã de um domingo chuvoso para comprar leite para uma caneca de chá. A mensagem aleatória no meio de um dia estressante que diz como você faz alguém se sentir bem. O rabisco surpreendente, no fim de uma lista de compras entediante, que simplesmente anuncia: "Estou pensando em você."

O fato de o meu novo namorado aparecer para me encontrar antes da minha Reunião Superimportante, trazendo um expresso e um pacote de uvas-passas cobertas com iogurte é exatamente esse tipo de "pequena coisa".

Então, sim, não são rosas vermelhas e está longe de ser Veneza ao entardecer, mas é atencioso, adorável e se importa.

— Não precisava. Mesmo, mesmo — digo ao Adam, enrolando os braços nele e beijando-o. — Você é tão ocupado... E o seu voo chegou há apenas duas horas.

— Dormi um monte no avião. Estou revigorado como uma margarida.

Aquela expressão, no sotaque do Brooklyn dele, parece tão incongruente quanto fofa.

Ele provavelmente não está mentindo: ele trabalhava para um fundo de investimentos chiquérrimo, e o voo de hoje, que veio de Nova York para Londres, deve ter sido na classe executiva. Ao contrário da mera hora de voo para retornar de Glasgow ontem à noite, que, apesar de breve, foi bem ao estilo de companhia de baixo custo: apertado, agitado e meio como se fôssemos uma lata de sardinhas a mais de dez mil metros de altitude. E o Adam parece, de fato, revigorado como uma margarida: impecavelmente vestido, como sempre, em uma camisa azul e um terno cinza perfeitamente passado, nem um fio de cabelo escuro fora do lugar. Olhando para ele agora, esguio, bronzeado e com os olhos brilhando, daria para dizer que, em vez de ter acabado de sair de um voo de sete horas, ele tinha saído do salão de beleza.

— Enfim, é virando a esquina do meu escritório — continua ele.

— O seu escritório fica em Mayfair. Aqui — gesticulo em torno da rua levemente detestável na qual estávamos parados — é Clapham. Agora, sei que a distância não é nada para vocês, americanos, mas eu não diria que é só *virar a esquina*.

— Então, vou dar um pulo no Olly enquanto estou aqui. Ver como vão as coisas no restaurante.

Apesar de Olly ser, definitivamente, o proprietário de seu restaurante novinho em folha, a maior parte do dinheiro está sendo providenciada pela empresa de investimento do Adam. Foi assim que eu o conheci, na real. Ele estava nas novas instalações do restaurante, um dia depois que os pedreiros tinham começado, pouco mais de dois meses atrás, e eu tinha aparecido com uma garrafa de champanhe. Começamos a conversar, e aí ele foi comigo até a estação do metrô… e, oito semanas depois, aqui estamos. Proprietários orgulhosos de um relacionamento maduro, adulto e que funciona perfeitamente.

— Enfim — continua Adam, colocando carinhosamente uma mecha de cabelo meu atrás da orelha. (Ao menos eu *acho* que é um carinho. Não consigo evitar a suspeita de que meu cabelo, ao contrário dos cachos bonitos e sem nenhum fio fora do lugar dele, o deixa um pouquinho louco.)
— Sei como essa reunião é importante para você, Libby. Eu só queria que você soubesse que estou torcendo por você.

— Você é um amor. Obrigada.

— Sem contar que desconfio que você tenha ficado acordada até tarde dando uma geral no seu plano de negócios.

Ele estava meio certo. Eu *tinha* ficado acordada até tarde depois que cheguei em casa ontem à noite depois do casamento, mas não era tanto por estar dando uma geral no meu plano de negócios, era mais porque eu estava entrando em pânico por causa dele. Quero dizer, essa é a primeira vez na vida que vou fazer o que estou prestes a fazer — participar de uma reunião com um gerente de banco e pedir a ele um pequeno empréstimo — e não faço ideia se o que eu montei é remotamente bom o suficiente. Profissional o suficiente.

Mas, afinal, talvez esse seja o lado negativo de acabar transformando um hobby que você ama em uma carreira que você tem que deslanchar. Comecei meu negócio de design de joias, Libby Goes To Hollywood, quase um ano atrás. No entanto, ainda não consigo afastar a sensação de que é um pouco, bem, *rude* ir a uma reunião com um estranho completo e anunciar que você gostaria que ele desembolsasse oito mil libras (dez, se ele estiver se sentindo bem generoso) para que você consiga continuar vivendo seu sonho de ser designer de joias, só com um pouquinho mais de um dinheiro bem importante para poder comprar equipamentos melhores e, quem sabe, até empregar um estagiário para que você possa dar conta de todos os pedidos.

— Eu fiquei acordada até tarde, *sim* — confesso, erguendo o expresso e as passas para sacudi-los para ele. — Então, isto aqui é absolutamente perfeito.

O que, é claro, é verdade.

Quer dizer, não é culpa do Adam ele achar que eu tomo expresso ou que sou o tipo de pessoa para quem uvas-passas cobertas com iogurte são o suprassumo das guloseimas pré-reunião. Talvez eu tenha deixado implícito, no nosso segundo ou terceiro encontro, que eu era do tipo de menina empreendedora, rata de academia e bebedora de suco verde. Só, você sabe, para combinar com o jeito empreendedor, rato de academia e bebedor de suco verde dele.

Obviamente, em um mundo ideal, não seria um expresso, seria um cappuccino. E talvez as passas fossem cobertas com *chocolate*.

Está bem, em um mundo *realmente* ideal, o lanche que o Adam tão atenciosamente traria para mim não teria nada de passas. Seriam crocantes cobertos com chocolate — pelos quais eu recentemente desenvolvi um vício levemente preocupante — ou uma boa e velha barra de chocolate ou, visto que ele acabou de sair de um avião, um Toblerone gigante.

— Olha, sei que você vai detonar lá — diz ele, aproximando-se para me dar outro apertão forte e encorajador. — E mal posso esperar para ouvir tudo sobre a reunião. Ah, e sobre o casamento do seu pai também, é claro, amanhã.

— Amanhã?

— Vamos jantar? — pergunta ele. — Terça... Aquele restaurante tailandês de que você gosta?

— Hum... Claro... Mas eu pensei que fôssemos sair *hoje* à noite. Não vamos?

— Acho que não, Libby. — Adam meneia a cabeça. — Certamente não está na minha agenda.

— Ah. Devo ter me enganado, então. Só achei que fôssemos nos encontrar na sua casa e... hum... Você disse que ia fazer um peixe luciano-do-golfo com couve.

— Isso parece estranhamente específico. — Ele franze a testa. — Mas tenho um jantar de trabalho esta noite, Lib. E pedi para os Cadwalladr ficarem com o Fritz por mais uma noite, coisa que eu sei que *nunca* teria feito se tivesse planejado ficar em casa normalmente. Quero dizer, senti tanta falta dele... A Lottie foi um amor e me mandou fotos dele por mensagem algumas vezes por dia enquanto eu estava fora, mas não é a mesma coisa que realmente *estar* com ele. Segurando-o, sentindo o cheiro dele.

Fritz, melhor eu explicar, é o cachorro do Adam.

Um cachorro muito, muito fofo. E eu adoro cachorros, desde sempre. Mas mesmo assim. No fim das contas, ele é só um cachorro.

É praticamente a única coisa que eu mudaria no Adam agora, para ser sincera. Essa tendência a uma leve loucura com relação ao Fritz, o filhote de pastor alemão.

— Apesar de que, pensando bem, ele provavelmente sentiu muito a minha falta... Acho que eu poderia cancelar o jantar, ir para casa mais cedo para curtir o Fritz... E um luciano-do-golfo com você também, Libby, é claro.

— Não, não, não se preocupe. Você deveria ir ao jantar. Melhor não incomodar o Fritz durante, hum, o sono dele.

— Você tem razão. Ele odeia isso. Quando eu o peguei tarde da noite nos Cadwalladrs uma vez, depois de ter chegado tarde de Chicago, ele não dormiu a noite toda, aí é claro que ficou ranzinza no dia seguinte e...

— E nós podemos fazer uma bela refeição amanhã à noite, como você já estava pensando — interrompo, antes que ele possa começar um de seus monólogos sobre o Fritz. Fritzólogos, acho que podemos chamar assim. — Aí eu posso contar todos os detalhes da minha reunião e do meu fim de semana. — Só que, é claro, eu não vou contar tantos detalhes assim sobre o casamento do meu pai, porque, apesar de termos chegado àquele estágio de Quem Sabe É Amor, ainda acho que estamos um pouquinho longe de eu me abrir com ele sobre a miríade de problemas na minha família. — E por falar na reunião...

— Melhor você ir, melhor você ir. — Ele se aproxima para dar um beijo na minha testa. — Vai lá e arrasa!

— Obrigada... Estou bem assim?

— Está fabulosa. Muito chique. — Ele admira meu traje totalmente preto (calça cigarrete, blusa de seda e jaqueta cinturada) antes de tocar nos meus brincos. — E *adorei* os brincos. Ei, são novos? Daquela loja on-line pouco conhecida, mas maravilhosa, Libby Goes To Hollywood?

— São — respondo, fazendo uma reverência breve. — Da nova coleção Marilyn.

Ele franze a testa.

— Por causa da sua *mãe*?

— Por causa da Marilyn Monroe!

— Ah. Sim, isso faz muito mais sentido.

As joias que eu faço são inspiradas na Hollywood antiga: uma versão sob medida do tipo de coisa que talvez você veja, por exemplo, Ava Gardner usando no Oscar, ou Lauren Bacall usando em um ensaio da *Harper's Bazaar*. É uma coisa dos Lomax, tenho que relutantemente admitir, essa obsessão por filmes, seja da minha avó, com seu casamento de Grace Kelly, ou do meu pai com O Livro e toda sua carreira universitária. Minha obsessão pelos filmes se traduz, hoje em dia, na linha de joias e, desde que eu comecei a Libby Goes To Hollywood, meu apartamento está abarrotado de incontáveis e caros livros de fotografias oficiais e não oficiais de todas as minhas estrelas preferidas. Estes brincos, que, como acabo de dizer, são da minha nova "coleção Marilyn", foram inspirados nos brincos com estilo de candelabro que ela usa naquela cena icônica da dança em *Os homens preferem as loiras*. Só que, na versão da Libby Goes To Hollywood, eles são feitos de prata e cristais Swarovski *vintage*, e não com os diamantes Harry Winston sobre os quais Marilyn canta.

— Achei que seria bom mostrar ao gerente do banco em que o dinheiro dele seria aplicado — continuo. — O que terá sido um erro tremendo se ele odiar...

— Ele não vai odiar. São maravilhosos. *Você* é maravilhosa. E precisa lembrar, Libby: não é o dinheiro *dele*, é o dinheiro do banco. E eles não vão doar para você como caridade, vão dar como um *investimento*. Você não precisa ir a essa reunião para fazer o cara gostar de você. Apenas mostre suas coisas a ele. Mostre o que você já fez e o que ainda pode fazer e você não vai ter que se preocupar com nada.

— Obrigada, Adam. Eu... — *Não posso dizer que o amo, porque ainda não dissemos isso.* — ... gostei muito, muito mesmo que você tenha vindo aqui hoje.

— E eu gostei muito, muito mesmo que você tenha gostado. — Ele me dá um beijo rápido. — Boa sorte, querida... Espere. Não dá azar dizer isso? Eu deveria dizer "quebre a perna" ou algo assim?

— Isso só dá azar para atores. E, graças a Deus, não sou dessas mais.

É *sério*, graças a Deus. Porque se eu ainda fosse atriz (como eu era, e chocantemente malsucedida, até quase um ano atrás), eu não estaria, agora, prestes a subir esses degraus e me encontrar com um gerente de banco para pedir por um bocado de dinheiro — desculpe, um *investimento* — para injetar na minha própria microempresa.

É um grande momento.

Fico observando o Adam por um ou dois instantes depois de ele se virar e começar a caminhar na direção do restaurante do Olly, em parte pelo simples prazer de admirar uma bela figura masculina se movendo e em parte para ver se ele vai secar a figura ainda mais bela de uma loira gostosa de minissaia que acaba de atravessar a rua e está andando na frente dele.

Mas ele não seca.

Porque, como preciso ficar me relembrando, ele é o Adam. Não o Dillon. E não estou mais com o Dillon.

Aí eu me viro e subo as escadas, tentando me sentir tão empreendedora quanto o Adam acha que sou.

Quero dizer, toda essa positividade americana dele deve passar um pouquinho para mim de algum jeito, certo? Se eu simplesmente *acreditar* que a reunião vai ser um sucesso estrondoso, então vai ser.

Não foi.

Um sucesso estrondoso, quero dizer.

Em uma escala móvel, com sucesso estrondoso de um lado e o fracasso miserável do outro... Bem, a reunião com Jonathan Hedley, gerente de Desenvolvimento Comercial da Barclays, ficou bem mais perto dessa última ponta da escala.

Tudo bem, ele não chegou a *dizer* que eu não ia conseguir o pequeno empréstimo que tinha pedido. Mas também não disse, em alto e bom som, que havia mais chances de o banco dele investir em uma fábrica de alvos infláveis e bulezinhos de chocolate.

Isso não significa que ele não estava pensando nisso.

Não sei se foi algum problema com meu plano de negócios, ou se ele não gostou dos brincos inspirados na Marilyn, ou se ele simplesmente não gostou de *mim*, mas eu certamente não saí daquela reunião de meia hora com a sensação de que os oito mil de que eu precisava urgentemente estavam a caminho.

E não dava tempo nem de refletir direito (ou mesmo reprisar eternamente a reunião na minha cabeça, me torturando com as coisas que eu devo ter dito e feito de errado), porque eu saí da reunião e me deparei com uma série de mensagens da minha irmã, Cass.

Libby, cadê você?

Libby, preciso falar com você.

Libby, por que você está me ignorando?

Libby, isso é muito injusto, você diz que é a minha irmãzona, que piada, eu sempre apoio você quando você precisa de mim e agora, quando eu preciso de você, tipo, uma vez na vida, você nem sequer se dá ao trabalho de pegar o telefone e me ligar.

Isso acionou um pouquinho o botão da culpa porque, para ser totalmente sincera, ela mandou mesmo algumas mensagens bem motivadoras quando eu estava a caminho do casamento do meu pai (que não é o mesmo dela; temos pais diferentes).

Então é claro que peguei o telefone e liguei para ela, que logo me mandou, em meio a uma enxurrada de soluços incoerentes, ir imediatamente para o apartamento dela em Maida Vale "porque tudo está uma merda completa, Libby, não posso *mais* com isso!".

Não estou muito preocupada com as lágrimas e a histeria. Cass tem uma tendência a dramatizar demais as coisas. A última vez em que eu fui convocada ao apartamento dela, depois de uma ligação nervosa às seis da manhã, no fim das contas ela tinha batido o dedão ao sair da cama, não ia conseguir ir à aula matinal de *spinning* e conseguia, aparentemente, literalmente *sentir* a gordura se acumulando nas coxas dela. Não tem jeito de saber o que causou a crise desta tarde, mas não vale a pena ignorá-la na esperança de que ela vá desaparecer. Nunca desaparece. Tenho umas duas horas antes de ir a uma reunião com um cliente em Shepherd's Bush, então posso muito bem aproveitá-las para garantir que a reunião com o meu cliente não vai ser constantemente interrompida por barulhinhos do meu celular, com mensagens cada vez mais furiosas da Cass.

Outra mensagem acaba de chegar agora, enquanto saio da estação do metrô na avenida Warwick.

Indo para a manicure. Me encontra no salão?

Ah, e outra, um instante depois dessa.

Traz café?

Quando entro no salão pertinho do apartamento dela, dez minutos depois, com um frappuccino para ela e, para mim, o cappuccino que eu teria realmente gostado de receber do Adam, em vez daquele expresso, ela acena para mim imperiosamente de seu lugar nos fundos. Os pés dela estão de molho em uma bacia, e uma filipina com cara de cansada está cuidando das mãos dela com um afastador de cutícula.

— Graças a Deus você está aqui — fala Cass, que é o jeito dela de demonstrar gratidão. — Obrigada pra caralho por isso aqui — continua ela enquanto pega o frappuccino da minha mão, que é o jeito dela de agradecer. — Você não vai acreditar no que aconteceu, Libby. Você literalmente não vai acreditar.

— Me conte.

— Acabou! Está tudo acabado!

Por um momento fugaz e eufórico, acho que ela está falando sobre o relacionamento com seu namorado (e agente) Dave. O que, visto que ele é casado com outra mulher, já estava mais do que na hora de acabar também.
— Oh, Cass. Bem, eu realmente sinto muito por você estar chateada. Mas, sabe, sempre foi uma péssima ideia e havia o risco de muitas pessoas se machucarem...
— Quem ia se machucar? Ninguém ia se machucar! Não era para ser um maldito programa de *acrobacias*! Não era o *Dancing on Ice*!
Fico confusa, até me lembrar da outra coisa que podia ter "acabado".
O *reality show* dela, *Nos bastidores com Cassidy*.
— A RealTime Media ligou para o Dave hoje de manhã e eles vão cancelar — choraminga Cass. — Parece que não teve interesse suficiente dos anunciantes.
— Oh, Cass.
Essas são notícias genuinamente tristes para ela. *Nos bastidores com Cassidy* ia ser o *reality show* pessoal dela, com oito episódios e roteiro pré-definido, no canal *Bravo*, e documentaria — segundo o discurso do Dave — "os dramas loucos, por trás das câmeras, de uma das atrizes mais famosas em atuação da Grã-Bretanha hoje... das preparações às pré-estreias, dos namoricos aos namoridos; siga a muito amada *it girl* da TV, Cassidy Kennedy, enquanto ela bota a boca no trombone no Mundo das Celebridades, à sua maneira!".

(E sim, eu fiquei um pouco surpresa por eles terem ido tão longe quanto foram nas conversas com a produtora, a RealTime Media, com base nesse discurso, mas, de qualquer forma, um contrato estava prestes a ser assinado. Não importa que a Cass *não* seja, nem em sonho, "uma das atrizes mais famosas em atuação na Grã-Bretanha hoje" nem que, graças ao relacionamento dela com o Dave, qualquer "namorico e namorido" que o programa esperava retratar ia ter que ser bem mais da parte do "roteiro pré-definido" do que da parte do "reality show" em si. Ia ser o próprio programa dela, um avanço de suas novelas de costume ou de seu papel pequeno e comum no drama de ficção científica, *Isara 364*. Um trampolim — ao menos era como a Cass estava enxergando aquilo — para níveis Kardashianos de fama e glória.)

— Eu sinto muito mesmo — começo, mas ela logo me interrompe.
— Tipo, como assim, não houve interesse suficiente dos anunciantes? Estão *de brincadeira* comigo? Posso ser usada para vender *qualquer coisa*,

se o ângulo estiver certo. Tipo, o seu amigo, Olly, não teria me convidado para aquela festa de inauguração esta semana se não fosse só para me usar para conseguir mais clientes, teria?

Tenho bastante certeza de que o Olly convidou a Cass para a festa de inauguração porque precisa de alguém que a irmã mais nova dele, Kitty, iria gostar de humilhar; ela é apresentadora da MTV agora e concorrente da Cass desde que elas eram estrelas-mirins, e eu duvido muito que tivesse encontrado uma brecha em sua agenda ocupada para a grande noite do Olly se não fosse pela oportunidade de sambar na cara de uma antiga rival.

— Não, Libby — continua Cass —, não tem nada a ver com os anunciantes. É a Tanya, da RealTime. Ela me *odiou* desde o comecinho.

— Hum, tenho certeza de que ela não odiou você, quem quer que ela seja...

— É a parceira de produção do Ned. E ela me odiou, sim. Digo, não estou nem aí. Se eu ganhasse dez libras para cada menina que já teve inveja de mim, eu teria... — Os olhos dela, levemente borrados pelo choro, se arregalam enquanto ela tenta fazer as contas. — Bem, dinheiro suficiente para abrir a minha *própria* produtora e produzir meu próprio programa. E ganharia, tipo, todos os Emmys e Globos de Ouro que fossem possíveis. E aí a Tanya podia ir se foder.

Não vale a pena ponderar que *reality shows* roteirizados no canal Bravo provavelmente não vão concorrer ao Emmy ou ao Globo de Ouro. Se a Cass quer se imaginar desfilando por um tapete vermelho, segurando um monte de prêmios em uma mão e fazendo gestos obscenos para a Tanya com a outra, não é da minha conta.

— Olha, talvez alguma coisa boa resulte disso tudo — digo, enquanto a Cass começa a examinar a seleção de esmaltes que a manicure cansada está exibindo para ela, franzindo seu lindo narizinho para todos aqueles vermelhos vermelhos-demais e os rosas não-rosas-o-suficiente. — Afinal, você é atriz, Cass. Um *reality show* seria um certo desvio.

— Sim. Um desvio *incrível*. Quer dizer, nós tínhamos tudo definido, Dave e eu. *Nos bastidores com Cassidy* ia levar a um convite para o *Masterchef Celebridades*, e isso levaria a um convite para a *Dança dos Famosos*, e aí eu iria poder escolher o que quisesse em um dos canais realmente grandes, como o *E!*, um *reality show* maior, melhor... E agora vou ter que voltar à velha e chata *atuação*. E decorar *falas*. E, tipo, fingir que eu me importo com a evolução do personagem para que os roteiristas não deem todas as melhores tramas para outra pessoa.

— Eu sei. É um trabalho duro — respondo, usando o tom de voz calmante que minha mãe é ótima em usar com a Cass quando ela está surtando. O que me lembra... — Você já conversou com a minha mãe?

— Já, e ela se ofereceu para voltar mais cedo do festival de sapateado hoje, para ir ao meu apartamento à noite e me animar.

Depois de trabalhar como agente da Cass por anos (e minha também, para ser sincera; só que a minha própria carreira como atriz não deu a ela tanto trabalho quanto a da Cass), minha mãe agora tem sua própria franquia de uma escolinha de atuação em Kensal Rise. Ela está em Cardiff com um grupo de estrelas-mirins de onze anos agora, no festival de sapateado, e é reconfortante ouvir que ela se ofereceu para vir para casa mais cedo por causa da Cass. Apesar de que isso também pode ser um sinal de que a realidade de passar o dia todo rodeada por estrelas-mirins usando sapatos de sapateado está começando a dar nos nervos dela.

— Isso é legal da parte dela.

— É, mas eu disse que não. Ela está trabalhando lá. Achei que talvez você pudesse me animar no lugar dela. Então, o Dave reservou uma mesa para mim no Roka hoje à noite, e você precisa ir comigo. Vou usar minha nova *hot pants* vermelho-cereja, e o Dave vai avisar as colunistas de fofocas do *Daily Mirror* que estarei lá... Acho que elas devem se lembrar de você da época em que escreviam sobre você e o Dillon. — Cass me dá uma geral rápida. — Você vai precisar ir para casa e se trocar, obviamente...

Não consigo decidir se me sinto verdadeiramente deprimida por Cass estar tentando, tão obviamente, me usar com propósitos publicitários, para aumentar as chances da produtora de rever a ideia do programa dela de novo, ou com uma leve inveja da habilidade dela de se levantar, sacudir a poeira e dar a volta por cima.

De qualquer forma, minha resposta vai ser a mesma:

— Cass, não posso sair com você hoje. Estou... ocupada.

— Fazendo o quê?

Essa é uma ótima pergunta.

Para a qual a resposta mais precisa seria: "Com sorte, fazendo um sexo alucinante com meu novo namorado até altas horas."

Porque fazer sexo alucinante com o Adam estava, na verdade, nos meus planos para o fim do dia. É um objetivo que foi levemente arruinado pelo fato de ele ter esquecido nossos planos de uma noite aconchegante na casa dele e marcado aquele jantar de negócios no lugar, mas é uma meta que ainda pretendo atingir.

E se isso me faz parecer um tanto ninfomaníaca, me deixe apenas explicar que eu estava falando a verdade antes, quando disse que estávamos em um relacionamento maduro e adulto e, apesar de, convenhamos, eu talvez ter me apaixonado por ele hoje de manhã com toda aquela coisa do expresso e das passas cobertas com iogurte, em oito semanas de namoro nós ainda não passamos do bom e velho estágio dos amassos no sofá.

Sim. Oito semanas.

Visto que nenhum de nós é *amish* nem nada assim, e visto que, até onde se sabe, nós dois temos todas as partes necessárias do corpo humano em pleno funcionamento, só consigo me perguntar se esse seria algum tipo de recorde.

Há uma série de explicações perfeitamente plausíveis: nós dois somos extremamente ocupados; ele viaja um monte; Fritz precisa de muitos passeios; nós nos divertimos tanto juntos que, muito frequentemente, passamos horas simplesmente conversando, sem nenhum dos dois sequer perceber que não nos agarramos e começamos a nos beijar freneticamente.

Mas mesmo assim. Oito semanas de amassos no sofá me deixaram, no mínimo, bastante frustrada. Quer dizer, eu quero arrancar as roupas dele, e ele afirma que quer arrancar as minhas, então acho que já passou da hora de tomarmos uma atitude com relação a essas vontades e, bem, realmente tirar as roupas um do outro.

Daí o plano de sexo, sexo e mais sexo que eu tinha formulado na minha cabeça para hoje à noite, e que nenhum jantar de negócios inconveniente vai impedir. Não precisa acontecer depois de um saudável jantar à luz de velas de luciano-do-golfo com couve. Isso simplesmente *precisa* acontecer.

Mas não vou contar à Cass sobre a questão (espero) do sexo alucinante, porque nosso relacionamento não é desse tipo. (Ou, vamos pôr desta forma: se eu abrir a porta para discussões francas sobre sexo com o Adam, tenho muito, muito receio de que ela comece a me contar sobre sexo com o Dave. E eu valorizo uma boa noite de sono, coisa que eu não acho que vá ter de novo na vida se tiver que ouvir histórias sobre esse cara horrível e traidor tendo relações extraconjugais com a minha irmã.)

Então eu me limito a dizer:

— Vou ver o Adam.

— Adam? Quem é Adam?
— Ele é... Bem, é o meu novo namorado.
Cass fica me encarando.
— Você tem um *novo namorado*?
— Tenho. Sim.
— E está *me trocando por ele*? Esse seu *novo namorado*? Em vez de *mim*?
A manicure se encolhe de leve. O que é estranhamente parecido com como eu estava ontem, no casamento do meu pai.
— Não, Cass, não estou trocando você por ele. É só que, como eu disse, tenho planos com ele esta noite e...
— Que planos? — Cass quer saber, com aquele tom de voz que indica que qualquer resposta que não seja "ficar sentada ao lado dele enquanto ele se recupera de uma cirurgia neurológica enorme" não vai ser motivo nem perto de suficiente.
— Você sabe... planos. Coisas que as pessoas fazem com seus namorados.
— Certo. Eu *entendo* — diz Cass, jogando os cabelos loiros de um jeito que diz "Até tu, Brutus?", se jogadas de cabelo pudessem falar. — Então você vai vazar e passar a noite transando com esse *tal de Adam*...
— Ele não é *tal de Adam*. Ele se chama Adam, *de verdade*.
— ...enquanto a sua *única irmã* fica sentada sozinha em casa, contemplando o *fim de sua carreira* com uma garrafa de conhaque.
— Você não bebe conhaque — pondero. — E, de qualquer forma, agora que parei para pensar, segunda-feira não costuma ser a noite do Dave?
— Não hoje — resmunga Cass. — A mulher dele está enchendo o saco para ele ficar em casa hoje à noite por algum motivo. Para o aniversário dela ou alguma coisa assim.
— Que irracional da parte dela.
— Exatamente. Mas é o que eu passei a esperar — choraminga ela — de outra das pessoas que eu amo na vida, que quando a gente atinge o fundo da fossa...
— Do poço.
— ...não dá para contar com ninguém.
— Cass — me permito dizer, me arrependendo no instante em que o faço, para sucumbir à pontada de culpa que está me devorando. — Olha, eu tenho um tempinho livre amanhã, tá? Bem, na verdade, não tenho, mas vou *arranjar* um tempinho amanhã. — Todo aquele apoio moral que

prometi ao Olly vai ter que ficar em segundo plano, temporariamente, até depois de amanhã. Mesmo assim, vou só redobrar meus esforços assim que possível. — Vamos... Vamos sair para almoçar e aí podemos fazer compras e vou até pagar uma... — Estou prestes a dizer a palavra "massagem", mas aí me lembro que os lugares onde Cass costuma fazer massagens cobram bem mais do que cem pilas por esse mimo. — ...escova no salão ou algo assim — termino, odiando o fato de não poder ser mais generosa. Mas se nenhum banco não vai me emprestar nem um centavo, vou ter que usar mais das minhas míseras economias para investir na empresa. Não posso me dar ao luxo de esbanjar mais do que for absolutamente necessário.

— Não preciso de uma escova. — Ela analisa minha proposta por um instante. — Apesar de que acho que seria bom fazer a sobrancelha... Aaaah, ou uma máscara de colágeno...

— Vamos fazer a sobrancelha, então! — digo alegremente, tentando conferir àquela atividade mais felicidade do que ela vai realmente proporcionar. — Ora, vamos, Cass. Vai ser legal. E você pode ir cedo para a cama hoje e nem sequer pensar nessas coisas da produtora, e aí, amanhã, podemos discutir o assunto com uma perspectiva muito mais positiva. Naquele jantar que você mencionou, se você ainda quiser.

— Beeem... *acho* que pode ser. Quero dizer, só para constar — diz ela, nunca disposta a encerrar com uma solução pacífica quando se trata de um bom drama —, eu nunca deixaria *você* na mão se você estivesse seriamente deprimida, Libby. Eu apoiei você depois de toda aquela confusão com o Dillon, não apoiei?

É verdade, ela "me apoiou" logo depois de toda aquela confusão com o idiota do Dillon. Só que do jeito dela, o que significou que ela foi correndo até a minha casa com um pacote enorme de sopa "caseira" (do mercado), se aconchegou ao meu lado no sofá, para me dizer que sempre achou o Dillon um bosta, e depois brigou com o Dave por FaceTime e ficou chorando no *meu* ombro (e tomando toda a sopa) até as três da manhã.

— Eu levei — continua ela dramaticamente — *sopa caseira* para você!

— Eu sei, Cass, e foi muito legal da sua parte. E eu prometo que estarei totalmente à sua disposição amanhã, tá?

— Está bem — choraminga ela. — Vou ligar para a Stella hoje à noite, então, e pedir para ela ir lá em casa passar uma noite tranquila comigo. Preciso retocar a raiz mesmo.

Não consigo evitar sentir uma pontada fugaz de tristeza pelo fato de a Cass (em parte por ela sempre acusar outras mulheres de terem inveja dela, e em parte por causa de seu hábito horrível de dormir com homens casados) não ter nenhuma amiga para chamar nos períodos de crise. A Stella, apesar de ser uma menina ótima que conhece a Cass desde que elas fizeram escolinha de atuação juntas, é mais cabeleireira do que amiga dela.

— Ótimo! Faça isso, e eu ligo para você assim que acordar, para dizer onde e quando nos encontramos. — Me debruço por cima da manicure, pedindo desculpas por fazer isso, e dou um abraço na Cass. — Mas eu realmente preciso ir agora.

— Para ver esse tal de Adam?

— Sim. Mas tenho uma reunião com um cliente em Shepherd's Bush primeiro.

— Ah, certo. — Ela perdeu todo interesse. — Te vejo amanhã, então.

— Com certeza — digo a ela. — Te amo, Cass.

— *Humpf* — resmunga ela, que é (e vou traduzir aqui novamente) a maneira dela de dizer que também me ama.

3

Fora a parte da falta de sexo, as coisas estão indo bastante bem com o Adam. Ele me falou do esconderijo dele para a chave extra, que ficava debaixo de uma pedra artificial artisticamente disfarçada no pequeno quintal da frente. Ele me disse para entrar na casa dele algumas vezes desde que começamos a namorar, na maioria das vezes quando ele estava atrasado e queria que eu entrasse e dissesse para o Fritz que ele o amava, estava com saudades e não tinha se esquecido dele. Então estou meio que torcendo para que ele não se importe por eu usar a chave para entrar esta noite, desta vez sem a autorização explícita dele, para ficar deitada esperando por ele vestida com uma lingerie absurdamente sexy e dar a ele uma noite de sexo selvagem que ele nunca vai esquecer. Ou para que, se ele se importar por eu ter entrado sem a autorização explícita dele, que a lingerie absurdamente sexy e a noite de sexo selvagem sejam suficientes para o Adam não se importar mais.

Depois de uma reunião ótima com meu novo cliente (um estilista *freelancer* que está ansioso para usar algumas das minhas novas peças em um ensaio fotográfico para um caderno do jornal de domingo; chupa *essa*, Jonathan Hedley, gerente de Desenvolvimento Comercial da sucursal de Clapham), cheguei à casa do Adam, um sobrado eduardiano deslumbrante no meio de uma rua cheia de sobrados eduardianos deslumbrantes em Shepherd's Bush. Abri o portão e entrei. Na mesma hora, ouvi a porta da frente da casa vizinha se abrindo.

E aí não ouvi mais nada, porque houve uma trovejada de latidos tão forte que uma pequena bomba podia ter explodido nos arredores e acho que eu não teria percebido.

É o Fritz, o filhote de pastor alemão do Adam, que está saindo da casa com James Cadwalladr, vizinho de porta do Adam.

Eu nunca tinha visto James Cadwalladr pessoalmente antes, e este momento, em que o Fritz pula a cerca e começa a afundar o focinho alegremente na minha virilha, não é a hora ideal para isso acontecer.

Quero dizer, estou bastante acostumada a ficar cara a cara com atores muito, muito bonitos — eu acordava ao lado do Dillon O'Hara várias vezes por semana durante os curtos meses do relacionamento, certo? —, mas James Cadwalladr tem aquele jeito arrogante e prepotente, que é mais que um pouco intimidador. Ele está olhando para mim por cima da cerca agora, parecendo mais frio e indiferente do que quando você o vê como aquele detetive burguês amante de críquete na TV.

— Desculpe — diz ele —, mas quem é você?

— Sou a Libby — respondo, sem ar, tentando afastar o nariz do Fritz da minha virilha e, ao ver que não está funcionando, me abaixando na esperança de que ele vá cheirar o meu pescoço. Ele não vai. Simplesmente se abaixa também e tenta desesperadamente chegar na minha virilha de novo. (Só posso torcer para que o dono dele seja igualmente determinado, quando chegar em casa para o sexo surpresa mais tarde.) — Sou a namorada do Adam.

— Não é, não.

— Sou, sim.

— Não pode ser.

— Sou... hum... sim?

— Está falando sério? — Ele joga para trás o cabelo desleixado de garoto rico e fica me olhando. — Eu não sabia que ele tinha namorada.

— É, ele tem! — Desisto de lutar contra o Fritz e volto a me levantar. Ele instantaneamente perde o interesse pela minha virilha (viva!) e começa a fuçar o meu outro lado (para ser precisa, minha bunda). — Eu, hum, conheço a sua esposa, na verdade.

James Chiquetoso não parece muito mais interessado por isso.

— Ah, é?

— Sim. Ela tem algumas joias minhas na loja dela.

Tenho que agradecer ao Adam por isso, depois de ele, muito gentilmente, ter me apresentado a Lottie Cadwalladr quando ela parou para fazer um carinho no Fritz na rua em uma noite quente. Ela é dona da Ariel, uma butique independente incrível e muito badalada, com uma loja em Westbourne Grove e uma em Spitalfields. Começamos a conversar, ela gostou da pulseira que eu estava usando e, há duas semanas, a Ariel vende uma pequena coleção das minhas pulseiras e dos meus brincos na loja de Westbourne Grove. Foi um passo e tanto para mim porque, apesar de as encomendas do site serem boas e constantes, ajuda muito ter meus produtos em uma loja física também. Sem contar que ver minhas joias naquelas vitrines, sendo de fato admiradas pelos compradores no dia em que fui lá, me deixou sonhando com talvez conseguir abrir minha própria lojinha um dia...

— Certo. — James Chiquetoso dá um tapa na própria coxa; não entendo bem o que ele está fazendo por um instante (ensaiando uma pantomima?), até perceber que ele está tentando chamar o Fritz. — Aqui, garoto! — Ele parece irritado quando Fritz o ignora. — Ele gosta de você — diz ele em um tom acusador —, não gosta?

— Ah, é só porque eu fico dando uns pedacinhos de comida para ele quando eu e o Adam comemos juntos. Sabe, acho que ele não olha para mim e vê uma mulher humana. Acho que ele olha para mim e vê um pedaço de patê de fígado de frango.

James Chiquetoso não ri.

— *Aqui*, garoto! — insiste ele, com uma voz mais imponente dessa vez, seguida por um assobio, que finalmente convence o Fritz a parar de cheirar minhas partes íntimas e pular por cima da cerca para se juntar a ele de novo. — Vai entrar na casa ou algo assim? Achei que o Adam ainda estivesse fora. Não sei bem por que a Lottie nos faria ficar com essa bola de pelos mais uma noite se ele já tivesse voltado.

— O Adam só volta mais tarde. Eu só vim... hum... deixar uma coisa — digo, porque não quero que um estranho completo perceba que estou entrando na casa do meu namorado para ficar deitada esperando por ele de calcinha e sutiã. — Sei que ele é muito grato por vocês tomarem conta do Fritz.

— As crianças o adoram — diz James Chiquetoso, dando de ombros, enquanto segura a coleira de Fritz e a prende na guia. — Bem, prazer em conhecê-la, de qualquer forma — acrescenta ele em uma voz que sugere que não foi tanto um prazer, porém mais incrivelmente entediante e totalmente cansativo. — E boa sorte.

O que é algo estranho a se dizer.

Mas não vou perguntar por que ele disse aquilo, em parte porque não quero encher o saco dele mais do que já enchi, e em parte porque o Fritz começou a latir de novo, arruinando qualquer tentativa de continuar a conversa.

Eles seguem pela rua para sua caminhada noturna, e eu me agacho para pegar a chave extra, depois entro na casa do Adam.

Um oásis de tranquilidade levemente estéril e obsessiva-compulsivamente limpo, talvez, mas um oásis mesmo assim.

Quero dizer, se eu um dia acabar vindo morar aqui com o Adam, haveria muitas coisas que eu faria para tornar o lugar um pouquinho... bem, um pouquinho menos como um *show room* absolutamente maravilhoso e mais como um lugar para realmente morar. Eu daria uma incrementada no esquema de cores bege e cinza, para começar, colocaria alguns quadros nas paredes do corredor, no lugar de todos aqueles espelhos, para passar a sensação de amplitude, transformaria a cozinha de mármore cromada e cinza, para onde estou me dirigindo agora, em um lugar caloroso e aconchegante para ficar com nossos amigos, em vez desse espaço que parece uma foto de uma revista de interiores. Eu trocaria a mesa de aço por uma bela e grande mesa de madeira, como a que o Olly tem na cozinha dele, e trocaria as cadeiras de acrílico por cadeiras pintadas diferentes umas das outras — novamente, como as cadeiras da casa do Olly — e refaria o quintal moderno e um tanto sem vida, de onde é possível ver as portas duplas dos fundos; transformaria em um jardim de verdade, com grama, flores e uma churrasqueira... A parte mais aconchegante de toda a cozinha é o covil do Fritz, em um cantinho do outro lado do fogão a gás (para o máximo de calor), e até mesmo ele é estiloso o suficiente para aparecer em uma versão "cachorresca" de uma revista de design de interiores, com um portãozinho de segurança feito sob medida, para isolá-lo de qualquer perigo de respingos de óleo quando Adam está cozinhando, e uma coleção de almofadas Kelly Hoppen para ele descansar o traseiro cansado.

Mas agora não é hora de eu ficar parada aqui remodelando mentalmente a casa linda do Adam (sem contar que ainda não estamos nem perto do estágio de morar juntos), porque não faço ideia de que horas ele vai voltar e quero ter certeza de já estar usando minha lingerie sexy quando ele chegar.

Ou melhor, minha lingerie de vadia mesmo.

Porque vou jogar pesado esta noite, vou ser sincera. Eu já tinha aumentado o fator "obscenidade" das lingeries que eu estava usando na maioria das nossas noites de amassos no sofá, na esperança de que alguma coisa — o sutiã de renda de decote profundo, a camisete de seda gostosa ao toque, a calcinha pequena e semitransparente — pudesse fazer Adam ignorar todos os motivos perfeitamente plausíveis pelos quais ainda não tínhamos chegado nos finalmentes. Mas nada tinha funcionado; então, esta noite, estou apelando para a Coisinha de Laços e Elásticos.

Pego-a do fundo da minha bolsa, onde está guardada desde que saí do flat hoje.

Para falar a verdade, ainda não sei bem que tipo de peça isto aqui realmente *é*.

Comprei pela metade do preço em uma liquidação da Myla no auge do meu relacionamento com o Dillon e, apesar de ela ter proporcionado várias noites extremamente prazerosas, sua definição precisa ainda é um mistério. Não é um corpete. Não é um *corselet*. Acho que a descrição mais precisa seria "conjunto", mas não tenho muita certeza de que tem tecido suficiente para sequer se enquadrar nessa categoria. É só uma coleção de pecinhas muito, muito pequenas de renda preta, unidas por laços de cetim preto ou tiras de elástico preto. Requer *ou* um diploma em engenharia mecânica *ou* nervos de aço e a paciência de um santo para colocar aquela coisa (apesar de, interessantemente, Dillon nunca ter tido a menor dificuldade para *tirá-la*) e, esta noite, senhoras e senhores, vou combiná-la com meus saltos mais altos, um sorriso malicioso e... *absolutamente nada mais*.

Ah, bem, obviamente também vou usar os brincos da "coleção Marilyn" dos quais o Adam tanto gostou mais cedo. Só para o caso de toda aquela renda preta e meu atrevimento generalizado não o atiçarem, meus acessórios fabulosos, com um pouquinho de sorte, darão conta do recado.

O único problema é que, percebi agora que comecei a me espremer dentro da peça, na última vez em que eu usei a Coisinha de Laços e Elásticos, eu estava uns bons três quilos mais magra (não é que o Dillon me pressionasse para perder peso nem nada assim — na verdade, ele sempre foi superapreciador das minhas curvas nada dignas de um corpo de modelo —, mas tente dividir o espelho do banheiro com um homem tão em forma quanto o Dillon em mais do que algumas ocasiões e veja se você consegue resistir à tentação de parar de comer pudim. E pão. E chips. E almoçar). A Coisinha de Laços e Elásticos entra com certa facilidade nas minhas coxas, requer um pouquinho de esforço para passar pelos quadris, mas quando chego na parte que (mal) cobre a barriga, que é onde a maior parte do peso recuperado generosamente se posicionou, começa a ficar mais complicado.

Na guerra entre Libby Lomax e a Coisinha de Laços e Elásticos, a Coisinha de Laços e Elásticos está definitivamente vencendo essa batalha em particular quando meu celular toca.

Quando me abaixo para pegar o telefone na bolsa, consigo ver que é a Nora ligando.

Bem, ao menos é uma ligação que *vale* assumir a derrota temporária para uma peça de lingerie.

Uma ligação normal, não por FaceTime, ainda bem, porque apesar de sermos melhores amigas de longa data, eu não iria, de jeito nenhum, me sujeitar a deixar que a Nora me visse semivestida com minha lingerie mais depravada. Sei que ela *provavelmente* vê coisas mais perturbadoras em um plantão regular no pronto-socorro, mas eu não apostaria dinheiro nem nada.

— Oi, Nora — digo ao atender. — Tudo bem?

— Tudo bem com *você*? — replica ela. — Você não está *fazendo exercícios*, está?

O fato de a Nora parecer tão impressionada ao perguntar aquilo escancarava a maneira como me sinto com relação a exercícios físicos.

— Jesus, não. Só estou colocando uma... hum... roupa.

— Uma armadura completa? Um macacão de segurança? Porque parece que você está bem esbaforida aí, Lib.

— Estou, um pouquinho. Mas não é uma armadura. É o oposto, para falar a verdade. — Apoio o celular entre a orelha e o ombro e dou início novamente à minha tentativa de s-u-b-i-r a Coisinha de Laços e Elásticos pela minha barriga. — Estou na casa do Adam. Só estou me preparando para... bem, uma noite romântica aqui.

— Ah. Certo.

É irônico (e um pouquinho incompreensível, para falar a verdade) que a Nora, que passou tanto tempo nos últimos meses me encorajando a sair de casa e encontrar alguém para enterrar o fantasma do meu caso fracassado com Dillon O'Hara, esteja um pouco decepcionada com toda aquela coisa com o Adam. Ela ficou animada no começo, quando eu contei a ela — esperando pelo nosso voo noite passada — sobre eu ter começado a namorar outra pessoa, mas aí pareceu ficar chateada quando expliquei como o conheci.

— Esqueci de perguntar ontem — diz ela —, mas você já... hum... contou sobre esse tal de Adam para o Olly? Porque se não contou, não acha que talvez devesse contar? Porque eles trabalham juntos e tudo mais.

— Ainda não. Mas você não acha que ele vai se *importar*, acha, Nora? Quero dizer, eu sei que poderia ser estranho se eles trabalhassem juntos mesmo, tipo, no mesmo escritório ou algo assim, caso as coisas não dessem certo entre mim e o Adam, e o Olly acabasse tendo que tomar algum partido. Mas eles só se encontram de vez em quando e vão se encontrar ainda menos depois que o restaurante estiver realmente aberto e funcionando.

— Verdade. — Nora limpa a garganta. — Mas eu gostaria que você contasse a ele logo, Libby. Vou me sentir estranha se não tocar no assunto nenhuma vez enquanto estiver aqui.

— Não há problema nenhum em falar sobre isso! Não é nenhum segredo nem nada assim. Além disso, tenho certeza de que ele vai ficar contente! Ele gosta do Adam. E não é como se eu estivesse namorando, bem, Você-Sabe-Quem, nem nada assim.

Estou falando do Dillon, não do Voldemort, por sinal. Eu apenas tendo a evitar mencionar o nome dele tanto para Nora quanto para Olly porque eles ainda ficam um pouco revoltados com relação a ele, mesmo depois de todos esses meses. Tipo, acho que *eu* superei o comportamento pífio do Dillon mais rápido que a Nora e o Olly, e isso é algo grandioso. O problema é que o Olly odiava o Dillon desde o começo, tanto que chegou a ameaçar partir para a violência física com utensílios de cozinha *antes* mesmo do fiasco do furacão em Miami. Não há utensílios de cozinha suficientes no mundo para dar conta de todas as coisas que o Olly queria fazer com o Dillon *depois disso*.

— Hum — responde Nora. — Então. Uma noite romântica, você disse.

— Sim. — Continuo puxando a Coisinha de Laços e Elásticos pela minha barriga longe-de-perfeita. *Céus*, eu queria não ter ganhado esses três quilos de volta. — Ao menos espero que sim. Digo, estou aqui na casa dele e vou surpreendê-lo quando ele chegar.

— Surpreendê-lo? — Ela parece confusa. — Como uma espécie de... emboscada sexual?

— Não! Não é uma emboscada sexual! Credo, Nora, você faz parecer que eu estou planejando pular de dentro do guarda-roupa, abatê-lo com um dardo tranquilizante, algemá-lo no aquecedor e abusar dele pelas próximas três noites.

Há um silêncio breve.

— Isso parece — diz Nora, após um momento — preocupantemente *detalhado*...

— Tá, mas não seria totalmente incompreensível se eu fosse fazer algo do tipo — respondo, finalmente — *finalmente!* — conseguindo passar a

Coisinha de Laços e Elásticos pela minha barriga e colocando as alças sobre os ombros. — Eu disse a você no avião ontem à noite. As coisas estão realmente perfeitas entre nós. Só precisamos trabalhar na... parte sexual.

— Lib, eu fico realmente um pouco preocupada quando você começa a usar palavras como *perfeitas*. Digo, não me leve a mal, o Adam parece ótimo. Mas você sabe que você tem uma tendência a... bem, romantizar as coisas.

— Eu admito, pode ser que eu tenha tido essa tendência no passado, mas não agora. Quando você o conhecer, vai ver. — Agora que a Coisinha de Laços e Elásticos está posicionada com firmeza (bem, mais ou menos com firmeza), posso começar o processo complicado de colocar os laços e os elásticos para cobrir as partes necessárias. — Ele é ponta firme. Seguro. Confiável...

— Está bem, está bem, não precisa fazer com que ele pareça ser o tipo de coisa que meu pai usaria para proteger do tempo os móveis do quintal.

— Maduro — continuo. — Equilibrado.

— Certo, agora você está fazendo com que ele pareça um daqueles queijos misteriosos de que você e o Olly vivem vangloriando.

— Só estou querendo dizer que, dessa vez, pode ser que realmente dê certo. Adam pode ser o cara. Quer dizer, ele me levou um expresso e passas cobertas com iogurte antes da minha reunião importante hoje de manhã! Foi lá do escritório dele, em Mayfair, até Clapham!

— Hum, você não teria preferido um cappuccino e um saquinho daqueles crocantes cobertos com chocolate que você devorou no aeroporto ontem?

— Essa não é a questão. Ele realmente se importa, Nora. Eu importo mesmo para ele.

— O que é ótimo, Lib. E estou muito, muito feliz por você. Só não quero que você se machuque. — Há uma pausa brevíssima antes de ela acrescentar, baixinho, mas repleto de significado:

— De novo.

— Não tem como eu me machucar, Nora. De jeito nenhum.

Apesar de que, ao mesmo tempo em que digo isso, a Coisinha de Laços e Elásticos começa a escorregar para *cima* de um jeito que só vai ficar mais doloroso se continuar subindo. Então é plenamente possível que a Nora tenha razão, mesmo que não seja exatamente no sentido que ela está pensando.

— Está bem, mas depois do que aconteceu com Você-Sabe-Quem e todo aquele maldito *caos* que ele causou...

— Por falar em caos — digo, interrompendo-a antes que sejamos desviadas para a estrada Dillon O'Hara, de onde sempre é difícil de escapar —, você passou tanto tempo me perguntando sobre o casamento do meu pai ontem que acabou não me falando nada sobre o *seu* casamento. — Nora vai se casar em cinco semanas, com seu adorável noivo, Mark. — Alguma notícia? Alguma novidade? Alguma coisa que a sua madrinha-chefe devotada e dedicada possa fazer para ajudar?

— Para falar a verdade, esse é um dos motivos pelos quais eu liguei — diz Nora. — Esqueci de perguntar ontem e sei que você anda superocupada esses dias, Lib... mas você acha que conseguiria separar umas horinhas, esta semana, para ir comprar o vestido de madrinha com a Tash? — Tash, além de ser a parceira de viagens de moto do Olly, vai ser a outra única madrinha de Nora que não é da família. — Achei que talvez você pudesse levar o vestido que você já comprou e tentar ajudá-la a escolher alguma coisa que combine... Vou tentar ir com vocês — acrescenta ela, talvez provando que tinha percebido que Tash e eu, apesar de perfeitamente amigáveis juntas, ainda não nos conectamos o suficiente para um "passeio de compras das amigas" a dois. — Se o Olly não precisar que eu faça alguma coisa para ele na mesma hora.

— Claro, Nora. Arranjo um tempinho quando a Tash puder ir.

— Obrigada, Lib. E por falar na Tash, preciso ir... Vamos para West End comer alguma coisa hoje à noite. É, provavelmente, a única chance que vou ter de mostrar o agito para ela antes de nos transformarmos em empregadas do Olly nas próximas noites.

— Sim, é claro. Vai lá.

— E boa sorte com o Adam esta noite! — acrescenta ela. — Mas você não vai precisar de sorte. Tenho certeza de que ele não vai conseguir tirar aquelas mãos seguras, confiáveis, protetoras-de-móveis-de-jardim de você.

Só podemos torcer.

E vamos descobrir antes do que eu esperava, porque assim que coloco o celular de volta na bolsa, ouço uma chave na porta da frente.

Isso não é tarde da noite! Acaba de passar das oito horas! O que eles fizeram no tal jantar de negócios? Tomaram um gole de água com gás, petiscaram uma porção pequena de sushi, beberam um cafezinho e pagaram a conta?

Bem, não há tempo para achar todo esse profissionalismo americano e essa vida saudável irritantes. Graças a Deus, estou prontinha e (pouquíssimo) vestida, então tudo que preciso fazer é me acomodar da maneira mais sedutora possível em uma dessas cadeiras desconfortáveis, exibir o que espero que seja um sorriso "venha cá" e...

— Não entendo por que eu tive que vir até aqui só para ajudar você com essa porcaria — diz uma voz no corredor. — Você não podia fazer isso sozinha?

Não é o Adam.

É o James Chiquetoso Cadwalladr.

— Sim, sim, mas me sinto estranha de vir à casa do Adam sozinha. Não o conhecemos *tão* bem assim.

E essa, reconheço na hora, é Lottie Cadwalladr, minha mais nova distribuidora.

Merda.

Não posso correr até as escadas porque eles estão no corredor, onde acabaram de entrar. Não posso correr até as portas que levam ao jardim porque estão trancadas e não tenho tempo para procurar a chave. Seria absolutamente inútil me agachar embaixo da mesa porque essa porcaria é feita de acrílico...

Que diabos eu vou fazer?

Quando a porta da cozinha começa a abrir, tomo a única decisão que está à minha disposição: corro para o covil do Fritz, onde devo conseguir me esconder até os Cadwalladrs encontrarem o que eles estão procurando e voltarem para a casa deles.

Pulo da mesa, correndo até o cantinho perto do fogão e, apesar dos saltos altos, pulo por cima do portãozinho de segurança em um único e impressionante salto.

— ...certeza de que o Adam não colocou na sacola de coisas do Fritz quando o deixou lá em casa? — pergunta James Chiquetoso enquanto os passos de duas pessoas — um pesado e masculino, e outro mais leve, de sapatilhas — atravessam o piso de mármore. — Não tinha meio milhão de brinquedinhos barulhentos lá dentro?

— Não o verde e branco — diz Lottie, antes de acrescentar:

— Vai lá, Fritz! Vai encontrar o seu brinquedo! Vai!

Espere aí: eles trouxeram o *Fritz* junto, também?

Não preciso nem me fazer essa pergunta, porque há uma batucada de patas caninas no chão de mármore e, um instante depois, estou olhando, da minha posição agachada atrás do portão de segurança, bem no fundo dos olhos castanhos-chocolate adoráveis dele.

Ele começa (que surpresa) a latir.

— Fritz, não! — sussurro, sacudindo as mãos para ele. — Vá embora! Não tenho patê! *Ich habe* — arrisco, desesperada, convocando o alemão que estudei, sem muito empenho, quando tinha catorze anos — *kein patê*!

Mencionar o patê foi, em retrospecto, um erro, em qualquer idioma. Fritz fica furioso.

— Por que ele está latindo agora, porra? — Mal consigo ouvir a voz de James Chiquetoso em meio ao barulho estrondoso que Fritz está fazendo.

— O brinquedo deve estar no covil dele — ouço Lottie dizer. — Garoto esperto.

O brinquedo dele! O brinquedo verde e branco barulhento! Isso vai me livrar dele. Vejo que está aqui, ao lado da tigela (da marca Alessi), pego e, então, me enfiando no meio das barras do portãozinho para garantir o máximo de distância, arremesso o maldito brinquedo pelo chão da cozinha, para bem longe do covil e, também, de mim.

O que não faz diferença nenhuma. Fritz não dá a mínima para o brinquedinho barulhento, não quando sua amada Provedora de Patê está bem à sua frente, encurralada atrás do portão. Além disso, agora que cometi o erro de enfiar a cabeça por entre as barras para jogar o brinquedo, ele está lambendo a minha cara, praticamente me afogando com saliva cheirando à carne.

É um tanto nojento, e não consigo puxar a cabeça de volta para dentro rápido o suficiente.

Na real, simplesmente não consigo puxar a cabeça de volta para dentro do covil.

Estou falando sério. Não consigo tirar a cabeça dali.

Não faz sentido… Quero dizer, eu passei a cabeça para o lado de lá, não passei?

A não ser que sejam os brincos Marilyn Monroe. Esses brincos lindos, grandes, com estilo de candelabro. Esmagados do lado de fora das barras, fazendo com que seja impossível que eu esprema minha cabeça de volta.

Assim que esse fato terrível fica claro para mim, um par de sapatilhas French Sole de leopardo passa pelo fogão e para abruptamente à minha frente.

— Deus do céu! — exclama Lottie Cadwalladr pouco mais de um metro acima da minha cabeça.

O que resume bem os fatos, para falar a verdade.

— *James*! — continua ela em um tom apavorado. — Venha *rápido*! O Adam tem uma mulher... *aprisionada* aqui!

— Uma *mulher*? — repete James Chiquetoso.

— Não, não, não! — Minha voz parece um pouco apavorada, o que é compreensível, dadas as circunstâncias, mas só vai fazer eu me sentir ainda mais humilhada a longo prazo. Eu preferiria soar mais indiferente, gentil, até, porque aprendi, com experiências passadas, que se você levar esse tipo de humilhação lamentável numa boa, as outras pessoas não têm escolha a não ser levarem numa boa com você. — Não sou uma mulher — continuo, do jeito mais tranquilo que consigo. — Quer dizer, não sou uma velha qualquer! Sou eu, Libby Lomax. Hum, namorada do Adam. Designer de joias.

— *Libby*? — arfa Lottie.

— Isso mesmo. Oi! Bom ver você de novo.

Os sapatos de James Chiquetoso chegam agora, e ouço um "Puta que pariu" chocado antes de ele segurar a coleira do Fritz e, solicitamente, pôr um fim àquela tortura molhada, puxando-o de volta na direção da cozinha e largando-o no corredor.

— Obrigada! — digo, ainda tentando parecer relaxada com tudo aquilo, na esperança de que isso os convença de que não há nada de muito extraordinário em encontrar uma suposta estranha, com a cabeça presa entre duas barras de ferro, na casa do vizinho, usando apenas alguns laços de fita e elástico que protegem sua modéstia. — Fico muito agradecida.

— Mas, Libby... — Lottie não parece nem um pouquinho relaxada. — Você precisa me dizer. Você está... nessa posição... *voluntariamente*?

— Porra, o Adam não a prendeu em um calabouço sexual nem nada assim! — diz James Chiquetoso bruscamente. — Ele nem sequer está em casa. Eu a vi entrando aqui mais ou menos uma hora atrás. Ao menos eu *acho* que é ela... — Há uma pausa. Não sei por que, mas tenho a impressão de que há um pescoço se inclinando. — Ela parece um pouco diferente desse ângulo.

— Então pare de olhar para ela desse ângulo! — ralha Lottie. — Deixe a pobrezinha ter um pouquinho de dignidade, sim?

O que eu realmente gostaria que acontecesse agora era que o chão do covil do Fritz se abrisse como um ralo enorme, me sugasse para as profundezas da terra e desse um fim a mim em um poço de lava escaldante.

— Enfim, se ele não a aprisionou, o que é que ela está *fazendo* aqui? — quer saber Lottie, antes de se agachar para me olhar nos olhos. Seu belo rosto está enrugado com uma preocupação genuína. — O que você está fazendo aqui? — ela repete para mim. — Se você estiver assustada demais para dizer qualquer coisa em voz alta, só... sei lá... pisque três vezes... ou você tem uma palavra de segurança ou algo assim...?

— Não, não existe uma palavra de segurança! — Eu quero muito, muito mesmo que minha nova e gentil cliente *pare de pensar que sou adepta do sadomasoquismo.* — Isso tudo é só um acidente bobo. Enfiei a cabeça por entre as barras, sabe? — continuo, inteligentemente evitando qualquer menção quanto a por que eu coloquei uma lingerie sexy para fazer isso. — Acho que o problema são meus brincos, na verdade, então talvez... — Ergo uma mão para tirar um dos brincos e, depois, assim que ele cai, faço o mesmo com o outro. — Tenho certeza de que vou conseguir libertar a cabeça agora.

Errado de novo.

Minha cabeça, mesmo sem os brincos, não passa pelas barras do portãozinho de segurança.

— Minha cabeça não cresceu, cresceu? — Pareço em pânico de novo. — Será que isso pode ter acontecido? Cabeças costumam crescer espontaneamente?

— Não sei quanto a isso. — Lottie inclina a cabeça para o lado. — Acho que pode ter *expandido* um pouquinho ou algo assim... Por causa da fricção, de você ter ficado tentando puxá-la, talvez?

— Puta merda, vocês duas. Não é a semana do físico amador. — James Chiquetoso não parece nem um pouquinho impressionado. — É óbvio que precisamos é de algum tipo de lubrificante.

— *James!* — arfa Lottie.

— Para *passar nas barras* — explica ele. — Para ajudá-la a escorregar por elas. Azeite, manteiga...

— Ah. Certo, sim, talvez essa seja uma boa ideia, para falar a verdade. Vou procurar na geladeira — diz Lottie, levantando-se e indo até o outro lado da cozinha. — Continue conversando com ela, James! — grita ela por cima do ombro. — Caso ela entre em choque ou algo assim.

— Ela não vai entrar em choque — responde James Chiquetoso, irritadamente, antes de pensar um pouquinho melhor e se virar novamente para me perguntar:

— Vai?

— Não — resmungo.

— Ótimo. Talvez *eu* entre, contudo.

O que eu acho que é uma maneira rude, *extremamente* rude, de falar da visão pavorosa da minha bunda, do outro lado das barras, até ele continuar:

— Digo, eu francamente não pensava que o Adam era desses. Eu tinha bastante certeza — cem por cento de certeza, para falar a verdade — de que ele jogava no outro time.

— Como?

— Dirigia do lado direito da rua.

— Hum, você está dizendo que ele é *americano*? Porque eu já percebi...

— Eu achava que ele fosse gay.

Pisco para James Chiquetoso. Para ser mais precisa, pisco para os tênis Converse, surrados, dele.

— O Adam não é gay.

— Se você diz.

— É o que estou dizendo.

— Bem, você o conhece melhor do que eu, obviamente. Deve só ser um grande, *grande* amigo dele que eu vejo saindo daqui todas as manhãs quando estou voltando para casa da minha corrida... Mas que diabos, Lottie? — diz ele quando as sapatilhas de Lottie voltam para perto de nós. — Eu sugeri azeite ou manteiga, não metade das coisas do armário!

— Ora, *eu* não sei o que vai funcionar, não é? — Lottie se agacha de novo, com os braços cheios de pacotes e garrafas diferentes. — Então, qual você acha que vai ser mais escorregadio? Óleo de amendoim? Óleo de semente de uva? Óleo de argan... Ooooh, eu nunca tinha ouvido falar desse antes.

— É muito usado na culinária do norte da África — diz James Chiquetoso. — Dá para usar para fazer molhos frescos, regar o cuscuz...

— Ah, era isso que deixava o cuscuz tão delicioso em Marraquexe? — pergunta Lottie.

— Acho que era a canela, na verdade — responde o marido dela. — Eu comecei a acrescentar quando faço cuscuz em casa, sabe, mas não acho que a qualidade da canela seja tão boa quanto era lá, porque...

— Eu sinceramente acho que qualquer óleo serve — digo, começando a me sentir mais desesperada do que nunca agora que, de alguma forma, parecemos estar simplesmente sentados aqui trocando dicas de receitas e lembranças sobre cuscuz. — Podemos simplesmente *testar* um deles?

— É claro. Vamos começar com o óleo de gergelim!

Foi o que fizemos. E como não surtiu nenhum efeito, tentamos o óleo de amendoim. E como não surtiu nenhum efeito, tentamos óleo de girassol. E como não surtiu nenhum efeito (isto é, além de me deixar com muito cheiro de uma espécie de comida chinesa), James Chiquetoso anuncia:

— Porra, esse é um jogo para soldados. Melhor eu chamar a brigada de incêndio.

— Não! — gemo, delicadamente, porque se já é humilhante o suficiente estar seminua e presa, de quatro, entre duas barras de ferro na frente de Lottie e James Cadwalladr, não consigo nem imaginar o horror de trazer meia dúzia de bombeiros para esta cozinha também. — Por favor...

— Bem, eu não vejo outra opção — diz ele irritadamente. — Não tenho um serrote. Acho que posso ir ver se algum dos vizinhos tem...

— Bogdan! — arfo repentinamente.

Não consigo acreditar que não pensei nisso antes.

— Meu amigo, Bogdan. Ele é um faz-tudo... bem, e cabeleireiro também, mas... — Não é relevante, Libby! Se atenha aos fatos importantes! — Ele vai ter um serrote, tenho certeza absoluta. Olha, você pode pegar o celular na minha bolsa — digo, fraca de alívio — e trazer, para que eu possa ligar para ele?

— Claro! — Lottie parece bastante aliviada também, porque, apesar de essa, talvez, ser a pior noite de toda a minha vida, não acho que esteja sendo uma noite extremamente agradável para ela e James também. — James, pegue o celular. Vou só ver — acrescenta ela, levantando-se quando uma nova salva de latidos vem do corredor — por que o Fritz está tão agitado lá.

Ouço a porta da cozinha se abrir e, então, ouço Lottie dizer, em uma voz perplexa:

— Oh! Adam!

Então ele realmente voltou cedo do jantar de trabalho. Apenas não cedo o suficiente, infelizmente, para ter evitado que eu acabasse nessa minha situação atual.

— Isso tudo provavelmente parece muito estranho para você — continua Lottie —, mas temos uma situação aqui... Suponho que nenhum de vocês tenha um serrote, por acaso, certo?

Espere aí: *nenhum* de vocês?

— Não tenho um serrote — diz a voz de Adam, parecendo tanto pasma quanto ansiosa, o que é atípico dele. — Ben, hum, suponho que você também não tenha um serrote aí?

— Não, não trouxe nenhum serrote — diz outra voz.

Assim como a de Adam, tem sotaque americano.

E assim como a de Adam, é masculina.

— E vou dizer a você, Ads — continua a voz do estranho, com uma risadinha abrasiva —, fico feliz que a gente esteja namorando há bastante tempo antes de você me fazer essa pergunta. Caso contrário, eu sairia correndo pela porta mais rápido que uma bala.

Não consigo me mexer.

Quero dizer, eu *obviamente* não consigo me mexer. Nenhum de nós estaria aqui agora se eu conseguisse.

Bem, Adam e Ben provavelmente ainda estariam aqui para sua noite aconchegante a dois. Meu namorado e... o namorado *dele*?

Pode ser que as barras do portãozinho estejam gradualmente interrompendo a corrente sanguínea para o meu cérebro, mas até eu consigo somar dois com dois e chegar a quatro aqui.

Há um guincho leve de tênis no mármore, e o rosto de James Chiquetoso aparece à minha frente de novo.

— Aqui está o seu celular — diz ele com indiferença, enquanto me passa o aparelho pelas barras e dobra meus dedos congelados em torno dele. E então ele acrescenta, também com indiferença:

— Falei que ele era gay.

Aí ele se levanta e vai até o corredor, talvez para me dar um momento de privacidade.

Com uma força de vontade que eu nem sequer sabia que tinha, forço meus dedos a descongelarem para conseguir ligar para Bogdan.

Ele e seu serrote não podem chegar aqui rápido o bastante.

4

A meia hora seguinte após o Adam e o namorado dele terem chegado à casa se transformou em um certo borrão, vou ser sincera.

Graças a Deus, Lottie e James foram embora à francesa e, então, Adam entrou (constrangido) na cozinha e me encontrou. Ele não disse muita coisa, e eu disse menos ainda. Tenho uma lembrança vaga de ter sido analisada, por um instante, por um homem bem carrancudo usando um terno bem elegante, que eu só podia presumir que fosse o Ben. E aí, bem quando Adam sugeriu que talvez fosse uma boa ideia que eu comesse um edamame e tomasse uma água de coco para me manter com energia, Bogdan chegou.

Com o Olly.

Meu segundo visitante inesperado, que não anunciou que vinha, francamente, nada bem-vindo da noite.

Não me leve a mal, sempre fico feliz de ver o Olly. É uma situação verdadeiramente rara quando não quero ver seu rosto adorável e amigável por perto. Eu não teria arrastado o pobrezinho para o casamento do meu pai, nesse último fim de semana, se não achasse que tudo ficaria melhor só por ele estar ali.

Esta noite, contudo, é precisamente uma dessas situações raras.

— Estou decorando restaurante — foi a explicação de Bogdan, em meio ao barulho do serrote, quando perguntei a ele, por entre dentes cerrados, por que ele tinha decidido compartilhar meu probleminha com o Olly antes de eles dois entrarem na van dele, como cavaleiros templários sem capa, para me resgatar da Morte por Humilhação em Shepherd's Bush. — Olly está bem ao meu lado quando estou recebendo ligação. Você está esperando que eu minta para ele sobre motivo de ligação? Sendo que ele é meu chefe atual? E também, estou esperando não estar presumindo demais, certo, amiga?

Bem, não, eu não esperava que ele *mentisse*.

E visto que ele tinha falado: "Deixe estar esclarecendo isso, Libby: você está presa em algum lugar, contra sua vontade, e só usando o que acho ser algum tipo de roupa de baixo?", alguns instantes depois de minha explicação sucinta pelo telefone, suponho que era de se esperar que Olly pegasse as chaves da van e viesse correndo para me dar assistência.

Mas essa é só mais uma camada de constrangimento para enfrentar: Olly, que nem sequer sabia que eu estava namorando com o Adam, para começar, ficar cara a cara comigo nessa situação terrível, seminua e pirada.

Para ser bem sincera, a descoberta de que meu novo namorado, que eu realmente achava que pudesse ser O Cara, é, na verdade, gay... Bem, é quase a coisa menos pior dessas últimas duas horas.

Eu disse *quase*.

Olly insistiu em me levar até em casa, o que foi legal da parte dele, porque estou me sentindo um pouco machucada demais, física e emocionalmente, para o sacolejo do metrô agora.

A parte ruim, contudo, é enfrentar mais daquele constrangimento horrível.

Apesar de — obviamente — eu ter me vestido de volta assim que me livrei das barras, o clima entre nós está tão desconfortável que eu poderia muito bem ainda estar usando a Coisinha de Laços e Elásticos e um pouco de óleo de gergelim. Estávamos sentados em um silêncio constrangedor desde Shepherd's Bush e estamos em cima do rio, presos em um engarrafamento perto da ponte Wandsworth, quando Olly finalmente se pronuncia.

— Então. Adam Rosenfeld.

— Sim. — Engulo em seco. — Você sabia que ele era gay?

— Libby, por favor. Eu só trabalho com o cara. E mal o vejo, mesmo assim. Ele deu um pulo no restaurante, esta tarde, pela primeira vez em uma semana. Quero dizer, não me *lembro* de ficar pensando, enquanto analisávamos umas planilhas emocionantes juntos, em qual poderia ser a orientação sexual dele...

— Verdade.

— E não é como se eu estivesse procurando por qualquer evidência em particular, de um jeito ou de outro. — Olly troca de marcha quando o tráfego finalmente flui um pouquinho. — Digo, eu nem sabia que você estava namorando o cara, Libby. Você manteve esse segredo guardado a sete chaves dentro do peito.

Me encolho por dentro só de ouvir Olly mencionar meu peito, visto que ele viu mais do meu peito esta noite do que eu gostaria que ele visse durante toda a vida.

— Era bem recente — murmuro.

— Você podia ter falado alguma coisa no fim de semana.

— Eu sei. Me desculpe. Eu não queria gritar aos quatro ventos caso... bem, não desse certo. O que acabou mostrando que sou bem profética, na verdade.

— Você não é patética.

— *Profética* — corrijo.

— Ah... Bem, isso talvez você seja.

— É, só que eu achei que os motivos pelos quais talvez não desse certo seriam porque nós dois somos ocupados demais com nossos trabalhos ou, quem sabe, não gostássemos das famílias um do outro... Nunca parei para pensar que poderia ser porque ele estava me usando como uma barba para esconder sua verdadeira identidade dos pais judeus ortodoxos.

Isso é baseado em algo que Adam murmurou para mim, por sinal, alguns minutos antes de Bogdan, Olly e a mala de ferramentas chegarem: "Eu sinto muito, Libby... Minha mãe e meu pai... Não é uma coisa ortodoxa... Eles não aprovariam..."

Que é uma coisa com a qual eu até consigo solidarizar, sabe? Já sofri a desaprovação da minha mãe pela maior parte dos últimos trinta anos. Mas, mesmo assim, não acho que seja justo arrastar outra pessoa para dentro dessa confusão. Alguém inconsciente. Alguém ignorante.

— Eu sou tão *idiota* — digo, arrasada, olhando pela janela à medida que partes não identificáveis da porção sudoeste de Londres deslizam ao encontro do crepúsculo de verão. — Como eu pude não perceber que ele era gay? Ele não tinha mais desculpas para inventar para evitar fazer sexo comigo!

— Ele inventou desculpas?

— Dezenas. — Eu não costumava conversar sobre sexo com Olly, mas sentia que tínhamos superado essa barreira esta noite. Para falar a verdade, não exatamente "superado", mas "demolido". Com um caminhão de dez toneladas. — Ele estava ocupado com o trabalho. Estava cansado da academia. Estava com dor de cabeça... Sei lá. Houve uma série de explicações diferentes. E eu caí em cada uma delas.

— Então a... hum... lingerie sexy... hum... era...

— Minha tentativa vergonhosamente insensata de reverter a situação.

Olly acena compreensivamente com a cabeça.

— Entendi.

— Quero dizer, o que há de *errado* comigo — continuo — que eu julgo tão mal todos os seres humanos machos?

— Não há nada de errado com você.

— Certo, então, talvez simplesmente haja algo errado com os *homens*.

— Ah, bem, essa é uma generalização um tanto injusta...

— Não estou falando de *você*, Ol. Estou falando de todos os outros.

— Ora, fala sério, Lib, só porque as coisas não deram muito certo com o Adam e só porque você teve uma experiência totalmente desastrosa com um babaca completo como o Dillon O'Hara...

Nesse momento, ouvimos um grunhido raivoso vindo da parte de trás do carro: é Bogdan, de quem, preciso confessar, eu tinha esquecido completamente que estava ali.

Ele se inclina para a frente, agora para empurrar o ombro de Olly com seu dedo grande manchado de tinta.

— Não dizer coisas rudes sobre Dillon — alerta ele. — Libby não está tendo experiência desastrosa com ele. Libby está tendo experiência paradisíaca com ele. E não só no quarto.

— Bogdan! — Me viro para olhar para ele. — Isso não é da conta de ninguém!

— Está sendo da minha conta — resmunga Bogdan sombriamente — quando estou ouvindo mentiras sobre pessoas que estou gostando.

(Bogdan está sendo levemente injusto aqui. Ele não apenas *gosta* do Dillon, ele nutre uma paixão colossal, latente e não correspondida por ele, de um jeito trágico, moldavo, com fundo musical de balalaica. Foram muitas as vezes, durante aqueles poucos meses arrebatadores com o Dillon, em que eu meio que esperava abrir a mala em algum quarto de um hotel glamouroso e encontraria Bogdan escondido no meio dos meus sapatos, das minhas blusas e da lingerie sexy, todo pronto para saltar dali e fazer o Dillon honrar as promessas de um fim de semana devasso. Fiquei tão paranoica que até cheguei a parar de levar a mala grande e comecei a socar tudo que eu poderia precisar na menor das minhas duas bolsas de lona.)

— Me enganei, Bogdan — retruca Olly, sua voz pingando sarcasmo. — Não tem nada de desastroso em ser abandonada em Miami, um dia antes de um furacão imenso, sem passaporte e sem cartões de crédito.

— Ser abandonada no Miami, antes do furacão imenso, sem passaporte e sem cartões de crédito — repete Bogdan — *por Dillon O'Hara*.

Olly tira os olhos da estrada por um momento para encarar Bogdan.

— Me desculpe... Você está dizendo que esse é algum tipo de privilégio?

— Estou dizendo — explica Bogdan, com seu tom de voz excessivamente paciente de alguém que acha estar conversando com um completo imbecil — que Libby está tendo sorte de estar envolvida com um homem tão bonito e charmoso e engraçado e...

— E viciado em cocaína — interrompe Olly — e mulherengo...

— Certo, já chega! — Ergo a mão. — Olha, estou incrivelmente grata a vocês dois por terem vindo e me livrado de uma enrascada, mas podemos simplesmente *parar de falar sobre o Dillon O'Hara* pelo resto do trajeto?

— Eu seria um homem feliz — anuncia Olly — se nunca sequer precisasse ouvir o nome dele pelo resto dos meus dias.

Isso deixa Bogdan de cara amarrada, porque ele nos trata com um silêncio magoado até Olly deixá-lo no início da rua dele, em Balham, alguns minutos depois. E depois dá um tapinha na janela de Olly pouco antes de arrancarmos e grita *"Dillon O'Hara!"*, petulantemente, pelo vidro.

— Provavelmente não foi uma boa ideia — digo, um instante depois — deixar o seu pintor e decorador *tão* bravo assim com você, quatro dias antes da grande inauguração do seu restaurante.

— Ah, ele vai ficar bem. Além disso, está tudo sob controle lá.

— Mesmo? Porque me sinto péssima, Ol, por ter acidentalmente arrastado o Bogdan e você de lá esta noite...

— Sinceramente, Lib, não se preocupe com isso. Como eu disse, estamos dentro dos prazos. E eu sei que você faria o mesmo por mim.

— Se você ficasse com a cabeça presa entre barras de ferro, na casa da sua namorada secretamente lésbica, usando uma cueca minúscula, e um ator famoso tivesse esfregado óleo de cozinha em você?

— *Exatamente* nesse cenário — diz Olly solenemente —, sei que você iria atravessar a cidade com o seu serrote mais afiado e o seu maçarico mais confiável.

— Bem, amizade é isso mesmo, afinal — digo.

Olly fica em silêncio por um momento, o que é uma pena, já que eu pensava que estávamos no caminho para Tudo Vai Ficar Bem entre nós novamente, até que ele, de repente, atravessa a rua e entra no *drive-thru* do McDonald's, do outro lado.

— Não sei você — diz ele —, mas eu estou morrendo de fome. Um Big Mac não cairia bem?

O que leva à questão eterna: por que, meu Deus, o Olly ainda está solteiro? Quero dizer, este é um homem que parece conseguir antecipar os desejos de uma mulher e satisfazê-los antes de ela sequer ter a chance de perceber que eles existem. Fora aquelas malditas passas cobertas com iogurte, eu não tinha comido nada o dia todo (para, inutilmente, ficar o melhor possível com a minha Coisinha de Laços e Elásticos), e um Big Mac não apenas cairia bem, seria um tiro certeiro, bem na mosca.

E, apesar de ser reconhecidamente um amante da gastronomia, Olly tem um certo hábito de me levar a McDonald's aleatórios. Na verdade, este exato *drive-thru* é aquele no qual paramos alguns meses atrás, depois de ele ter me pegado no Paddington Express, no caminho para casa *daquela* viagem a Miami com o Dillon. Acho que o Olly deve se lembrar disso também, porque acabamos de pegar nossos pedidos, e estou abrindo a boca para enfiar um hambúrguer dentro dela quando Olly abre a boca *dele* para dizer:

— A questão é, Lib, que eu achei que você tinha dito que ia dar um tempo com os homens. Depois do que aconteceu com... — Ele se contém, bem a tempo, para acrescentar, em um estilo bem Nora — Você-Sabe--Quem.

— Eu ia — digo, atraentemente cuspindo pedacinhos de picles no painel. — Esse era o plano. Era mesmo, de verdade. Mas aí...

— Aí o quê? — Olly dá uma mordida no quarterão com queijo que estou segurando para ele, para que ele possa comer sem tirar as mãos do volante. — Adam Rosenfeld pegou você de surpresa? Esbanjou as atenções de homossexual enrustido com você? Fez você se sentir como a única mulher do mundo?

De repente, não consigo engolir o pedaço do meu próprio Big Mac.

Não porque está borrachudo, morno e tem um leve gosto de papelão marinado (apesar de, obviamente, por ser um Big Mac, ser todas essas coisas mesmo), mas porque Olly tocou bem no ponto.

E um ponto bem sensível.

— Sim — murmuro.

— Eu... Ah, meu Deus, Libby... Eu estava brincando! Ou *tentando* brincar... Sobre o Adam e o fato de ele não estar nem de longe interessado em mulheres e...

— Claro. Mas a questão terrível é que é tudo verdade. — Estou fazendo um esforço colossal para não chorar e, apesar de estar sendo bem-sucedida no momento, as perspectivas para um futuro imediato não são particularmente boas. — Eu gostava, sim, do fato de ele fazer eu me sentir tão especial. Depois do D... Depois do Você-Sabe-Quem e de sempre me sentir apenas mais uma entre tantas. *Tantas*. Quero dizer, sabe aquelas cenas de filmes de terror em que, de repente, todas as defesas desmoronam, e todos os zumbis comedores de carne humana aparecem aos montes pelas paredes?

— É... Sim... Eu só não entendo *muito bem* como essa descrição se relaciona com a sua vida amorosa. A menos que as coisas com o Dillon fossem muito, muito mais experimentais do que eu achava.

Não toco no fato de que Olly acabou de usar o nome do Dillon.

— Eu simplesmente me sentia arrasada. Ameaçada. Tragada. Como se só uma de mim nunca fosse ser suficiente para dar conta das multidões enraivecidas *deles*.

Porque, mais do que tudo, mais do que a bebedeira excessiva e o vício em cocaína, mais até do que o descaso em me abandonar em Miami enquanto um furacão se aproximava pelo Golfo do México, esse era o motivo pelo qual nunca teria dado certo com o Dillon: o fato de que eu nunca iria ser suficiente para ele; o fato de que eu sempre, sempre seria a segunda melhor em comparação com a excitação de correr atrás da próxima mulher, e da próxima, e da próxima.

— E era legal com o Adam — continuo — porque eu nunca senti que ele estava interessado por nenhuma outra mulher. Mas isso era porque, obviamente, ele realmente *não estava* interessado por nenhuma outra mulher. Não porque era total e completamente louco por *mim*.

E aí fica um silêncio seriamente constrangedor durante o qual eu engulo as lágrimas, tento não fungar e empurro o quarterão com queijo tantas vezes na direção do Olly, para dar a mim mesma algo para fazer, que o pobrezinho provavelmente está quase engasgando com a quantidade de comida que está sendo forçado a consumir. Ele dá conta, contudo, de continuar mastigando feito macho até pararmos em um longo sinal vermelho, logo após a Tooting Broadway, onde ele pega o sanduíche da minha mão e o coloca no banco entre nós.

— Libby... — começa ele.

— Então! O restaurante! — exclamo, antes que ele possa dizer mais alguma coisa muito, muito gentil, muito "Olly", e me fazer me descabelar em cima dele antes mesmo de o sinal ficar amarelo. — Quase pronto, você disse? Mal posso esperar para ver! Já faz semanas!

— Sim, mas... Olha, me sinto péssimo por ter chateado você e...

— Você precisa me dizer exatamente o que eu posso fazer para ajudar — continuo. — Sei que a Nora e a Tash já se colocaram à disposição na semana que vem, mas eu realmente gostaria de fazer o que puder também.

— Isso seria fantástico. Mas, Libby...

— Quero dizer, posso não ser uma *expert* com o martelo nem nada assim, mas se você precisar desempacotar coisas, ou de serviços de garçonete, ou que eu passe os uniformes...

— Libby. Por favor. Só me deixe dizer isso, está bem? — Olly respira fundo. — Você nunca deveria se sentir como se estivesse sendo tragada por zumbis comedores de carne humana. Você merece alguém que faça você se sentir o oposto disso. O que quer que isso seja. Tipo... Bem, como se *você* fosse o zumbi comedor de carne humana. O *único* zumbi comedor de carne humana.

Essa é uma das coisas mais legais que alguém já disse para mim.

E é por isso que essa é uma boa hora para estarmos parando o carro na frente do meu prédio, na avenida Colliers Wood, porque essa é uma coisa *tão* legal a ser dita, e de um jeito tão gentil e sincero, que corro o risco de a autopiedade tomar conta de novo, e eu gostaria muito mais de sair do carro enquanto ainda tenho um pouquinho de dignidade intacta.

— Libby, espere — diz Olly, se virando para mim quando abro a porta e começo a sair. — Eu não disse... exatamente o que eu queria dizer.

— Não se preocupe, Ol. Você já fez eu me sentir muito melhor.

— Mas eu fiz você chorar.

— Só uma fungadinha de nada. E se não *tivesse* sido por você, Olly, eu estaria acordando a cidade toda com meu choro agora.

— Por causa do Adam Rosenfeld? Não faça isso. Ele não vale a pena.

— Obrigada — digo a ele. — Te amo muito. Eu te ligo de manhã, está bem? E aí você pode me dizer o que precisa que eu faça por você esta semana, e eu estarei de prontidão.

— Obrigado, Libby. Fico muito grato.

Cavalheiro como sempre, ele espera até eu abrir a porta e entrar no prédio, antes de arrancar em meio ao tráfego da avenida.

5

Morar em cima de um dos restaurantes de comida para viagem de propriedade do meu locador, Bogdan Sênior, tinha me apresentado alguns cheiros interessantes no último ano: o fedor opressor de peixe frito; o futum de encher os olhos d'água do vindalho de frango (no mínimo, posso apenas torcer para que fosse frango); o miasma gorduroso da pizza de frigideira com borda recheada.

Mas esta noite, à medida que vou subindo os quatro lances de escada até meu apartamento no último andar, o cheiro primordial que estou sentindo é... Bom, preciso ser sincera, é bem mais floral do que os outros que eu já aturei antes.

Eu não tinha reparado, quando entrei pela porta do prédio, se Bogdan Sênior tinha transformado a CASA DAZ PANQUECAZ DO BOGDAN — como era quando eu tinha saído de casa, mais cedo — em algum outro tipo de lanchonete; mas não existe nenhum tipo de comida que eu consiga pensar que tem cheiro de rosas à meia-noite. Eu nem sequer acho que seja algum prato moldavo, com o qual eu admito que não tenho nenhuma familiaridade, porque o Bogdan já preparou comida moldava para mim (só uma vez) e, até onde eu percebi, esse tipo de culinária girava essencialmente em torno de fazer pratos engenhosos com torresmo e repolho.

De qualquer forma, estou cansada demais para ficar tentando adivinhar exatamente de onde o cheiro está vindo. Simplesmente continuo arrastando minhas pernas cansadas escada acima, coloco a chave na porta da frente e procuro pelo interruptor, quando entro.

Meu Pai do céu.

Tem um urso polar morto no meu sofá Chesterfield. Ao menos eu espero que esteja morto porque, se não estivesse, certamente teria virado a cabeça no momento em que acendi a luz e *urrado* para mim.

O que provavelmente não é o que eu devia estar imaginando agora. Provavelmente, a coisa mais normal a se perguntar agora é: como é que um *urso polar* invadiu um apartamento, no quarto andar, na avenida Colliers Wood, e acabou desabando em um sofá grande demais?

— Ei... Quem acendeu as luzes?

Dou um grito. Porque o urso polar está falando.

E se *mexendo* e se *virando* e — oh, Deus — *tirando a pele branca...*

...para revelar que não é, afinal, um urso polar.

É a Marilyn Monroe.

Nua, totalmente nua, agora que o casaco de pele branca, no qual ela estava enrolada, escorrega e cai no chão.

Ela fica olhando para mim.

Eu fico olhando para ela.

E agora *ela* grita. E joga a mão para trás e arremessa o que ela estava segurando na minha direção.

É uma coqueteleira. Já tive uma experiência de ser atacada com uma coqueteleira no rosto antes, então, apesar do meu choque com o que está acontecendo, consigo, de alguma forma, desviar habilmente para o lado. A coqueteleira passa zunindo por mim, atinge a parede e cai aos meus pés, sem me causar nenhum estrago.

— Quem *é* você? — arfa ela, esticando-se para pegar o casaco de pele branco e segurando-o com firmeza contra o corpo. (De um jeito bastante relapso; ainda consigo ver bastante da pele branca como creme e, apesar de estar tentando não reparar, mais do que um pedacinho de mamilo.) — Você não sabe que é falta de educação não *bater* na porta?

— Este apartamento é meu.

— Ahn?

— Meu apartamento. Eu moro aqui. Eu... Você é a Marilyn — digo, piscando enquanto eu realmente assimilo a visão à minha frente. Os cabelos bagunçados; os olhos sonolentos; a boca larga, cheia daquele batom com o tom exato de vermelho. — Marilyn Monroe.

— Você sabe quem eu sou? — A voz dela é feminina, sussurrada, exatamente como nos filmes. — E conhece meu novo nome e tudo mais?

— Sim, é óbvio, eu...

— Você acha que funciona?

— Como?

— O nome, Marilyn Monroe. — Ela está se inclinando para a frente no sofá agora, esperando ansiosamente pela minha opinião. — Eu meio que ajudei o estúdio a chegar nele, porque os meninos na escola costumavam me chamar de *A Menina do Mmmm*. E quando eu contei isso ao estúdio, eles pensaram em algumas ideias e bolaram *Mmmmarilyn Mmmmmonroe*... Contagiante, não acha?

Ela parece ter esquecido completamente que há apenas alguns instantes ela achava que eu era uma intrusa e jogou uma coqueteleira em mim. Mas anos de convivência com a minha irmã me ajudaram a reconhecer um narcisista a cem passos de distância, então não vou cair nessa.

Também não estou em choque por vê-la, em toda sua glória platinada, esparramada no meu Chesterfield.

Porque essa mesma coisa já aconteceu comigo antes.

Só que, da vez passada, era Audrey Hepburn.

Ah, e a Audrey não estava pelada. Convenhamos, as chances de Audrey estar nua no apartamento de um estranho eram as mesmas de Adam Rosenfeld ter transado enlouquecidamente comigo na mesa da cozinha depois de me encontrar usando a Coisinha de Laços e Elásticos, caso tudo tivesse corrido como planejado.

— Quero dizer, você nunca vai adivinhar o meu nome *verdadeiro*, meu bem — continua Marilyn Monroe. — Vá em frente, eu a desafio! Experimente chutar!

— Norma Jeane — respondo enquanto fecho a porta. — Norma Jeane Mortenson.

O queixo dela cai.

— Mas como você pode... Você me viu em uma revista ou algo assim? Esse era o nome que eu costumava usar quando era modelo...

— Não, eu só... Quer saber? Preciso de uma bebida — digo. — A noite já foi estranha o suficiente e só está ficando cada vez mais estanha. Se você puder apenas... hum... esperar aqui — acrescento, apesar de não saber ao certo por que, já que não é como se houvesse algum outro lugar para onde ela pudesse ir. — Eu vou dar um pulo na loja de bebidas e comprar uma garrafa de vinho.

— Vinho? — Marilyn faz uma careta. — Oh, não, meu bem, não precisamos de vinho. Temos coquetéis, está vendo? — Ela se levanta, colocando o casaco adequadamente dessa vez, e vem buscar a coqueteleira do chão, ao meu lado. — Minha nossa, fico feliz que esta coisa seja tão indestrutível

— acrescenta ela, exibindo-a para que eu veja que a tampa não caiu. — Aceita um Manhattan, meu bem?

Eu francamente estou com dificuldades para formular palavras para responder, porque, tão de perto assim, ela é absolutamente deslumbrante. Bem mais baixa do que eu pensava, mais esguia e não tão bonita quanto a Audrey Hepburn, obviamente, mas com um brilho tão resplandecente que parece que ela está sendo iluminada, pelo maior cineasta do mundo, de dentro para fora. É Marilyn em seu auge. Ela deve ter, no máximo, 22 ou 23 anos; sua pele é irretocavelmente branca, os olhos são fascinantemente azuis, os cabelos são levemente ondulados e da cor de um milharal no verão, e seu corpo lendário — ao menos pelos pedacinhos que consegui observar antes de ela colocar o casaco de pele — é maravilhoso.

— Eu não... Eu não sou muito fã de Manhattans, para falar a verdade — consigo dizer.

— É claro que é! Você só nunca experimentou o meu antes! — Ela está caminhando na direção da cozinha, onde abre um dos meus armários suspensos e espia dentro. — Onde você guarda os copos de coquetel, meu bem?

— Ah, bem, não tenho nenhum copo de coquetel.

Ela se vira para olhar para mim, seus olhos azuis arregalados de perplexidade.

— Você *não tem nenhum copo de coquetel*? Mas, meu bem, o que você usa para beber?

— Bem, eu geralmente só tomo vinho, sabe? Apesar de eu nem sequer ter taças apropriadas para isso, agora que parei para pensar. Eu quebro vários copos, então eu acabo bebendo em um copinho pequeno. — Vou até ela, sentindo ainda mais seu aroma floral inebriante à medida que me aproximo, e enfio o braço no armário acima dela. — Estes aqui — digo, entregando dois copos baixos a ela. — Servem?

— Um Manhattan em um copo baixo? — Marilyn franze a testa. — Nunca ouvi isso antes... Mas, ora, quem liga? — Ela abre a coqueteleira e serve uma boa quantia de um líquido vermelho-amarronzado em cada copo, entrega um para mim, pega o próprio copo e o bate no meu. — Saúde, querida colega de quarto! — sussurra ela, erguendo os ombros encobertos levemente pela pele de urso.

Fico olhando para ela enquanto ela fecha os olhos, vira o copo e toma um longo gole.

— Desculpe... hum... você acabou de dizer *colega de quarto*?
— Claro! Não é isso que você é, meu bem? — Marilyn abre os olhos. — O estúdio não nos colocou no mesmo quarto juntas?
— Estúdio? Não, não, não é nada disso...
— Então você *não* é atriz? — Ela acena compreensivamente com a cabeça, fazendo os cachos balançarem. — Bem, preciso dizer, meu bem, isso não me surpreende muito.
— Ei! — Me sinto levemente ofendida. — Eu *era* atriz, para falar a verdade. Confesso que não era muito bem-sucedida...
Mas ela não está ouvindo.
— Acho que vamos nos divertir muito morando juntas, meu bem, você e eu! Apesar de que qualquer pessoa seria melhor que aquela última garota com quem o estúdio me colocou. — Marilyn revira os olhos. — Ela não bebia, não dançava, não conhecia *nenhum* rapaz qualificado... Me diga, *você* conhece alguns rapazes qualificados, certo? — Ela parece subitamente preocupada. — Quero dizer... Você não está vestida assim porque... Bem, você prefere meninas?
— Não, não prefiro meninas. — Olho para baixo, para mim mesma, inibida. — E o que há de errado com a minha roupa?
Ela olha para mim.
— *Calça*, meu bem? — pergunta ela. — E *preta*?
— É chique!
— Oh, minha querida. Quem lhe disse isso?
— *Audrey Hepburn*!
— Bem, nunca ouvi falar dessa tal de Audrey — diz Marilyn, voltando para o sofá — e tenho certeza de que ela é um amor, mas vou lhe dizer uma coisa, meu bem, ela não entende muito de estilo. Aaaah — suspira ela, de repente, enquanto desaba novamente sobre as almofadas —, talvez essa possa ser nossa primeira atitude como colegas de quarto. Podemos fazer uma, *coméquedizem*, transformação uma na outra! Vai ser divertido! Vamos fazer máscaras faciais, e pintar as unhas uma da outra, e depois escolher roupas novas bonitas para a outra... Ou eu poderia escolher roupas bonitas para você, pelo menos... Sabe, eu sempre quis fazer uma noite de transformação com uma amiga, mas, por algum motivo, nenhuma delas nunca quis fazer comigo.
Não menciono que isso provavelmente acontece porque elas não queriam ficar muito tempo se olhando no espelho com ela do lado. Ela está tão

fofinha, toda animada com a perspectiva de uma Noite de Transformação, que eu não quero jogar um balde de água fria. Para ser mais exata, não sei como dizer a ela que eu provavelmente não conseguiria "transformá-la", mesmo que eu quisesse. Quero dizer, obviamente eu não tenho certeza, porque nunca tentei esse tipo de coisa com a Audrey Hepburn (você não faz nenhuma transformação em Audrey; simplesmente *não* faz), mas estamos falando de criaturas mágicas.

Ao menos eu *acho* que são mágicas.

Essa foi a conclusão à qual eu cheguei depois que a Audrey Hepburn apareceu para me visitar no meu apartamento algumas vezes, no verão passado. *Há algo de sobrenatural no meu sofá Chesterfield.* Apesar de eu estar plenamente ciente de que parece totalmente pirado da minha parte falar isso, meu Chesterfield é encantado.

Eu *avisei* que parece totalmente pirado.

Me sento, um tanto insegura, ao lado de Marilyn, quando ela passa a mão pela almofada ao seu lado.

— Então, meu bem, antes de começarmos as máscaras faciais e todos os mimos, vamos conversar um pouquinho! Nos conhecer. Posso falar de mim primeiro?

— Na verdade, eu já...

— Meu nome verdadeiro é Norma Jeane, como você disse. Tenho dezenove anos... Está bem, tenho 23 — ela me dá uma piscadinha —, mas *oficialmente* tenho dezenove. Enfim, sou da Califórnia, entre outros lugares; costumava trabalhar como modelo e agora sou atriz de cinema. Estou me saindo razoavelmente bem, mas... Oh, meu bem, eu quero ser uma *grande* estrela de cinema! — Ela abraça o próprio corpo, infantilmente animada por um instante, quase derramando o Manhattan vermelho sobre a pele branca. — Como a Joan Harlow, só que maior! Você consegue imaginar?

Não sei o que responder a isso.

Infelizmente, ela entende o meu silêncio como um julgamento, porque continua, depois de uma risada envergonhada.

— Sei que parece loucura... Mas eu sempre achei que é preciso sonhar grande, certo?

— Não parece loucura — respondo. — Nem um pouco.

— Você acha? — Ela abaixa a voz e se inclina na minha direção. — Porque, às vezes, eu acho que desejo com tanta força, que pode ser que eu simplesmente *exploda*, vire fumaça, espalhando pedacinhos minúsculos de

Norma Jeane por todos os lados! — Ela está séria agora. Seus grandes olhos azuis mais arregalados do que nunca, como uma menininha de seis anos de idade contando algo importante e secreto. — Você já quis algo tanto assim, meu bem? Tanto que você achou que fosse morrer se não conseguisse?

É engraçado — e de um jeito satírico, não de risadinhas inocentes — que as duas coisas surjam, simultaneamente, na minha cabeça quando Marilyn Monroe me faz essa pergunta. Será que eu já desejei algo com tanta força que achei que fosse morrer se não conseguisse? Sim, duas coisas, realmente: a atenção do meu pai e a devoção do Dillon.

No fim das contas, apesar de não ter tido nenhuma daquelas coisas, eu não tinha, afinal, morrido. Só sentia que ia morrer, um pouquinho, de vez em quando.

— Você também, é? — sussurra Marilyn, esticando-se para fazer um carinho empático na minha mão. — Então com o que é que você sonha, se não com a carreira cinematográfica? Você trabalha no estúdio, certo? Então é cantora? Dançarina?

— Não, não. Céus, não. Eu não trabalho no estúdio, sou designer de joias.

— Meu bem! Eu simplesmente adoro joias.

— Eu sei. Batizei minha última coleção em homenagem a... — Me interrompo bem a tempo. — Hum... Minha mãe.

É então que percebo: não estou usando meus brincos Marilyn.

Droga. Devo tê-los deixado no chão da cozinha do Adam.

Sinto um lampejo breve de preocupação de que talvez o Fritz acabe engolindo-os ou algo assim...

Preciso mandar uma mensagem para o Adam falando disso antes de ir dormir. O que é incrivelmente irritante, porque a única coisa que eu falei para ele enquanto estávamos todos esperando por Bogdan e seu serrote, era que eu não queria ter nenhum tipo de comunicação com ele de novo na vida. Mesmo assim, eu tenho afeição suficiente pelo Fritz para quebrar essa promessa temporariamente. Afinal, ele não tinha como saber que seu dono era gay. E, mesmo que soubesse, não era como se ele pudesse me contar. Em alemão ou outra língua.

— Isso foi muito bonito da sua parte, meu bem. Não acho que minha mãe se importaria nem se eu batizasse a minha *primogênita* com o nome dela.

— Nem a minha — solto.

— Mas você acabou de dizer que batizou a sua coleção de joias em homenagem a ela. — Marilyn parece confusa. — Então você também não se dá bem com a sua mãe?

— É complicado...

Tomo um bom gole de Manhattan. E tenho que me controlar para não cuspir tudo em cima dela.

Meu Deus, é horrível.

— Não é *ótimo*? — sussurra Marilyn, erguendo os ombros de leve mais uma vez.

— Hum... — respondo, de maneira nada convincente, mas ela não está prestando muita atenção.

— Sabe, nós duas deveríamos trocar confidências sobre nossas mães complicadas um dia — diz ela. — Agora que vamos ser grandes amigas. Quer dizer, nós *vamos*, não vamos?

— Vamos o quê?

— Ser grandes amigas? Não tenho muitas amigas mulheres, sabe?

Sinto uma leve pontada de uma tristeza gelada por ela, bem no meio do meu coração, e tremo.

— Não — digo. — Eu sei que você não tem.

— Meu bem, você está gelada! — Ela equilibra o copo no braço do Chesterfield e começa a tirar o casaco de pele branca. — Ponha isto! Estou cozinhando aqui, de qualquer forma.

— Não, não! — grito, tentando fechar o casaco em torno dela por um momento, antes de perceber que não consigo me fazer encostar na pele de um animal morto. — É sério, Marilyn, fique com ele. Eu não o usaria.

— Ora, vamos, meu bem, é marta de verdade.

— Eu sei. Não uso pele.

Ela fica olhando para mim sem entender.

— Não usa?

— Não.

— Mas, meu bem... *Por quê?*

— Bem, sem querer arruinar a conversa nem nada assim, mas eu acho absurdamente cruel.

Marilyn parece ainda mais perplexa por um instante, depois se aproxima e pergunta baixinho:

— Porque você tem medo de que o rapaz que lhe deu o casaco não tenha dado um casaco bonito para a esposa dele também?

— Não! Não é por isso que eu acho cruel!
— Ah... Então é uma coisa canadense?
Certo, agora estou simplesmente desconcertada.
— Não sou canadense.
— Não é?
— Hum, não. Não sou.
Ela inclina a cabeça para o lado.
— Então por que você está falando com esse sotaque engraçado?
— Porque sou britânica.
— Você é *britânica*? — suspira Marilyn, maravilhada. — Meu bem, por que você não disse? Eu adoro os britânicos! Cary Grant, Sir Winston Churchill, ah, e Laurence Olivier! Você o viu em *Hamlet*? Ai, eu o adoro! Sabe, tenho esses devaneios bobos, de vez em quando, de que um dia vamos estrelar um filme juntos... e vamos nos apaixonar, e ele vai deitar a cabeça no meu colo e ler poemas de Shakespeare para mim...
— Eu não — digo, apressadamente, ciente do relacionamento desastroso de Marilyn com Olivier — perderia muito tempo tendo esse tipo de devaneio, se fosse você.
— Oh! — Dessa vez, o suspiro dela é desolado e desanimado. Ela coloca a mão na bochecha, que está mudando de alabastro para um rosa bem clarinho. — Eu achava que você tinha dito que não parecia loucura sonhar em ser uma grande estrela de cinema!
— Marilyn, não... — Me sinto como se tivesse acabado de, acidentalmente, pisar em um filhote fofo de coelho. — Não foi isso que eu quis dizer! Foi um comentário sobre Laurence Olivier, não sobre você!
— Porque é um tanto rude, meu bem. Em um minuto parece que você compreende e, no minuto seguinte, fala como todas as outras pessoas que me disseram para parar de perder meu tempo; que não sou talentosa o suficiente, bonita o suficiente, boa o suficiente...
— Acredite em mim, não acho que você seja qualquer uma dessas coisas. — Merda, isso soou errado. — O que quero dizer é que eu acho — não, eu *sei* — que você é absolutamente talentosa o suficiente, e bonita o suficiente, e boa o suficiente.
Ela vira o copo, deprimida, tomando o resto do coquetel.
— Como é que você pode saber que sou talentosa o suficiente?
Certo: chegamos a uma situação complexa.
Nunca toquei nesse assunto com Audrey Hepburn, mas isso se deu parcialmente porque eu passei a maior parte do tempo na companhia de

Audrey convencida de que ela era resultado de um tumor cerebral ou de um colapso nervoso. Agora que estou analisando as coisas por esse ângulo do sofá encantado, talvez seja hora de perguntar à aparição à minha frente o que ela acha disso tudo. O que é um problema de etiqueta espinhento: descobrir a maneira certa de mostrar para um ser mágico que ele é, bem, mágico.

Porque, convenhamos, não é como se Marilyn parecesse, nem de longe, perceber isso.

— A questão é, Marilyn — começo nervosamente —, que acho que talvez nós devêssemos ter uma conversinha rápida sobre por que você está realmente aqui...

— Ah, meu bem... — Ela me dá um sorriso arrebatador. — Você não acha que é um pouquinho tarde da noite para começar a fazer perguntas grandiosas e inteligentes como essa? Quero dizer, se você parar para pensar, por que é que *todos* nós estamos aqui, afinal?

— Sim... Hum, não foi exatamente isso que eu...

— Olha, você pode pegar a coqueteleira — acrescenta ela, apontando para o balcão da cozinha, onde ela a deixou — e encher meu copo novamente? Eu certamente preciso de uma bebida agora.

— É claro.

Me levanto e vou buscar a coqueteleira prateada.

Mas ela parece ter desaparecido.

E quando eu me viro de volta, Marilyn também desapareceu.

Ela sumiu do nada, exatamente como Audrey Hepburn, quando era ela que se materializava no Chesterfield.

A única parte dela que resta é o aroma marcante de flores — aquele cheiro de jardim de rosas à meia-noite que, agora, é *claro*, reconheço como Chanel nº 5 — e a almofada amassada do sofá onde o bumbum perfeitamente esculpido dela estava sentado.

6

Acordo com o celular tocando.
Pela terceira vez esta manhã.
Bem, como eu já ignorei todas essas vezes, não vai doer nada ignorar mais uma vez.
Mas dessa vez, estou acordada o suficiente para dar uma espiadinha por debaixo do edredom, só para ver se, por acaso, Marilyn Monroe apareceu no Chesterfield de novo, usando pele de marta ou qualquer outra coisa.
Ela não apareceu, e o cheiro de Chanel nº 5 também já desapareceu.
Me sento direito, esfrego os olhos cansados e, então, só para me focar em alguma coisa, abro a gaveta debaixo da minha pequena mesa de cabeceira. Ergo minha caixinha de contas *vintage*, minha maleta de maquiagem e a pilha de contas que eu às vezes enfio ali quando chegam todas ao mesmo tempo e eu fico um pouco assustada demais. Aí vasculho com a mão em busca dos óculos que eu espero — como sempre espero quando volto para checar — que estejam escondidos no canto esquerdo dos fundos.
Ainda estão lá.
Puxo-os para dar uma boa olhada. Esses óculos de sol Oliver Goldsmith de aro de tartaruga são o motivo pelo qual eu simplesmente não concluí, quando dei de cara com a Marilyn Monroe no meu apartamento ontem à noite, que eu estava ficando maluca. Sofrendo de alucinações. Conversando, como algum tipo de bebezão grande demais e bebedor de Manhattans, com uma amiga imaginária.
Estes são *os óculos da Audrey Hepburn*. Ela os deixou aqui na última vez em que veio me "visitar". E graças ao fato de que o Bogdan os encontrou, o Dillon os viu e metade da população de Roma comentou sobre eles (*Ciao, Audrey!*), toda vez que eu os usei lá, naquele primeiro fim de sema-

na que eu e Dillon passamos juntos, eu sei que são tão reais quanto o nariz no meu rosto.

Eu *sei* disso. E sempre soube, apesar de minha fé ter ocasionalmente vacilado desde então.

Não ajudava, provavelmente, que, com a intenção (totalmente científica) de eliminar quaisquer possibilidades de que eu estivesse ficando maluca/tendo alucinações/conversando com uma amiga imaginária, eu tivesse bancado algumas consultas pavorosamente caras com um psiquiatra amigo da Nora, o dr. Burnett, no verão passado. Só para mencionar meus encontros com Audrey Hepburn, para ver o que um profissional podia dizer. Não sei o que eu estava esperando, afinal, mas o dr. Burnett foi extremamente firme com relação ao fato de que tudo tinha sido fruto da minha imaginação. *Alucinações visuais e auditivas induzidas pelo estresse*, foi o que ele disse na minha segunda consulta. E quanto aos óculos, bem, deviam ser uns óculos velhos meus mesmo, dos quais eu tinha me esquecido, segundo ele, ou até mesmo algo que eu tinha saído para comprar, em algum tipo de estado de fuga, para convencer a mim mesma de que o que eu estava vendo e ouvindo era, de fato, real.

Nunca voltei para uma terceira consulta.

Porque o dr. Burnett estava errado. Apesar de todos os seus títulos, todas as suas qualificações e todos os seus anos de experiência, ele estava, nesse caso, errado.

Me abaixo novamente e vasculho, bem no fundo da mesma gaveta, pela outra coisa que guardo escondida ali: um pedaço de papel dobrado, arrancado de um exemplar da revista *InStyle*, com uma foto nele.

É uma foto de Audrey Hepburn, nos Pinewood Studios, sentada no meu sofá Chesterfield.

Quais são as chances de que Marilyn Monroe, enquanto estava filmando nos Pinewood Studios, também tivesse se sentado no Chesterfield?

Quero dizer, ela fez um filme, como é o nome... aquele filme com o (ahá!) Laurence Olivier aqui, não fez? *O príncipe encantado*... Não sou filha do meu pai a troco de nada: algumas partes da história do cinema foram assimiladas. Dito isso, vou só pegar meu celular e procurar no Google, para ter certeza absoluta...

E, é claro, aquela porcaria começa a tocar de novo, assim que saio da cama, me arrasto até o sofá e pego da bolsa.

É um número desconhecido.

As únicas ligações de um número desconhecido que eu recebo são — *eram* — do Adam, ligando do escritório.

Se for ele quem já ligou três vezes esta manhã, então eu acho que é melhor atender de uma vez. Aceitar qualquer desculpa que ele tenha inventado de um jeito digno, mesmo que frio, em uma tentativa de recuperar a dignidade de onde eu a tinha deixado, no chão da cozinha dele.

Supondo que ele *vá* pedir desculpas e não esteja, sei lá, me ligando para dizer que devo um novo portão de segurança para ele ou sessões de terapia para estresse pós-traumático para o Fritz ou algo assim.

O que me lembra que eu preciso conversar com ele sobre aqueles brincos. Não posso carregar na consciência o peso do Fritz engasgando até a morte. Já era ruim o bastante que eu tenha viciado o pobrezinho em um patê que entope as artérias.

— Alô? — atendo friamente. — Adam?

— Não, desculpe — diz uma voz de mulher. — É Libby Lomax quem fala?

— Hum... Sim...?

— Meu nome é Erin — continua ela, com aquele tom sussurrado, estranhamente reverente, que eu descobri que sempre é usado em spas e salões de beleza. — Estou ligando da clínica Grove House.

— Grove House? — O nome não me é estranho, por algum motivo, mas não consigo identificar direito. — Desculpe, não sei por que você está... — Aí me lembro de por que conheço o nome. — Está falando da clínica *psiquiátrica* Grove House?

Mas como é que uma clínica psiquiátrica poderia saber sobre ontem à noite... e Marilyn?

— Preferimos nos classificar como uma instituição de tratamento — diz Erin, com aquele mesmo tom de voz sussurrado de salão de beleza. — Um centro de reabilitação para qualquer um que esteja sofrendo dos sintomas dos muitos distúrbios comuns do abuso de narcóticos.

— Mas isso que acontece comigo — coaxo — é *real*. Quero dizer, não é sintoma de um distúrbio de abuso de narcóticos. Pessoas famosas aparecem *de verdade* no meu sofá mágico.

Há um breve silêncio do outro lado da linha.

— Eu sei, eu sei — continuo — que parece loucura... Mas talvez seja só porque eu não deveria estar usando o termo *mágico*. Provavelmente é um pouco assustador. Se eu usasse a palavra *encantando*, pareceria menos perturbador?

Eu realmente gosto disso, para falar a verdade, agora que estou falando em voz alta: dá a toda essa situação bizarra um gostinho agradavelmente literário, como se meu Chesterfield fosse simplesmente parte de um patrimônio de móveis encantados que também inclui o guarda-roupa de *O leão, a feiticeira e o guarda-roupa*, e a cama de *Se minha cama voasse*. Tudo bem, sei que os dois são totalmente fictícios, mas...

— Senhorita Lomax, acho que você entendeu errado o propósito da minha ligação.

— Anh?

— Não estou ligando para discutir... Desculpe, você disse que pessoas famosas aparecem no seu... sofá *mágico*?

— Encantado — corrijo com firmeza. — Mas, sim, foi isso que eu disse. Você está certa.

— Ceeeeerto... Hum, estou, na verdade, ligando para falar da sua irmã.

— Minha *irmã*?

— Sim. Cassidy Kennedy. Ela foi admitida aqui na clínica ontem à noite.

— Como é que é?

— A própria Cassidy se internou — diz Erin, com uma voz mais cordial do que nunca — tarde da noite ontem, buscando a ajuda da clínica para ajudá-la a lidar com seus problemas com o vício.

Certo, agora sinto que estou realmente perdendo o fio da meada.

— Mas a Cass *não tem* nenhum problema com vício. A não ser... Bem, vocês tratam vício em *tirar selfies*?

— Não tenho a liberdade — responde ela, com aquele tom frio que eu estaria usando com Adam se fosse ele que tivesse ligado — de discutir os detalhes precisos do caso da sua irmã. Tudo que vou dizer é que frequentemente descobrimos que os membros da família são os últimos a perceber que há um problema.

Estou dividida entre repetir, mais uma vez, que a Cass *não tem* problema nenhum e me permitir ceder à ansiedade que está repentinamente me corroendo.

Quero dizer, Cass é minha irmã... minha irmãzinha... e agora, de repente, ela se internou em uma *clínica psiquiátrica*?

Todo esse negócio do cancelamento do programa de TV deve tê-la abalado muito mais do que eu pensava.

— Enfim, só estou ligando em nome da Cassidy, já que não permitimos celulares aqui, para perguntar se você poderia trazer alguns itens de necessidade básica para ela.

Já estou elaborando uma listinha mental das coisas que acho que Cassidy vai precisar lá: o cobertorzinho de infância que ela ainda gosta de abraçar quando está se sentindo triste, a calça mais confortável de pijama que ela tiver, até mesmo algumas fotos de família, quem sabe, para deixar o quarto dela um pouquinho mais aconchegante... ou, pelo menos, algumas das *selfies* emolduradas que decoram as paredes da sala de estar dela.

— É claro — respondo, dando uma olhada em volta no apartamento bagunçado em busca de uma caneta e um pedaço de papel. — Só um segundo, estou procurando alguma coisa para anotar...

— Ah, não precisa. Agora que já conversamos, vou mandar a lista para você por mensagem. E vou avisar a Cassidy que você vai vir visitá-la mais tarde, posso?

— Diga a ela que estou a caminho. Tipo, agora mesmo.

Desligo e começo a colocar as roupas que estão mais à mão, que são a calça preta que eu estava usando ontem e meu moletom cinza mais amado, que nem mesmo Audrey Hepburn me convenceu a jogar fora, e acabo de prender o cabelo com uma presilha e enfiar os pés em um par de tênis Converse, quando meu celular bipa com a mensagem de Erin.

Não é... *exatamente* o tipo de coisa que eu estava esperando. Nenhum pedido pelo cobertorzinho, ou o pijama, ou as *selfies* emolduradas.

CAIXA DE MAQUIAGEM GRANDE DO QUARTO
CAIXA DE MAQUIAGEM MÉDIA DO BANHEIRO

Certo, então a Cass quer a maquiagem dela... Bem, é claro, eu entendo. Toda mulher entende o poder que seu batom preferido tem de melhorar o humor quando as coisas estão difíceis.

MODELADOR DE CACHOS
CHAPINHA
MINICHAPINHA

Bem, o cabelo *sempre* foi importante para ela... É só que fico surpresa por Cass sequer ter energia para pensar em modeladores/chapinhas estando tão deprimida por causa do cancelamento do seu *reality show*.

CALÇA SKINNY J BRAND
CALÇA SUPER-SUPER SKINNY VICTORIA BECKHAM
BOTA CARAMELO DE CANO ALTO LOUBOUTIN NOVA
BOTA CARAMELO DE CANO ALTO LOUBOUTIN VELHA
MICROSHORT VERMELHO-CEREJA
MINISSAIA JEANS BRANCA DE BARRA RASGADA

Certo, essa Clínica Grove House é, por acaso, o primeiro centro-de-reabilitação-barra-boate?

Além de tudo, vou precisar de uma mala enorme para levar todas essas coisas para Cass em...

Ah, melhor eu pesquisar onde a Grove House fica, exatamente.

Barnes.

Ótimo. Então tenho que ir até o apartamento da Cass, em Maida Vale, no noroeste de Londres, depois descer tudo de volta para Barnes, no sul, um local cheio de folhas e de difícil acesso por transporte público.

Mas, como eu já disse, Cass é minha única irmã e não vou pensar duas vezes.

Bem, não vou pensar *três vezes*. E, olhando pelo lado positivo, ao menos uma perambulação extasiante pela cidade na hora do *rush* vai dar uma trégua de repassar toda essa situação com a Marilyn na minha cabeça de novo.

Três horas, quatro metrôs e um trajeto dolorosamente lento de ônibus depois, estou finalmente chegando à clínica Grove House, uma mansão vitoriana enorme de tijolos vermelhos com vista para a porção norte do parque Barnes Common.

Vejo portões altos de ferro (vou evitar ficar com a cabeça perto *desses* portões, muito obrigada) e um interfone grande na parede ao lado deles e... oh! Uma meia dúzia de fotógrafos espreitando, encostados na parede, que parecem subitamente entrar em ação assim que veem que estou me aproximando, com as câmeras a postos.

Alguns flashes brilhantes são disparados, me assustando, até que um deles anuncia: "Ela não é *ninguém*", e aí todos voltam a espreitar de novo.

O que é muito bacana, não é mesmo, porque, até onde eles sabem, especialmente visto que estou entrando aqui com uma mala grande, eu poderia estar aqui para me internar na clínica por causa de uma depressão séria ou ansiedade, caracterizadas por sentimentos de baixa autoestima e desvalorização.

Dou a todos eles uma olhada severa, aí paro ao lado da parede e aperto o interfone.

Não é *muito* impressionante, dada a presença dos paparazzi do lado de fora, que eles abram os portões sem nem sequer perguntar o meu nome...

mas tento não julgar o lugar antes de ao menos ter entrado. Atravesso uma entrada de cascalho para carros — o que não é fácil, com uma mala pesada para puxar —, e então chego em outro interfone bem à esquerda da porta de entrada principal. Dessa vez, uma voz de mulher (da Erin?) me recebe com um "Sim?" suave pelo interfone, dou meu nome e me deixam entrar também.

Minhas consultas com o dr. Burnett foram no consultório dele em Marylebone, então, apesar do meu breve contato com tratamentos psiquiátricos, eu nunca tinha colocado os pés em uma clínica psiquiátrica antes. Não sei o que eu estava esperando, para falar a verdade, mas se a clínica Grove House era apenas uma espécie de asilo vitoriano chique do lado de fora, não se parece em *nada* com um asilo vitoriano chique do lado de dentro. Na verdade, parece mais com um pequeno hotel de luxo: pisos de mármore polido, arranjos de flores estonteantes e obras de arte expressionistas ousadas nas paredes.

Me sinto — com minha calça de ontem e meu moletom vestido às pressas, com a maquiagem dos olhos ainda sem lavar de ontem à noite — muito, *muito* suja e desleixada para um lugar como este. E consigo subitamente entender por que, afinal, Cass pediu que eu levasse metade do guarda-roupa dela e todos os seus aparatos de embelezamento.

Há uma pequena recepção (poltronas de couro Eames e uma mesa cheia de garrafas de água mineral) logo depois da porta de entrada, então, como não há nenhum ser humano para me dizer para onde ir ou o que fazer, me empoleiro em uma das poltronas e espero, ansiosamente, ser chamada.

E aí lembro que eu estava prestes a procurar por "Marilyn Monroe Pinewood Studios" no Google, pouco antes da ligação da Erin, que tinha transformado meu dia, bem, nisto. Então pego o celular, meu dedo "googlador" a postos, porque é melhor eu ao menos fazer algo de útil enquanto estou sentada aqui, esperando.

Sim. Meu Deus, sim, eu estava certa. Se os deuses do Google (e os homens sábios da Wikipédia) forem confiáveis, então a Marilyn filmou, de fato, *O príncipe encantado* em Pinewood, em 1956.

Certo, então agora eu suponho que o que estou procurando é alguma evidência de que ela, assim como Audrey Hepburn, esteve em contato com um velho e surrado sofá Chesterfield durante seus longos dias no estúdio. Se é que essa evidência existe. Quero dizer, ela devia ter um camarim lá, certo?

Algum lugar onde ela reconhecidamente se enfurnava com aquele instrutor de atuação intenso dela para encontrar sua motivação para cada cena...

Minha linha de pensamento é interrompida pela chegada, na tela do meu celular, de uma nova mensagem de texto.

Oi. Nos conhecemos na noite de segunda. Na casa do meu namorado, Adam. Me liga assim que der, pfvr? Abs, Benjamin Milne

Meu Deus.
Ben.
E ele quer que eu *ligue* para ele?
Isso não pode ser boa coisa. Quero dizer, ele não pareceu um homem muito fofo e querido quando me olhou, carrancudo, por trás do fogão. Mesmo levando em conta o constrangimento óbvio de chegar na cozinha do seu namorado e encontrar a namorada secreta dele aparentemente envolvida em algum tipo de experimento de *bondage*, solitária lá, ele não poderia parecer *mais* irritado.
E agora está sugerindo que eu *ligue para ele*?
Não vou ligar para ele! Já não tenho estresse suficiente na minha vida sem ter que me expor à raiva descabida do namorado do meu ex-namorado? Se tem alguém que deveria estar pedindo para ligar para ele assim que desse para que, presumivelmente, ele pudesse soltar os cachorros nessa pessoa, esse alguém é o maldito Adam. Não eu.
Adam — escrevo furiosamente e rápido, porque já consigo perceber que uma ruiva celestial, que deve ser a Erin, surgiu aparentemente do nada e está caminhando na minha direção —, *por que diabos você deu meu número para o Ben e por que diabos ele acha que pode aproveitar para me importunar???*
Toco em "enviar".
Então, assim que Erin chega até mim, digito uma mensagem complementar:

Aliás, acho que deixei meus brincos no chão da sua cozinha. Por favor, mande de volta por encomenda registrada. Não quero que o Fritz engasgue com eles.

— Olá — diz Erin, com a mesma voz delicadamente agradável. — Você deve ser a Libby Lomax. Sou a Erin. Nos falamos mais cedo ao telefone. Você mencionou um sofá mágico?

Rio fracamente.

— Bem, você me pegou apenas alguns instantes depois de eu ter acordado.

— É claro. Deixe-me entregar isto a você — acrescenta ela, delicadamente, aproximando-se para colocar um folheto brilhante nas minhas mãos. — Só para o caso de você um dia decidir que uma estadia rápida conosco pode ser benéfica para você também.

— Não, não, eu realmente não...

— A Cassidy — interrompe Erin, acenando com sua mão celestial na direção de umas janelas francesas enormes no fundo do saguão — está no jardim. A oficina de ioga do meio-dia dela deve ter acabado de terminar. Posso guardar isso aqui — ela aponta para a mala de Cass com a cabeça — no escritório. Nós damos uma olhada nas malas dos clientes que estão hospedados conosco, de qualquer forma. Não que eu esteja acusando você de trazer nenhuma substância proibida.

Bem, ela praticamente *está* me acusando de trazer substâncias proibidas, mas não vou discutir isso com ela agora.

Porque não é apenas a aura de calma sobrenatural e a tranquilidade levemente perturbadora da Erin que está fazendo meu coração sair pela boca de nervosismo, quando me levanto, atravesso o piso de mármore e saio no pátio amplo. Essa coisa toda está começando a ficar assustadoramente real, e estou subitamente nervosa com o tipo de estado em que vou encontrar Cass.

Na verdade, posso vê-la agora, se afastando do grupo do outro lado do gramado comprido e verdejante para vir correndo na minha direção.

Abro os braços ávida para envolvê-la em um abraço forte, de irmã mais velha, e dizer a ela que vai ficar tudo bem...

— Você trouxe meu biquíni fio-dental preto? — pergunta ela assim que chega perto de mim.

— Erin não falou nada sobre um...

— Não, eu sei que a Erin não falou nada porque eu me esqueci de colocar na lista que dei a ela, mas achei que você fosse perceber que era *óbvio* que precisava pegar quando chegasse no meu apartamento.

— Achou que fosse óbvio que eu fosse perceber que você precisava de um *biquíni fio-dental preto*? Em uma clínica psiquiátrica?

— Centro de reabilitação — corrigiu Cass. — E *dã*, Libby, é *claro* que preciso do meu biquíni fio-dental preto. Quero tomar sol na piscina do

terraço! Nunca vou conseguir acompanhar o ritmo aqui se só ficar sentada de short e um top emprestado, como fiz esta manhã.
    Tem uma piscina no terraço? Para *tomar banho de sol*?
    Que *tipo* de clínica é esta, pelo amor de Deus?
    E para ser mais direta...
    — Acompanhar que ritmo?
    — Das outras pacientes, é claro!
    Cass segura meu braço e me leva até um banco no canto do pátio, de onde conseguimos ver todo o jardim. Há muitas pessoas incomumente atraentes relaxando no gramado: algumas ocupadas fazendo ioga, outras tomando café e fumando cigarros, e há várias panelinhas sentadas em círculos e envolvidas em conversas aparentemente profundas. Posso não ser uma *expert*, mas eu chutaria que esses são os grupos de apoio.
    — Quero dizer, você não faz a menor ideia de como é difícil entrar na lista VIP daqui — continua Cass enquanto se larga, exaustivamente, no banco.
    — Tem uma lista *VIP*?
    — É claro que tem! Esta é uma clínica de reabilitação para *celebridades*, Libby! Quero dizer, dê uma olhada em volta... Aquelas duas meninas naquele banco lá, com as canecas de café: uma delas está na nova campanha de lingerie da M&S, e a outra foi capa da *Vogue* de novembro passado. E aquele cara fazendo a postura do cachorro olhando para baixo no meu grupo de ioga... Está vendo? É aquele comediante de *stand-up* que a minha mãe adora, aquele que ela foi ver no aniversário dela, em Wembley.
    — Certo. Bem, é difícil dizer, obviamente, por esse ângulo.
    — E tem um monte de atores, atrizes e vários músicos famosos que eu provavelmente conheceria se, tipo, eu ligasse para música... É por isso que eu estou me perguntando, Lib, se foi a melhor decisão, para mim, ter um problema de alcoolismo.
    — Cass — coloco a mão sobre a dela. — Querida. *Nunca* é uma boa decisão ter um problema de alcoolismo. E eu gostaria que você tivesse me *contado*. Eu não fazia a menor ideia de que você...
    — Não, não. Céus, não, não estou falando *disso*. Digo, talvez tivesse sido uma decisão melhor ter chegado aqui com um problema com drogas. Ou — ooooooh — um distúrbio alimentar. Você acha que poderia ter um distúrbio alimentar?
    — Hum... *Você* acha que poderia ter um distúrbio alimentar?

— Libby! — Ela revira os olhos. — Só estou perguntando se você acha que sou magra o suficiente! Porque, obviamente, se eu fosse dizer que tenho um distúrbio alimentar, eu teria que dizer que é anorexia... Bulimia é simplesmente nojento *demais* e nada glamouroso.

— Certo. E anorexia é a personificação do charme e do glamour.

— Bem, não sei quanto a *isso*, Lib. — Ela simplesmente não entendeu o sarcasmo. — Quer dizer, tudo bem, você acaba supermagra e tudo mais, mas, se for longe demais, seu hálito começa a feder e o seu cabelo cai... Enfim, só estou perguntando porque todas as modelos e atrizes mais gostosas estão ou no grupo de apoio dos distúrbios alimentares ou dos drogaditos e seria, tipo, *muito* bom para mim se eu pudesse fazer amizade com algumas delas antes de sair daqui.

Alguma coisa está começando a me cheirar mal.

— Cass, você pode me contar de novo por que se internou aqui?

— Aaaaaah, é claro! Eu adoraria!

E, de repente, ela assume a sua cara de atriz.

Se você um dia já viu a Cass em alguma coisa — pantomima regional, um dos pequenos papéis dela em alguma novela, o papel recente dela como uma das gostosonas residentes em *Isara 364* —, reconheceria a cara de atriz dela: um olhar a meia distância, um semibiquinho e as bochechas chupadas para parecer um pouco mais magra. Ela tem uma voz de atriz para combinar, um jeito de falar que faz parecer com que cada palavra que ela pronuncia tenha inicial maiúscula e seja, portanto, Extremamente Importante.

— A Bebida Do Demônio, É Como Eles Chamam — ela está dizendo, como se estivesse em uma audição para um papel inferior-porém-honesto de uma prostituta embriagada de gin em uma história vitoriana de um assassinato misterioso particularmente dramático. — E Certamente Trouxe À Vida Os Demônios Dentro De Mim.

— Cass...

— Começou Com Uma Vodca Ocasional, No Final De Um Dia Estressante. E Depois, Antes Que Eu Percebesse, Eu Estava Tomando Uma Garrafa Inteira. Em Um Gole Só. E Imediatamente Abria Outra. É Por Isso Que Chegou A Hora De Eu Ser Honesta Com Todo Mundo — Minha Família, Meus Amigos E, Acima De Tudo, O Amado Povo Britânico — Na Esperança De Que Minha História Possa Trazer Console Para Todos Os Outros No Mesmo Barco.

Respiro fundo.

— Acho que você quis dizer "consolo".

— O quê?

— Consolo. E não "console". Console é aquela parte do carro onde fica a alavanca do câmbio.

— Não é, não. — Cass meneia a cabeça, irritada. — É aquela caixinha do videogame.

Me inclino para a frente no banco e apoio a cabeça nas mãos.

— Quero dizer, eu me perguntei por que é que eu deveria começar a falar sobre jogos... Tipo, porque é que a minha história daria um console para alguém? — A testa de Cass se franze. — Mas aí eu achei que talvez tenha alguma promoção de videogames no dia em que minha história for publicada ou algo assim. — Ela faz um aceno com a mão. — O Dave vai cuidar de toda essa parte.

Acho que estou começando a entender tudo agora, apesar da confusão dos videogames.

— Cass. Por favor, *por favor*, não me diga que você está fingindo ter um vício sério só para conseguir uma matéria sobre você nos jornais.

— É claro que não!

— Ah, ainda bem, porque isso seria...

— *Depois* que a matéria for publicada nos jornais, aí o objetivo é convencer a RealTime Media de que eles devem me contratar para o *Nos bastidores com Cassidy*, afinal de contas.

Tiro a cabeça das mãos e fico olhando para ela.

— Cassidy Kennedy! Você *não pode* fingir que tem um problema de alcoolismo para conseguir um programa de TV!

— Então *você* acha que eu deveria apostar nas drogas, também? Ou no distúrbio alimentar?

— Não! Isto aqui não é uma universidade americana, pelo amor de Deus! Você não pode simplesmente ficar trocando de curso como bem entender! Além disso, você não acha que a clínica vai achar um pouquinho suspeito que você tenha entrado aqui alegando um problema de alcoolismo e aí, no dia seguinte, diz, do nada: "Ah, na verdade, acabou se transformando em um distúrbio alimentar"?

— Bem, isso poderia acontecer, né? Quero dizer, sem o álcool, não é perfeitamente possível que você fique entediado, comece a contar calorias obsessivamente e se torne anoréxica? Não há muito o que fazer aqui, Libby.

Digo, estou aqui há menos de 24 horas e *já* estou entediada pra caramba, tentando descobrir como preencher o tempo.

— Ora, se você *fosse viciada em alguma coisa de verdade*, Cass, eu acho que trabalhar para se livrar de um hábito horrível e destruidor de vidas preencheria um *pouquinho* do seu tempo... — Furiosa demais, agora, para dizer mais alguma coisa, eu me levanto. — Estou indo. É sério, Cass, não vou ficar sentada aqui e... *consentir* com essa palhaçada.

— Ai, meu Deus, você está usando essa palavra também! Que diabos *é* essa porcaria de consentir, afinal? Eles ficaram falando sem parar disso no grupo de apoio hoje de manhã, e como se fosse, tipo, uma coisa *ruim*. Mas só significa *ajudar*, certo?

— Não, não significa isso, caramba! Significa que você ajuda as pessoas a alimentarem seus hábitos, o que não é a mesma coisa. E lembre-se: eu sei um pouquinho dessas coisas horríveis de vícios *reais*, porque fiquei com o Dillon O'Hara por três meses! Ou você já se esqueceu da confusão miserável em que eu me meti quando me envolvi com...

— Ah, é, quase esqueci. Ele está aqui.

— Quem?

— O Dillon. Ele está aqui, na clínica.

Eu não achava que era possível ter um choque ainda maior do que encontrar a Marilyn Monroe no meu apartamento ontem à noite.

Mas, aparentemente, isso é perfeitamente possível.

Preciso, para falar a verdade, me sentar no banco novamente, porque minhas pernas se transformaram em gelatina.

— O. Dillon. Está. *Aqui*?

Cass confirma com a cabeça, não muito interessada.

— Quer dizer, eu não o vi nem nada assim, mas tive uma conversinha com aquela modelo de lingerie da M&S enquanto estávamos tomando café da manhã hoje — bem, *eu* estava tomando café da manhã, ela estava movendo um pedaço de kiwi de um lado para o outro no prato, obviamente; Céus, como eu *queria* ter esse tipo de disciplina...

— Isso não é importante.

— Bem, ela estava dizendo que tinha visto vários paparazzi se reunindo do lado de fora dos portões porque, aparentemente, ele se envolveu com uma alta...

Anos traduzindo as expressões equivocadas da Cass tornaram fácil a interpretação dessa.

— Você quer dizer que ele *teve* alta?

— Ah, isso. — Ela concorda, refletindo, com a cabeça. — Pode ser que seja isso. Apesar de que acho que ele foi internado aqui por causa do vício em sexo, Lib, ou ao menos em partes, então não é *totalmente* impossível que isso tenha acontecido aqui...

— Então ele já saiu? Ou ainda está aqui?

— Não sei, Libby! Céus, é como se você achasse que eu não tenho nada melhor para fazer além de ficar de olho no paradeiro do seu ex-namorado mulherengo! Eu tenho *um vício sério para superar, está bem?* Agora, só me ajude a decidir, de uma vez por todas, qual.

— Não. Eu preciso ir. Não quero arriscar... Eu só não quero vê-lo.

— Certo, bem, se ele *ainda* estiver por aqui, e eu encontrá-lo por acaso, vou dizer que você mandou um "oi", tá?

— Não! Não diga nada...

— Ei, tive uma ideia incrível! — Os olhos da Cass se arregalam subitamente e ficam fixos, como se ela pudesse, afinal, ter mesmo um problema com drogas. — Talvez eu possa simplesmente passar um tempo com o Dillon enquanto nós dois estamos aqui! Assim ele poderia me apresentar para todas as pessoas realmente importantes — bons astros para eu colocar na lista de convidados do programa —, e eu nem precisaria trocar de grupo de apoio, no fim das contas!

— Cass, se você usar o meu relacionamento com o Dillon para galgar o seu caminho até o topo aqui — falo com firmeza (ou com tanta firmeza quanto consigo, visto que meu corpo *inteiro* agora tem a consistência de gelatina) —, eu nunca, nunca vou perdoar você.

— Ei! — Os olhos dela se estreitam. — Não venha me dizer o que eu posso e não posso fazer, Libby. Não é *você* quem está sofrendo com um vício arrasador em álcool...

— Nem você! — ralho, enquanto vou batendo meus saltos (quero dizer, as solas dos meus tênis) e marchando pelo jardim na direção do saguão, deixando minha irmã irritante e seu falso alcoolismo para trás.

Eu realmente — realmente! — não quero ver o Dillon. Nem hoje, nem amanhã, nem, para falar a verdade, nunca mais.

Porque não sou masoquista, está bem? Fico toda estressada até quando preciso arrancar um curativo. Evito depilar a virilha com cera até correr o risco de ser caçada por aldeões com tochas. Causar dor a mim mesma, seja ela física ou emocional, não é algo prazeroso para mim.

E seria totalmente Lei de Murphy, não seria, se eu acabasse *encontrando* o dito cujo justamente quando estou suja e com os cabelos embaraçados, usando uma calça preta entediante e um moletom com — eu acabei de reparar; *como foi que eu só reparei nisso agora?* — uma mancha marrom-claro seriamente duvidosa bem na frente, em vez de, digamos, encontrá-lo por acaso em algum momento milagroso do futuro, quando eu estiver uns doze quilos mais magra, gloriosamente bronzeada, com o cabelo maravilhoso e, o mais importante de tudo, enquanto desfilo pela rua de braços dados com, digamos, Daniel Craig. Ou Eddie Redmayne. Ou aquele cara superlindo que interpreta o Jon Snow em *Game of Thrones*. Maravilhosa e amada e... *resolvida*.

Qualquer coisa, *qualquer coisa* seria melhor do que vê-lo novamente agora.

E é por isso que começo a respirar um pouquinho mais aliviada no minuto em que percorro o saguão (sem receber mais nenhum panfleto daquela sinistra da Erin, graças a Deus), abro a porta e atravesso apressadamente a entrada de carros na direção dos portões de ferro.

Os fotógrafos amontoados do outro lado dos portões dão início à sua dança dos paparazzi assim que me veem; dão seu grito de guerra dos paparazzi e assumem suas posições, erguendo as Nikons acima de suas cabeças para tirar fotos, porque, novamente, nenhum deles percebeu que não sou "ninguém". Assim que eu me aproximar do portão, eles vão parar e ficar com cara de tacho.

Mas eles não estão parando. Só estão ficando cada vez mais agitados à medida que eu me aproximo.

É quase como se alguém *realmente* famoso estivesse saindo da clínica atrás de mim.

Dou uma olhada por cima do ombro, só para ver se eu por acaso poderia estar certa.

E sim, alguém realmente famoso *está* saindo da clínica atrás de mim.

De jeans cinza surrado e camiseta do Run-D.M.C., óculos de *rockstar* encobrindo os olhos, é Dillon O'Hara.

7

A boca dele forma, só por um segundo, um "O" perfeito de surpresa quando ele me vê parada à sua frente.

Aí a surpresa se derrete em um sorriso familiar demais, safado demais, e ele continua caminhando na minha direção.

— De todas as clínicas de reabilitação — diz ele quando chega perto de mim — do mundo todo...

Ele coloca a mão no meu ombro e se abaixa para me dar um beijo leve no rosto.

Nesse momento, obviamente, os fotógrafos vão à loucura.

E também nesse momento, os portões começam a se abrir, e um Audi preto lustroso passa por eles. Ou melhor, tenta passar por eles, porque não é a tarefa mais fácil para o motorista sair sem que, acidentalmente, ele bata com o para-choques em algum dos paparazzi.

— Olha, tenho *bastante* certeza de que pedi para a empresa me mandar um motorista que não tivesse problemas em passar por cima dos fotógrafos — diz Dillon, casualmente, enquanto observamos o Audi se mover para frente, centímetro a centímetro. — Mas talvez eu precisasse ser mais específico, pedir por alguém que, na verdade, estivesse *disposto* a isso.

Ainda estou perplexa demais para dizer qualquer coisa.

— Ah, agora sim — diz ele, quando o Audi consegue finalmente avançar o suficiente para deixar os fotógrafos (que presumivelmente estão preocupados com acusações de invasão), ainda tirando fotos desesperadamente, alguns metros para trás. — Libby, minha querida. Que tal me acompanhar na minha jornada da alegria?

— Na verdade, eu ia simplesmente caminhar até o metrô...

— É... Isso não vai rolar mais. Eles vão cercar você a cada passo do caminho. E não sei se você se lembra de como era ser assediada por essa gentalha dos tabloides enquanto estávamos juntos, Libby, mas não é a experiência mais divertida do mundo, pode apostar.

Para falar a verdade, não éramos muito assediados enquanto estávamos juntos (em grande parte, suponho, porque eu não era, nem de longe, um par romântico excitante o suficiente para os tabloides se interessarem), mas houve um incidente, no aeroporto de Gatwick, que foi suficientemente invasivo e desagradável para que eu, agora, escolhesse dos males o menor.

Dillon está segurando a porta do carro aberta para mim.

Entro e me sento, olhando fixamente para a frente, enquanto ele também entra.

— Avante! — declara ele, dramaticamente, para o motorista, que parece estar pensando que não devia ter concordado em aceitar esse trabalho.

E, de qualquer forma, dizer "avante" não é *exatamente* específico, porque, obviamente, o Audi precisa fazer umas manobras para virar o carro e, depois de cumprida essa etapa, passar por cima do bando de fotógrafos de novo, todos se aglomerando atrás do carro para tirar fotos pelas janelas (insulfilmadas, ainda bem) dos passageiros e arriscando quebrar os pés sob os pneus dos carros a cada empurrão que eles davam.

— Não sei qual é a sua tarifa por hora, parceiro — diz Dillon, inclinando-se para a frente para falar com o motorista —, mas vou dizer uma coisa: eu triplico e ainda acrescento mais dez libras para dar boa sorte se você simplesmente pisar fundo e nos afastar desses idiotas.

Isso bastou — quem diria? —, porque o motorista fez exatamente o que foi pedido, pisou fundo, com pouca (ou nenhuma) preocupação com os pés dos paparazzi e passou pelos portões da clínica antes que o Dillon pudesse "quadruplicar" a tarifa dele e acrescentar uma notinha de cinquenta como bônus à oferta.

É minha vez de me inclinar para a frente.

— Você poderia me deixar — peço ao motorista — na estação principal de Barnes?

— Libby, por favor. — Dillon olha para mim. — Vamos deixar você em casa. Ainda é em Colliers Wood, certo?

— Prefiro pegar o transporte público.

— E eu preferiria parar e tomar uma cerveja no meu novo bar preferido, perto do rio, no vilarejo de Barnes. Colliers Wood, por favor, parceiro — diz ele ao motorista, antes de se voltar novamente para mim. — Mas não podemos ter tudo que queremos, Libby. Se tem uma coisa que eu aprendi nessas últimas semanas na reabilitação, é isso.

Meu plano de ficar sentada olhando fixamente para a frente, fazendo o mínimo contato visual possível e com as mãos grudadas defensivamente nos joelhos vai por água abaixo no primeiro obstáculo, porque com aquele comentário, não consigo evitar olhar para ele.

— Você só pode estar brincando. Enquanto você estava na reabilitação, você encontrou um *bar novo*?

— Você me conhece, Libby.

— É. Conheço mesmo. Mas achava que talvez a clínica tivesse padrões levemente mais rigorosos.

Apesar de que não sei bem *por que* pensei isso, visto que eles deixaram minha irmã se internar lá mesmo ela não demonstrando nenhum sinal de vício.

— Ah, não, não, Libby, eles não me deram permissão para ir nem nada assim. — Ele abaixou a voz. — Alguns de nós, do meu grupo de apoio do alcoolismo, que meio que se juntaram... Digo, inicialmente, nós vínhamos de todos os cenários possíveis: vários britânicos, alguns americanos, até um ou dois australianos, e não havia muita coisa que nos unisse. Mas aí começamos a cavar esse túnel debaixo de uma das salas da clínica, na direção do Hand and Flowers, no vilarejo de Barnes... Nós escondíamos a terra nas pernas das calças, depois íamos até a horta orgânica e soltávamos a lama das calças com uma espécie de roldana... — Ele solta um suspiro longo. — Um dos caras ficou cego, tragicamente, por causa de todo trabalho no túnel escuro, mas ele achou que valeu a pena pela chance de tomar uma ou duas cervejas escondido; outro camarada começou de repente a sofrer de uma claustrofobia terrível, mas, por sorte, ele tinha um bom amigo que fez de tudo para ajudá-lo...

Certo, então agora eu sei que ele está, de fato, zoando comigo.

— Esse é o enredo de *Fugindo do inferno*.

— Não! — Ele franze a testa. — Tem *certeza* disso, Libby? Quero dizer, não me lembro de nenhum bar local bacana em *Fugindo do inferno*. Nem perto e nem longe de um rio...

— Você não é engraçado.

— Sou um pouquinho engraçado. — Ele se recosta no banco e sorri para mim. — Ora, fala sério, Libby. Não posso fazer piada com nada disso? É claro que eu não fui a nenhuma porra de bar. Sou um homem mudado.

É sério. Você acha que eles teriam deixado eu sair se achassem que corro algum risco de encher a cara de novo?

— Como vou saber? Eles deixaram minha irmã se *internar* e ela... — Pauso. Não quero ser a pessoa que vai desmascarar a fraude por trás da internação da minha irmã na clínica. Por mais que eu esteja abismada com toda essa história, ela ainda é minha irmã. — Bem, ela não tem um problema *tão* grave quanto o seu com o álcool.

— Ah, então foi a sua irmã que você foi visitar?

— Sim. Ela mesma se internou ontem à noite. — Dou uma olhada para ele. — Você acha que eu estava lá para ver *você* ou algo assim?

— Bem, era a explicação mais lógica logo que eu vi você, minha cara Libby. Digo, eu não sabia que a sua irmã tinha qualquer problema com o álcool...

— Nem eu.

— E tem, também, o fato de que sou, obviamente, irresistível.

— É? — pergunto friamente.

— Bem, a teoria se comprova na prática, é o que eu pensaria. Quero dizer, eu fui um babaca completo com você, Libby, mas lá estava você, parada na saída da clínica quando saí da reabilitação, querendo mais.

Não sei qual parte da afirmação dele eu ataco primeiro.

Obviamente, a coisa mais importante a desmentir é *qualquer sugestão possível e imaginável* de que eu estava querendo mais, mas a primeira coisa que sai da minha boca tem a ver com outra coisa que ele disse.

— Então você finalmente percebeu que foi um babaca completo?

— Libby, seja justa comigo. Eu percebi que fui um babaca completo no momento em que acordei em Los Angeles, rodeado por estranhas parcamente vestidas, e vi as suas mensagens no meu celular. E minha mais nova opinião acerca do meu próprio caráter — ou falta dele, para ser sincero — foi confirmada quando fui covarde demais para nem sequer responder às suas mensagens.

Estou um pouquinho surpresa pela franqueza disso tudo. Até mesmo vindo do Dillon, que nunca perdeu uma oportunidade de tirar sarro de si mesmo (o que sempre foi, convenhamos, uma das muitas coisas extremamente atraentes nele), é uma autodepreciação de grande magnitude.

— Para ser bem franca — murmuro —, você me mandou uma mensagem.

Ele ergue uma sobrancelha levemente surpresa.

— *Mandei*?
Confirmo com a cabeça.
— Então.
— Hein?
— *Então*. Foi isso que você me mandou. Quer dizer, obviamente, quando você bebe, você tende a ficar ainda mais incrivelmente irlandês, e usa a palavra *então* toda vez que termina uma frase. Mas eu dei a você o benefício da dúvida e presumi que você tinha começado a escrever um pedido de desculpas, mas aí... Bem, sei lá, Dillon. Talvez você tivesse desmaiado em outro estupor alcoólico; talvez tivesse descoberto que era incapaz de lutar contra a necessidade de mais uma carreira daquela cocaína deliciosa entre os seios de uma norueguesa nua...

Dillon se encolhe.
— Ela era finlandesa, na verdade. Mas, mesmo assim. Mereço isso.
— Merece.
— E eu não fazia ideia de que tinha mandado mensagem para você. Mesmo algo tão patético assim. Eu só me sentia inacreditavelmente péssimo com relação a mim mesmo, Lib, quando saí do outro lado do... bem, daquele episódio todo. Eu praticamente só queria esquecer que você sequer existia.
— Bem, parabéns, então. Missão cumprida.
— Ei. — Ele estica o braço e toca rapidamente no meu ombro. — Eu disse que queria, não disse que consegui.

Meu ombro, sob o moletom manchado, formiga onde ele acaba de pôr a mão.

É, aliás, a primeira vez, desde que nos encontramos do lado de fora da clínica, cinco minutos atrás, que eu, afinal, *lembro* que estou usando um moletom manchado. E a calça de ontem. Com o cabelo sem pentear, e meu rosto ainda coberto pela maquiagem de ontem, sujo e inchado por causa da ressaca provocada por ter bebido Manhattans demais com Marilyn Monroe. (Fico levemente animada, contudo, pelo fato de minha ressaca ser resultado de uns drinks tarde da noite com Marilyn. Porque mesmo com todas as "interações" do Dillon com loiras gostosas, ele nunca conseguiu superar drinks com uma loira tão gostosa quanto *essa*.)

Quero dizer, isso está bem longe do Melhor Cenário Possível com o qual eu talvez um dia tivesse inutilmente imaginado me reencontrar com Dillon. Sabe, aquele cenário em que eu milagrosamente *perdi* doze quilos (dos quadris e das coxas) e *ganhei* oitenta quilos (na forma de Daniel Craig, delicioso, nos meus braços).

E cá está Dillon, sentado ao meu lado, parecendo um Deus Grego insanamente sarado e particularmente sexy.

Convenhamos, eu já era descartável o bastante para Dillon quando estava, afinal, me esforçando ao máximo. Depois de me ver hoje, ele vai esquecer que eu existo, mais uma vez, assim que me deixar na porta de casa.

Bem, dane-se ele. Também vou esquecê-lo. Não com tanta facilidade, talvez, e com muito mais álcool enquanto isso. Mas não vou dar a ele a satisfação de voltar à minha vida, assumir aquela postura sou-charmoso--demais-mesmo e depois me largar de novo. Seja ele um homem mudado ou não, ele não vai ganhar nem um pedacinho de espaço na minha mente de novo.

— Foi ótimo, para falar a verdade, ter trombado com você bem quando eu estava saindo hoje — continua ele. — Porque você estava bem no topo da minha lista.

Isso me abala.

— Sua... lista?

Ele confirma com a cabeça.

— Pessoas para quem eu preciso muito pedir desculpas. Quero dizer, não sei se você sabe alguma coisa sobre reabilitação de alcoólatras e drogados, Lib, mas se você fizer tudo direitinho, acaba com uma lista de amigos e parentes cujas vidas você finalmente percebe que prejudicou ou ferrou ou fodeu mesmo, de algum jeito. Pessoas que você já magoou e deixou furiosas e que, com toda razão, não vão mais querer falar com você de novo a não ser que você se redima com elas. E, talvez, em alguns casos, nem assim.

— Você quer se redimir comigo?

— Cristo, mulher, é claro que quero, porra! Eu teria ligado para você, depois de me acalmar, o que é bem mais difícil sem o álcool para ajudar, e chamado você para ir comer alguma coisa.

— Teria que ter sido uma refeição *bem* cara — respondo —, se a sua intenção é se redimir. Algum lugar com três estrelas Michelin e champanhe *vintage* e ostras e... e *foie gras* — acrescento, antes de me lembrar de que não como *foie gras*, que ostras me fazem mal e que o Dillon não pode tomar champanhe algum, *vintage* ou não.

— Libby, querida, a refeição não é a parte que vai me redimir. É só o *cenário* para eu me redimir.

— Entendi. Então eu fiz você economizar um bocado — digo secamente — encontrando você convenientemente por acaso e permitindo que você fizesse a coisa toda em um táxi, não fiz?

— Veículo particular licenciado de aluguel — resmunga o motorista no banco da frente. — Não um táxi, na verdade.

Ah, pelo amor de Deus — como é que eu pude esquecer, *de novo*, que tem outra pessoa no carro, quando estou tendo uma conversa particular sobre minha vida amorosa desastrosa? E dessa vez não é nem mesmo o Bogdan, que ao menos é meu amigo, mas um completo estranho.

Só me serve de deixa para sentar mais empertigada do que nunca, olhando pela janela como se eu fosse Miss Jean Brodie, em *Primavera de uma solteirona*, e querendo que o trânsito aliviasse, para que essa jornada pudesse chegar a um fim misericordioso, Dillon pudesse voltar a me esquecer (mas com mais alegria do que antes, sabendo que ele finalmente tinha feito a coisa certa ao me riscar da sua lista de pedidos de desculpas) e eu pudesse correr escada acima até meu apartamento com a esperança, no fundo do coração, de que Marilyn Monroe talvez aparecesse de novo. Porque eu poderia matar por mais um daqueles Manhattans nojentos dela, além de todo o resto.

— Quer saber? — diz Dillon, como se estivesse plenamente ciente de que essa conversa de "redenção" não está indo muito bem. — Não vamos mais ficar falando sobre mim e os meus erros estúpidos. Eu tive seis semanas na reabilitação para tagarelar sobre mim mesmo para qualquer um disposto a ouvir. Me fale sobre você e o que está acontecendo na sua vida.

— Só as coisas de sempre — respondo, tentando parecer extremamente interessada no parque Wimbledon Common, pelo qual estamos passando.

— Ora, vamos. Administrar seu próprio negócio de design de joias não é "só as coisas de sempre". Não consigo nem abrir o jornal sem ler alguma coisa sobre você.

— Eu dei uma entrevista. — E *não* vou reagir ao fato de que ele acabou de admitir que leu. — Para o suplemento de sexta-feira do *Evening Standard*.

— Bem, eu li a entrevista. E pensei em ligar para você naquela época também, para dizer como eu estava orgulhoso de você, mas foi bem no início do fim de semana que meio que motivou a minha internação na clínica... Sabe, eu estava em uma festa no Soho na noite daquela sexta, e a próxima coisa que sei é que era terça de manhã e eu estava...

— Eu achava — murmuro — que você estava cansado de tagarelar sobre si mesmo.

Ele dá um sorriso encabulado.

— Só estou tentando dizer, Libby, que ouvi falar que as coisas estão indo muito bem para você no âmbito profissional e que fiquei extremamente feliz. Posso dizer isso?

— Você pode dizer o que quiser — respondo friamente. — Este é um país livre.

— É mesmo. É mesmo. — Ele olha pela própria janela por alguns minutos, tamborilando os dedos casualmente na maçaneta da porta. — E pessoalmente?

— Pessoalmente o quê?

— No âmbito pessoal. Como vão as coisas?

— Bem, Dillon. Obrigada.

— Alguma novidade na família? Isto é, além do problema alcoólico da sua irmã.

— Nenhuma novidade na família, não.

Não vou falar sobre o casamento do meu pai e minha nova família postiça porque esse nunca foi o tipo de coisa sobre o qual eu conversava com o Dillon.

— Aquela sua amiga que parece bacana já se casou?

— Vai ser no fim de julho.

— Que bom para ela. E o irmão dela ainda é um babaca completo?

— O Olly está superbem — respondo com firmeza. — Vai abrir o próprio restaurante em Clapham em breve, para falar a verdade.

— Jesus. Bem, me fale o nome do lugar para eu evitar a todo custo. Não vou perder a vida só porque o maldito do Olly Walker decidiu pôr veneno de rato no meu prato pretensioso de ravióli com trufa branca.

— Não vai haver nenhum ravióli com trufa branca. Nem nenhuma pretensão — digo, tentando não parecer surpresa pelo fato de ele, afinal, se lembrar do nome completo de Olly. — De qualquer forma, veneno de rato não é o estilo dele. Ele faz mais o tipo de dar uma surra em você com uma frigideira de ferro fundido.

— E me liquidaria espremendo limão na minha cabeça? Enfim — resmunga Dillon. — Vou passar longe do restaurante.

Estamos bem no meio de Wimbledon agora, passando pelo velho teatro eduardiano, onde uma vez eu quase escapei de um teste para *A noviça rebelde,* muitos anos atrás, e onde encontrei o Olly e a Nora pela primeira vez, quando o Dillon volta a falar.

— Você está saindo com alguém?

Eu adoraria poder dizer que há uma ansiedade na voz dele, alguma coisa que indique um resquício de um ciúme ardente. Mas não posso, porque não há. Ele simplesmente fez aquela pergunta no mesmo tom gentil que estava usando quando falamos sobre meu sucesso no trabalho e o casamento da Nora.

E esse é o único motivo pelo qual respondo:

— Sim, para falar a verdade, estou.

Só para ver se há alguma outra reação. Porque de repente estou me sentindo tão desesperadamente frustrada, e triste, e brava por não conseguir inspirar nele nenhum sentimento a não ser... Bem, o quê? Uma fraternidade levemente encabulada, como se ele fosse um irmão mais novo particularmente irritante que deixou minha boneca Barbie na chuva vezes demais.

Sei que isso parece ridículo, visto que eu *ansiei* por algum tipo de pedido de desculpas dele por muitos meses, mas agora eu preferiria devolver o pedido de desculpas e substituí-lo por algo que não tivesse nada a ver com redenção, mas também que fosse profundamente... apaixonado.

— Ora, essas são ótimas notícias, Lib! Que bom para você! — Se Dillon fosse do tipo de fazer *high-fives*, acho que ele teria gritado "bate aqui!" para mim. — Quem é o sortudo?

— O nome dele é Adam. — (Isso não é uma *mentira*. Não *terminamos* de verdade. Não oficialmente.) — Ele trabalha com capital privado, mora em Shepherd's Bush e é um cara muito, muito legal.

Nada daquilo, novamente, era mentira.

Isto é, fora o fato de ele ser um cara muito, muito legal. Só acho que nada disso teria o mesmo impacto se eu dissesse: "Ele é muito, muito mentiroso."

— Capital privado? Então ele é rico, além de sortudo!

— Ele ganha razoavelmente bem — murmuro, sem conseguir olhar Dillon nos olhos e sentindo que talvez eu tenha perdido minha posição inabalável na escala moral, só um pouquinho.

— Aposto que sim. Ah, acho que chegamos — diz Dillon quando passamos pela estação de metrô de Colliers Wood. — Estacione onde puder por um minuto, por favor, parceiro — diz ele ao motorista. — Só vou acompanhar minha amiga aqui até o apartamento dela e já volto.

— Não! — grito.

Dillon olha para mim. Assim como — não consigo deixar de notar — o motorista, pelo espelho retrovisor.

— Quero dizer, não precisa me acompanhar até lá em cima! — Sei que o incidente da Marilyn pode ter sido uma ocorrência única e sei que ninguém mais teve nenhum relance da Audrey, mas, de alguma forma, não quero arriscar mesmo assim. — O apartamento está uma bagunça e tenho... hum... peças valiosas de joalheria espalhadas pelo chão com cola secando e tal...

— Tudo bem — diz Dillon, saindo do carro e dando a volta para abrir a porta para mim mesmo assim.

Mas eu me recuso a deixar que ele faça isso, porque não vou me permitir ficar *nem um pouquinho* encantada por qualquer uma das demonstrações fáceis dele de cavalheirismo, então já estou abrindo a porta quando ele chega do meu lado.

— Bem — digo —, obrigada pela carona, Dillon. E... parabéns. De coração. Pela reabilitação, digo. Sei como deve ter sido difícil para você.

— Eu fico grato, Libby. Fico mesmo.

— Certo.

— E parabéns para você também, querida. Pela coisa da carreira e pela coisa do Adam... Não consigo expressar o quanto fico feliz por você estar tão bem. E por não ter sido arrasada por um idiota como eu.

— Fico grata, Dillon. — Sei que estou repetindo o que ele acabou de dizer, mas prefiro me precaver agora; me ater a algo que eu já sei que soa maduro, gentil e equilibrado. Só para prevenir, sabe, que eu acidentalmente comece a gritar que o pedido de desculpas dele tenha sido insignificante, que eu acho que ele é um bosta egoísta e arrogante e que eu, obviamente, nunca fui mais especial para ele do que uma sentada para... para uma ótima xícara de chá com biscoitos. — Fico mesmo.

Ele sorri para mim e se abaixa para me dar mais um daqueles beijos delicados na bochecha. Desta vez, sem a distração de uma dúzia de fotógrafos enlouquecendo com seus flashes, consigo perceber que ele tem o mesmo cheiro característico cítrico, almiscarado, esfumaçado, só que sem o aroma adicional de quarenta por cento de teor alcoólico.

Não sei se mais alguém já teve alguma situação arrebatadoramente sexual na avenida Colliers Wood antes, mas posso apostar que, se já teve, a que eu acabei de vivenciar daria de dez a zero.

— Eu sinto muito, muito, *muito* mesmo — murmura ele no meu ouvido direito —, por tudo. Por Miami, e o furacão, e a modelo finlandesa...

— Está tudo bem, Dillon — respondo, cansada. — Quer dizer, você não foi efetivamente responsável pelo furacão. Nem mesmo você pode achar que é tão divino assim. E, convenhamos, sempre ia acabar havendo uma modelo finlandesa. Ou sueca, ou holandesa, ou venezuelana.

— Ah, por favor, seja justa. Não acho que tenha havido alguma modelo venezuelana. Nunca.

— Era só — digo a ele, me afastando — uma questão de tempo.

Então me viro e caminho rapidamente na direção do meu prédio, torcendo para que ele não me siga.

E, ao mesmo tempo, torcendo — ilógica, estúpida e *perigosamente* — para que ele me siga, *sim*.

8

Ele não me seguiu.
Então estou subindo as escadas para o apartamento o mais rápido que consigo, porque, agora que estou em casa, quero desesperadamente saber se Marilyn voltou para mais uma visita. Pelo aroma predominante de Chanel nº 5, acho que ela deve estar...
...mas, assim que abro a porta, vejo, de cara, que Marilyn não está ali.
Nem estão, fico perplexa ao reparar, a minha TV, minha mesa de centro e meu sofá Chesterfield.
O ladrão — ou, mais precisamente, os dois ou três deles — teria que ser *extremamente* forte e igualmente determinado para tirar o Chesterfield do meu apartamento, para começar.
Ou...
...é o barulho da minha TV que posso ouvir pela porta da divisória?
Melhor eu explicar: este apartamento minúsculo começou sua vida como um apartamento um pouquinho maior, até que meu locador, Bogdan (o Sênior), decidiu, alguns dias depois de eu me mudar, colocar uma divisória de gesso e transformar o apartamento levemente maior em dois apartamentos minúsculos, para duplicar suas oportunidades de aluguel. Mas o apartamento é tão pequeno, e a quantia que ele insiste em pedir pelo aluguel é tão alta, que ninguém ainda demonstrou o menor interesse em vir morar aqui. Hoje, torcendo para que Bogdan Sênior nunca se dê ao trabalho de dar um pulo ali para dar uma checada no apartamento, eu costumo usá-lo frequentemente como uma espécie de estúdio profissional não oficial, porque a luz é melhor ali do que no meu apartamento e porque não tem nenhum móvel para ocupar o espaço que eu posso usar para esparramar todas as minhas tralhas.
Ah, e não há mais uma parede de gesso dividindo os dois apartamentos, mas uma porta de madeira frágil. Porque o Bogdan Junior resolveu

uma vez, no ano passado, destruir a parede com uma marreta. Eu sinceramente não consigo me lembrar do porquê, acho que era algum tipo de tentativa peculiar de confrontar o pai. Mas, no fim das contas, ele acabou voltando para aproveitar o buraco na parede e decidiu que seria "mais estiloso, Libby, menos com cara de utilitarismo soviético" fechar o buraco com uma porta, em vez de uma parede.

De qualquer forma, com ou sem parede, lá está o barulho da minha televisão tagarelando, em alto e bom som, do outro lado.

Tenho bastante certeza de que — ou melhor, *quem* — mais está do outro lado da porta também.

— Marilyn — digo, um instante depois, quando abro a porta.

Ela está esparramada no Chesterfield, dessa vez sem o casaco de pele, mas usando um roupão branco fofo e com uma toalha enrolada como um turbante na cabeça, assistindo à TV.

— Oi! — Marilyn vira a cabeça quando me ouve entrar. Por baixo do turbante atoalhado, ela ainda está totalmente maquiada e reluzindo como sempre. A coqueteleira e um copo vazio estão apoiados precariamente na mesa de centro, e ela está segurando, com suas unhas feitas com perfeição por uma manicure, um copo cheio de um líquido aparentemente nocivo de cor âmbar. — Você chegou bem a tempo, meu bem! Vai ter um *casamento*!

Dou uma olhada para a TV à frente dela. Kim Kardashian está provando um vestido de noiva branco enorme, enquanto uma série de irmãs Kardashian chora fotogenicamente ao redor dela.

— Está assistindo a *Keeping Up with the Kardashians*?

— É claro que estou! E você precisa se sentar aqui e assistir comigo nesse televisor incrível! Você reparou, meu bem, que as imagens estão *em cores*?

— Sim, mas...

— Inacreditável. — Mal desviando os olhos da TV nem por um segundo, ela se inclina na direção da mesa de centro, pega a coqueteleira, enche o copo vazio e o entrega a mim. — Tome um chá gelado — acrescenta ela — e me diga o que você acha do rapaz que faz o papel de noivo. Acho que ele até que é bonitinho, mas acho que os roteiristas cometeram um erro quando escolheram o trabalho fictício dele. Quero dizer, fazer crepes em um restaurante? Não acho que isso renda uma trama *tão* excitante assim. Eles não podiam simplesmente ter dado a ele um papel, vejamos, de príncipe africano ou algo assim?

Não faço a menor ideia do que ela está falando. Até que passa um relance fugaz de Kanye West na tela, e me lembro de que ele faz *raps*, então instantaneamente entendo de onde vem a confusão.

— E não é incrível, meu bem, como eles conseguiram encontrar tantas atrizes tão parecidas para interpretar as irmãs? — Marilyn toma um gole de seu chá gelado. — Mas eles podiam ter feito um trabalho melhor com aquela que interpreta a Khloe.

— Não, não, Marilyn, elas não são atrizes.

— Bem, elas certamente não são *boas* atrizes... Quero dizer, não me leve a mal, meu bem, é absolutamente cativante, mas já vi atuações melhores de uma porta de celeiro!

— Não, quero dizer, elas não trabalham como atrizes em nenhum sentido, formato ou aspecto. São pessoas reais. É um programa sobre a vida delas. — Me afundo no sofá com meu chá gelado. — Então, hum, quando... Não, melhor, *como* foi que você conseguiu trazer todas as coisas para cá?

— Enquanto você estava fora, é claro. Quer dizer, eu não fazia ideia, logo que cheguei aqui, de que havia *dois* quartos neste apartamento! Vai ser bom, para nós duas, não ter que viver tão amontoadas, não vai? Mas, meu bem, não entendo o que você acabou de dizer. — Ela aponta com o copo para a tela da TV, onde os créditos finais estão passando. — Isso *não é* um seriado? É... um *documentário*?

— É um *reality show*, só isso.

— Um show de quê?

— *Reality show*. Elas são uma família de verdade. Bem, quase isso. Todas elas são irmãs mesmo, e a noiva realmente vai se casar... Mas, Marilyn, você ainda não me disse como colocou o sofá aqui.

— Ah, um homossexual muito gentil me ajudou. Ao menos eu acho que ele era homossexual, porque, quando ele apareceu, eu acidentalmente atendi a porta totalmente nua, e ele não ficou nem um pouco interessado em, bem, nada *daquilo*. Só queria falar do meu cabelo.

Fico olhando para ela.

— Você atendeu a porta... para um homem, hum, *alegrinho*? Que queria falar com você sobre o seu cabelo?

— Deus, não, meu bem, ele não era tão alegrinho assim! Quero dizer, ele era gentil e tudo mais, mas estava um pouco borocoxô, para ser sincera. Mas acho que os russos costumam ser assim mesmo, certo? Ou será que ele era búlgaro, ou polaco, ou...

— Moldavo.

Porque foi o Bogdan que a ajudou a transportar o Chesterfield, não foi? A Marilyn Mágica encontrou o Bogdan.

E, mais importantemente, o Bogdan a encontrou.

— Aaaaah, mais um episódio! — grita ela animadamente quando *Keeping Up With the Kardashians* começa novamente na TV. — Eu simplesmente não consigo acreditar que isso é *real*, meu bem. Quero dizer, que ideia inteligente, não é mesmo? Simplesmente filmar as pessoas em suas rotinas diárias e tudo mais?

Não estou prestando muita atenção. Pego meu celular e, apressadamente, checo as mensagens.

Certo, então o Bogdan não me mandou mensagem nenhuma. Não tem nenhuma ligação dele perdida, nenhuma mensagem de voz perguntando por que uma mulher pelada igualzinha à Marilyn Monroe — e, presumo, se *apresentando* como Marilyn Monroe — o convidou para entrar no apartamento esta tarde para ajudá-la a transportar o meu sofá.

— Você disse a ele quem você era? — pergunto, tomando um gole do meu chá gelado, para acalmar os nervos, e imediatamente cuspindo tudo de volta no copo. É tão nojento quanto os Manhattans que ela fez ontem. — Jesus! O *que* tem aqui?

— Só umas gotinhas de vodca, meu bem. — Marilyn me dá uma piscadinha, ajeitando o turbante enquanto pisca. — Sem isso, o chá gelado fica extremamente *sem graça*, não acha? E eu disse a ele que meu nome era Marilyn, se é isso que você está perguntando. O que é isso que você está segurando?

— Meu telefone.

— Minha nossa! Vocês, canadenses, certamente têm telefones esquisitos!

— É um telefone celular. Significa que eu posso fazer ligações quando estou fora de casa. — Enfio o celular de volta no bolso do meu moletom. — Bem, acho que vou ter que simplesmente perguntar a ele na próxima vez em que o vir — resmungo. — Talvez ele tenha achado que você era uma sósia ou algo assim.

Afinal, foi isso que eu pensei na primeira vez em que vi Audrey. E *é* — muito — possível que Bogdan tenha ficado tão interessado pelo cabelo da Marilyn que nem pensou duas vezes em quem ela podia realmente ser.

— Olha — diz Marilyn —, podemos parar de falar do homossexual tristonho por um instante?

— Marilyn, já que estamos falando nisso, você não pode realmente falar...

— E você pode me dizer, meu bem — ela volta sua atenção novamente para a TV —, como eu posso aparecer em um programa como esse.

— Você... quer aparecer em *Keeping Up with the Kardashians*?

Os olhos dela se arregalam.

— Oh! Você acha que elas me *aceitariam*?

— Não foi isso que eu quis dizer.

— Não, não, meu bem, essa é uma *ótima* ideia! Só preciso saber o que fazer. Você disse que essa é a vida real delas, certo? Então, eu precisaria *encontrá-las* de alguma forma? Ficar *amiga* delas? Porque eu acho que me daria muito bem com a Khloe. Só não tenho certeza se a Kim iria gostar muito de mim...

Sou distraída momentaneamente por um bipe do celular no meu bolso. É minha mãe.

ACABO DE RECEBER UMA LIGAÇÃO DO DAVE FALANDO QUE A CASS ESTÁ ENCARCERADA NUM HOSPÍCIO.

Meu Deus. Já sei o que vem a seguir.

VOCÊ NÃO ACHOU QUE SERIA NEM UM POUQUINHO IMPORTANTE ME CONTAR, LIBBY??????!!!!!!

Começo a digitar uma resposta quando chega uma terceira mensagem.

INDO PARA CASA AMANHÃ. ME ENCONTRE 16H45 NA ESTAÇÃO PADDINGTON.

— ...e a mãe parece um pouco assustadora.

— Ela não é assustadora, só extremamente chata — digo, antes de perceber que Marilyn ainda está olhando para a tela e falando da mãe das Kardashian, não da minha. — Mas, Marilyn, acredite em mim: você tem coisas maiores e melhores no seu futuro do que tentar um papel de coadjuvante em um *reality show*. Quero dizer, sei que me expressei mal quando falamos sobre isso ontem, mas você não deve ficar pensando que não é talentosa o suficiente para se tornar uma grande estrela do cinema. Uma das maiores que o mundo já viu, para falar a verdade.

— Minha nossa, meu bem. — Isso captura a atenção de Marilyn. Tanto, na verdade, que ela pega o controle remoto e desliga a TV habilmente. Ela está olhando fixamente para mim agora, em vez de Kim, Kourtney e Khloe. — Você realmente tem fé em mim, não é?

— Sim, tenho.

— Bem, essa é praticamente a coisa mais legal que alguém já me disse na vida.

O olhar arregalado dela, bastante parecido com a maneira com que o Fritz olhava para mim logo depois de eu dar a ele um pouco de patê, está, para falar a verdade, fazendo eu me sentir um pouquinho desconfortável.

— Só estou falando isso porque é verdade.

— Você é formidável, meu bem — continua ela. — Alguém já lhe disse isso?

— Não seja boba — respondo, encabulada.

— Mas você *é*. E sabe, já que estamos falando em acreditar em si mesma, talvez você deva tentar também.

— Ah, não se preocupe. Estou bem.

E com isso, o que estou tentando dizer é que não sofro do tipo de insegurança paralisante que afeta Marilyn Monroe.

— Quero dizer — continuo, sem realmente querer —, obviamente, tenho umas recaídas ocasionais nesse âmbito da insegurança. Principalmente porque, não importa o que eu faça, parece que não consigo parar de ser um digestivo humano...

— Hein?

— Ah, acho que podemos chamar de "bolacha água-e-sal", quem sabe? Isto é, aquelas bolachas sem graça e inúteis que todo mundo ignora no caminho para pegar os biscoitos de chocolate mais animadores e deliciosos.

— Está dizendo que você se sente como o biscoito que ninguém quer?

— Sim! — Olho para ela. — Você entende.

— Ora, é claro que eu entendo, meu bem. Passei minha *vida inteira* sendo a bolacha água-e-sal. A pequena Norma Jeane, com sua carinha de rato, sua família que não presta e seu futuro sem esperança. Mas aí... Bem, não sei o que aconteceu. — Marilyn dá de ombros. — Acho que encorpei um pouco, e os meninos pareceram gostar disso... Diga, é de um menino que estamos falando? — acrescenta ela subitamente. — Essa pessoa que acha que você é uma bolacha água-e-sal?

— Entre outros. — Tomo mais um gole de chá gelado com vodca. — O nome dele é Dillon.

— E ele não sabe que você existe?

— Não, não é exatamente isso. Ele sabe que eu existo, só que sabe que muitas outras mulheres existem também.

— Oh, meu bem, eu posso ajudar você com isso! — arfa ela. — Homens sempre parecem me notar quando estou em meio a um grupo de mulheres. — Ela inclina a cabeça de leve. — Apesar de que, para ser sincera, eu nunca parei para pensar exatamente no *porquê*...

Isso é tão surpreendentemente fofo e ingênuo dela que esqueço de me sentir arrasada por causa do Dillon por um segundo.

— ... mas talvez eu possa pensar nisso agora e ver se existe alguma coisa que eu faça e que você possa fazer também! — Ela sorri para mim. — Trocando dicas, meio que como irmãs!

— Isso é muito, muito legal da sua parte, Marilyn, mas acho que não existe *nada* que você faz que eu possa fazer. Quero dizer, para começar, não tenho o seu corpo.

— Ora, é só encher seu sutiã com meia-calça, meu bem. — Marilyn gesticula, desprezando meu comentário. — Até eu faço isso. Não custa nada reforçar o que a mãe natureza lhe deu! E sabe outra coisa que você pode fazer agora mesmo? Tirar essa calça preta.

— Não tem nada a ver com a calça preta! — retruco defensivamente. — Eu costumava não usar nada, absolutamente *nada* para o Dillon, apenas um sorriso safado e um par de saltos altos. Mesmo assim, isso não o impediu de me trocar por uma modelo de lingerie da Noruega, assim que conheceu uma, e esquecer que eu sequer existia.

— Oh, meu bem, isso é...

— Desculpe, da Finlândia.

— O nome dela era Lândia?

— Como?

— Você disse que quer "dar fim na Lândia".

— Não, não. A modelo era da *Finlândia*. O país.

— Ah, claro, o país — diz Marilyn, com uma voz que indica que ela não faz ideia de que país é esse, antes de continuar: — Ooooh, talvez você devesse pensar em clarear o cabelo. Minha agência de modelos me importunou por séculos e, quando eu finalmente clareei... — Ela estala os dedos. — Bum! Foi como se eu tivesse passado a andar com um pequeno holofote em cima de mim de repente.

— Não sei, não. Estou bastante feliz com meu cabelo castanho mesmo.

— E outra coisa! Você deveria começar a usar maquiagem.

— Mas eu uso maquiagem!

— Então use *muito mais* maquiagem. E use roupas *bem mais justas*. Um número menor — continua ela. — Ao menos é isso que eu sempre faço. Não há nada que um homem goste mais do que olhar para uma mulher que parece que vai transbordar da roupa a qualquer momento! Agora, se você usasse uma bela saia-lápis, uma blusa decotada, um cintinho para marcar a sua cintura, uns belos sapatos *peep toe*...

— Marilyn... Hum, olha, sou grata pelos conselhos, muito grata, mas tudo isso parece um pouco... superficial.

— Ora, mas é claro que é, meu bem. — Ela estica a mão e toca de leve no meu ombro por um instante. — Você parece uma pessoa muito doce por dentro. É só o exterior que poderia ser trabalhado um pouquinho.

Eu escuto isso com a intenção que sei que deveria. E, já que ela está tão entusiasmada com tudo isso e não quero chateá-la, não digo que, na verdade, doce ou não, tenho bastante certeza de que minha parte interior poderia ser um pouquinho mais trabalhada, também. Afinal de contas, mesmo se o cabelo loiro e as roupas justas funcionassem como um feitiço com o Dillon, não teriam o menor impacto nas outras pessoas significantes da minha vida para quem eu geralmente estou em segundo plano: minha família.

— Ah, e acabei de pensar em mais uma coisa que eu faço!

— Você corta um pedacinho do salto de um dos seus sapatos? — pergunto.

Ela pisca para mim.

— Meu Pai do céu, por que é que eu faria isso, meu bem?

— Acho que eu li, uma vez, que isso era uma coisa que você... hum, digo, que as *pessoas* faziam para dar um rebolado sensual quando elas andam.

— *Isso* daria um rebolado sensual quando você anda? — Ela franze a testa. — Não iria simplesmente mandar você para o hospital com uma lombalgia aguda?

— Provavelmente. Olha, sei lá. Certo... Foi só uma ideia.

— Oh, não me leve a mal, meu bem, não estou dizendo que não vou testar! Mas não era isso que eu ia dizer. — Marilyn enfia a mão no bolso de seu roupão e pega um pequeno frasco de perfume. — Chanel n.º 5 — sussurra ela, erguendo o frasco como se fosse algum tipo de elixir da vida. — Estou dizendo a você, meu bem, nenhum homem que eu já conheci conseguiu resistir. Sabe, uma vez, eu disse a um rapaz que isso era *tudo* que eu usava para dormir... e sabe o quê? — Os olhos dela se arregalam. — Logo depois, ele me comprou aquele casaco de pele lindo! — Ela tira a tampa do frasco, pega minha mão e borrifa uma nuvem de Chanel nº 5 no meu pulso. — Não é bom? Não faz você se sentir mais bonita só de ter passado?

— Faz, sim — garanto a ela, porque ela parece superanimada. — E fico grata por todas as sugestões, Marilyn, fico mesmo.

— Oh, meu bem, fico feliz em ajudar! E acredite em mim, se você fizer todas essas coisas, esse seu rapaz só vai ter olhos para você! Você vai ser o *snickerdoodle* dele.

— Como?

— Em vez da bolacha água-e-sal... Ah, talvez vocês não tenham *snickerdoodles* no Canadá. São uns biscoitinhos de açúcar e mel enrolados em canela. Uma das minhas mães adotivas costumava fazer os *snickerdoodles* mais deliciosos que eu já comi: quentinhos do forno, crocantes por fora e derretendo por dentro.

— Ah. Certo. Entendi. Mas lembre-se, não sou do...

— Ótimo! — Ela solta minha mão, pega o controle remoto e — com bastante elegância para uma mulher do início dos anos 1950 que está aqui só de passagem — liga a TV de novo. — Agora vamos nos focar no que é realmente importante, meu bem, e continuar com o... Como você disse que se chamava? *Say Hello to the Keshishians*?

— *Keeping Up with the Kardashians.*

— Não foi isso que eu disse? Enfim, vai acontecer o casamento nesse episódio, e mal posso *esperar* para ver se o irmão vai aparecer ou não!

Então nos acomodamos para uma noite de chá gelado com vodca e um dramalhão armênio-americano.

O que é uma maneira tão boa de passar a noite com Marilyn quanto qualquer outra, suponho.

E, no mínimo, talvez me faça parar de pensar no Dillon.

9

Não preciso ir até Paddington para encontrar a minha mãe até o meio da tarde. Então, apesar de ser uma oportunidade de ouro para ficar em casa, colocar a chaleira no fogo e pôr em dia a quantidade gigantesca de pedidos de joias que ando negligenciando terrivelmente nos últimos dias, não vou fazer isso.

Primeiro, porque a Marilyn Monroe ainda está, como confirmei ao olhar pela porta divisória esta manhã, dormindo em frente à TV onde eu normalmente trabalharia em minhas joias.

E segundo, porque decidi ir até o restaurante em Clapham, como prometi ao Olly que faria, e ver o que posso fazer para ajudar.

Não vai ser nada ruim se, com sorte, o Bogdan estiver por lá e eu puder aproveitar a oportunidade para perguntar a ele sobre o encontro dele com minha mais nova colega de quarto.

Eu tentei mandar mensagem para ele quando já era bem tarde da noite, mas, no fim, acabei desistindo, porque não sabia como colocar em palavras. Eu não podia simplesmente escrever: "*Oi, B., espero que tudo esteja bem c/ vc. Aliás, fiquei sabendo que vc encontrou a Marilyn Monroe no meu ap. ontem. Acha que é algo que devemos discutir?*"

Dá para entender minha dificuldade.

Será muito mais fácil, ainda que não tão fácil assim *mesmo*, falar sobre isso pessoalmente.

E por falar em mensagens difíceis, aqui está mais uma da última série da minha mãe, aparecendo no meu celular quando saio do metrô, em Clapham North.

MATÉRIA SOBRE A CASS NO HEATWORLD E NO POPBITCH ESTA MANHÃ!!! FALEI QUE ERA SÓ UMA QUESTÃO DE TEMPO PARA A IMPRENSA FICAR SABENDO.

Uma segunda mensagem, enviada apenas dois minutos depois da primeira:

SUGIRO QUE VOCÊ VENHA PARA A ESTAÇÃO DISFARÇADA. VAI TER PAPARAZZI OBSERVANDO.

O que soaria ameaçador se não fosse tão ridículo.
Respondo: *"Certo, vou disfarçada. O que você sugere? Bigode falso e óculos? Máscara do Richard Nixon? Fantasia de cavalo (frente ou trás)?"*
Minha mãe responde um instante depois:

NÃO SEJA RIDÍCULA, LIBBY. SUGIRO A COMBINAÇÃO SIMPLES, MAS EFICIENTE, DE BONÉ DE BEISEBOL E UMA PASHMINA GRANDE. TALVEZ AQUELA AZUL, ENORME, 100% CAXEMIRA, QUE EU TE DEI DE ANIVERSÁRIO?

Minha mãe não me deu uma pashmina Brora azul, de caxemira, enorme, de aniversário; ela me deu um kit da Space.NK com hidratante e gel para banho.
AH, ESPERE, chega outra mensagem. *A PASHMINA FOI PRESENTE DA CASS, NÃO SEU, DESCULPE.*
Eu estava perfeitamente feliz com um kit de hidratante e gel para banho (apesar de ter plena consciência de que minha mãe só me compra coisas na Space.NK para poder ganhar os pontos extras de prêmio em seu cartão da loja), até saber, neste exato minuto, que o presente de aniversário da Cass tinha sido, afinal, uma pashmina de caxemira, enorme, que parecia muito legal.
Enfim, era conveniente que minha mãe tivesse pedido que eu fosse disfarçada, porque já me sinto como se tivesse saído de casa, de certa forma, fantasiada esta manhã.
Talvez eu tenha levado uns conselhos da Marilyn mais a sério do que eu pensava que fosse.
Eu não tinha, na verdade, surtado totalmente, visto que basicamente tudo no meu guarda-roupa atualmente, pós-Audrey, pendia para a gama mais escura da paleta de cores. Mas, mesmo assim, depois do meu banho esta manhã, coloquei uma saia-lápis, uma blusa branca e — porque sim — meu par de sapatos *nude* mais altos. Acho que devo tê-los comprado quan-

do estava tentando imitar a Kate Middleton, pouco antes do casamento real, há tempos atrás. Enfim, a saia-lápis, apesar de ser daquele preto "pavoroso", se adequa perfeitamente à didática da Marilyn sobre usar coisas um número menor, porque na última vez em que eu a usei, estava uns três quilos mais magra, no outono passado. Tive que me espremer para conseguir fechar o zíper e certamente não vou poder *comer* nada enquanto a estiver usando... mas não posso negar que confere uma gingada aos quadris usar uma saia tão justa com a qual só consigo dar passos bem curtos. E é uma mudança revigorante usar uma blusa branca elegante, mesmo que eu me preocupe que Olly vá pensar que, no lugar de ter vindo ajudar de graça, eu esteja, na verdade, querendo um emprego, em meio período, como garçonete.

Deixei um botão a mais aberto também. Apesar de eu não ter chegado — não ter conseguido chegar — ao ponto de encher o sutiã com uma meia-calça velha. Não importava o quanto eu me sentisse relegada ao segundo plano, eu não conseguiria ir tão longe.

O maior problema com os conselhos de vestuário da Marilyn é que as roupas não são muito favoráveis para chegar a nenhum lugar muito rápido, e levo quinze minutos para cumprir o trajeto, que eu normalmente levaria três, até o futuro restaurante do Olly.

É pertinho da avenida principal de Clapham, com vista para o amplo espaço verde do parque e fica entre uma elegante confeitaria francesa e um mercadinho/banquinha.

É preciso dizer que, à medida que vou me aproximando (lentamente), já estou impressionada com a fachada.

Na última vez em que eu estive aqui, por exemplo, não tinha nem sequer janelas, apenas um grande tapume de madeira que tinha sido preenchido por panfletos publicitários nada atraentes de um evento familiar no parque. Mas agora o tapume e os panfletos nada atraentes tinham sumido, substituídos por janelas grandes de vidro laminado que, assim que o pó da obra for limpo, vão ficar fabulosamente brilhantes e... com uma cara profissional.

Sei que parece estúpido, mas, só de ver essas janelas, sem sequer ter visto nada lá dentro, já estou com um pequeno caroço na garganta.

Quero dizer, o Olly está se saindo muito bem, abrindo o *próprio restaurante* com as *próprias janelas*, não é mesmo? O Olly que, em nossa primeira saída noturna, mais de uma década e meia atrás, pegou uma caneta da minha mochila e anotou, em um guardanapo do restaurante chinês onde fomos jantar, o cardápio inteiro que ele tinha planejado, um dia, servir em seu próprio restaurante. Não consigo me lembrar de todos os detalhes porque Nora e eu estávamos mais interessadas em "ajudá-lo" a pensar em nomes totalmente ridículos para o restaurante, mas, a não ser que ele esteja planejando servir pratos típicos do final dos anos 1990, com óleo de trufa em abundância e *prosciutto* enrolado em absolutamente tudo, acho que o cardápio do guardanapo deve ter sido esquecido há muito tempo.

Eu gostaria que um de nós o tivesse guardado, contudo, só para relembrar ao Olly de como ele tinha chegado longe.

Mas não posso simplesmente ficar parada aqui fora morrendo de amores pelas janelas de vidro laminado, preciso entrar e dar uma boa olhada no local.

Posso ouvir todos os tipos de batidas, perfurações e ruídos de aplainamento de madeira vindos da porta aberta, então, ou a Nora e a Tash são ainda mais competentes em fazer as coisas por conta própria do que eu pensava, ou é o Bogdan trabalhando com algum colega moldavo que ele tenha chamado para ajudá-lo hoje.

Estou errada quanto a isso, contudo, pois assim que vou passar pela porta, vejo Bogdan saindo da banquinha ao lado, um jornal em uma mão e um pacote de salgadinho na outra.

Ele levanta a mão suja em um aceno e vai até mim.

— Libby — diz ele solenemente —, alguma coisa que você quer estar me contando?

— Sim. Acho que sim. — Respiro fundo. — Vamos começar pelo começo. Você precisa me dizer exatamente o que *você* acha que está acontecendo.

— Quem sou eu para estar dizendo isso, Libby? — Bogdan enfia o jornal debaixo do braço, abre o pacote de salgadinho e, pesarosamente, oferece para mim. — Não cabe a mim estar comentando uma reviravolta tão surpreendente de acontecimentos.

— Não, tudo bem, eu entendo. Obviamente, você deve estar tendo dificuldades em... *processar* o que você viu.

— Entendi nem metade — diz Bogdan, pegando um único salgadinho para si mesmo, colocando-o na boca e mastigando, ruminantemente. — Não é coisa que estou esperando encontrar.

— Ah, acredite em mim, não era o tipo de coisa que eu estava esperando encontrar também. — Respiro fundo. — Apesar de que... Bem, já aconteceu antes.

— Isso é conhecimento geral.
— Mas na última vez foi... — Paro. — Como é?
— Conhecimento geral. Não é uma expressão? Meu inglês está sendo incorreto?
— Não, não... Quer dizer, às vezes, o seu inglês é um *pouquinho* impreciso, sim, mas...
— E como — pergunta Bogdan, todo sério — você está progredindo com as aulas de moldavo?
— Eu simplesmente não entendo — continuo — por que você disse que é conhecimento geral. O que você viu, digo.
— Porque todos estamos sabendo. — Por um momento, ele fica olhando fixa e atentamente para o pacote de salgadinhos, como se secretamente esperasse que o significado da vida, e não salgadinhos sabor bacon, talvez estivesse escondido ali. — Não é exatamente grande segredo de Estado, Libby. Não é tipo de coisa que aparece no WikiLeak.
— Está bem, está bem, talvez não valha a pena para o WikiLeak — digo, me sentindo levemente irritada de repente. — Mas você está realmente falando que meus amigos todos sabem desse... fenômeno? E nunca nem sequer se deram ao trabalho de me *perguntar* nada?
— Libby! — Bogdan parece um tanto chocado. — Claro que não estamos perguntando nada! É problema particular seu. — Ele pega um segundo salgadinho do pacote, então abaixa a voz e diz:
— Mas estou feliz de estar ouvindo que é fenomenal, Libby. Para ser honestamente com você, nunca estive pensando que podia ser diferente. Não quando estamos falando de Dillon O'Hara.
Certo. Não parecemos estar *exatamente* falando da mesma coisa.
— É do Dillon O'Hara que nós... bem, que *você*, afinal... está falando?
Bogdan confirma com a cabeça.
— E *por que* — continuo — estamos falando dele?
— Por causa de fotos em jornal.
— Que fotos? Que jornal?
— *Daily Mail* — diz ele, tirando o jornal de debaixo do braço. — E acho que *Mirror* também. Não estou tendo certeza do *Sun*. Estou presumindo que não no *Telegraph*. Nem no *Guardian*. Estou pensando que definitivamente não no *Independent*. Nem no *Financial Times*. Mas fico feliz de voltar à banquinha e estar olhando esses jornais, Libby. Homem atrás do balcão não está gostando de pessoas que estão olhando e não estão

comprando, mas estou pensando que se compramos mais um pacote de salgadinhos... quem sabe dois...

Pego o exemplar do *Daily Mail* que ele está me oferecendo, aberto mais ou menos na metade, dou uma olhada para baixo e vejo...

Fotos minhas e do Dillon, do lado de fora da Grove House ontem.

Fotos *maravilhosas* do Dillon, para ser precisa, parecendo ainda mais musculoso e esguio e escultural do que na vida real. E fotos terríveis de mim, é claro. Parecendo ainda mais pálida e desgrenhada e precisando ainda mais de uma transformação total de cabelo e corpo do que *realmente preciso* na vida real.

ATOR BAD BOY DEIXA CLÍNICA DE REABILITAÇÃO, grita a manchete.

O perturbado ator irlandês Dillon O'Hara teve alta de uma clínica de reabilitação em Londres ontem à tarde, continua a matéria, *depois de passar por um tratamento para alcoolismo e uso de drogas. Ele foi recebido por uma mulher na casa dos quarenta anos...*

— Quarenta? — grito. — Eu não tenho nem 31!

... que, conforme foi revelado por fontes próximas ao ator, talvez fosse a empregada dele.

Que ótimo. Que maravilha.

Quero dizer, não é como se eu quisesse que os jornais imprimissem essas fotos horrorosas de nós dois, para começar, mas se eles iam imprimir, não podiam pelo menos me fazer parecer exótica e excitante? *Uma morena misteriosa... Um antigo caso...?*

De qualquer forma, suponho que eles tenham escrito o que viram. E eu estou pavorosamente horrível com aquela calça, aquele moletom manchado e o cabelo totalmente embaraçado, preso em um coque bagunçado e desalinhado.

— Dillon está em sua melhor forma — observa Bogdan, vindo atrás de mim para olhar para o jornal e derrubar migalhas de salgadinho sobre o meu ombro. — Estou pensando que a retaliação foi boa para ele.

— Reabilitação. Mas, sim — murmuro —, ele parece ótimo mesmo.

— E você está parecendo... — Ele faz uma pausa, talvez tentando encontrar a maneira mais gentil de dizer alguma coisa. — Cansada.

O que é gentil, suponho.

— E um pouco flácida.

O que não é tão gentil assim.

— E precisando urgentemente fazer alguma coisa com cabelo sem graça como pavê de couve.

— A expressão — ralho — é "sem graça como picolé de chuchu".

— Ah. — Bogdan acena compreensivamente com a cabeça. — Estou preferindo assim. Também mais preciso para descrever problema particular com seu cabelo. Couve tem cor forte, viva. Já *chuchu* é opaco e desbotado...

— Sim, está certo, obrigada. Já entendi. Dillon parece um deus grego, e eu pareço uma...

— Salada grega — complementa Bogdan prestativamente. — O que está significando meio bagunçada. E sofrendo as consequências de ter queijo demais.

Estou prestes a dar uma resposta à altura quando ouvimos um motor barulhento bem próximo e uma moto sobe na calçada ao nosso lado.

É uma Yamaha lustrosa preta que parece super-rápida, com uma pessoa pilotando e um passageiro no banco de trás.

O passageiro desce da moto, tira o capacete e sorri para mim.

É o Olly.

O que significa, eu presumo, que aquela é a moto da Tash, e que é ela quem está pilotando.

E estou certa quanto a isso, porque, um momento depois que o Olly tira o capacete, o piloto faz o mesmo, revelando um rabo de cavalo loiro exuberante e o rosto bonito e sorridente da Tash.

Ela acena para mim.

— Libby! Oi!

— Oi! — respondo, tentando parecer tão animada quanto ela. — Adorei a sua moto.

— Velha e lenta, comparada com a que eu aluguei — diz Olly, um tom provocativo em sua voz.

— Ah, é? — Tash ergue as sobrancelhas para ele enquanto joga as pernas longas encobertas pela calça de couro por cima da moto. — Bem, ao menos é uma moto velha e lenta que é *minha mesmo*, não uma moto pretensiosa, alugada, que eu tive que largar na Superbikes assim que cheguei em Londres.

Olly ri, bem-humorado, antes de deixar os gracejos com a Tash de lado e atravessar a calçada para me dar um abraço.

— Oi, Lib. Você está... uau. — Ele pisca. — Você está... linda.

— *Obrigada* — digo enfaticamente, dando uma olhada na direção de Bogdan. — É bom ouvir isso.

Fecho o *Daily Mail* rapidamente e o entrego de volta a Bogdan com uma olhada de advertência, porque, pelo comportamento alegre do Olly, acho que ele ainda não viu as minhas fotos com o Dillon.

E eu gostaria que isso permanecesse assim.

De qualquer forma, Tash está se aproximando para se juntar a nós e se abaixa (ela parece mais alta do que eu me lembrava, mas talvez sejam apenas as botas sexy, estilo Emma Peel, que ela está usando com todo aquele couro de motoqueiro) para me dar um beijo em cada bochecha.

— Bogdan, que bom ver você esta manhã. E é *ótimo* ver você de novo, Libby! Faz tanto tempo!

— É ótimo ver você também — respondo. E depois me sinto mal por não estar falando sério. Porque ela é muito, muito legal: simpática, calorosa e divertida.

Sinceramente, não tenho nenhuma coisinha ruim para falar dela.

Ou para pensar dela! Quero dizer, eu simplesmente não tenho. Seria necessário ser uma vaca amargurada para achar Tash qualquer coisa além de encantadora.

Gosto de pensar que não sou uma vaca amargurada.

E, mais importantemente, percebo que mesmo que seja um *pouquinho* irritante que Tash seja tão eternamente animada e naturalmente bonita, com toda aquela saúde de ferro que acompanha o seu hábito, levemente incômodo, de correr meias-maratonas e — quando ela não está ocupada sendo toda masculinamente sexy em sua moto — fazendo passeios ciclísticos exuberantes nas férias em sua terra natal de Northumberland... Sem contar o fato de que ela tem um emprego ainda mais impressionantemente adulto e sério do que a Nora, administrando cuidados especiais a recém-nascidos prematuros em uma unidade neonatal top de linha.

Bem, se a combinação de todas essas coisas é, apenas, ocasionalmente, um pouquinho irritante, tenho plena consciência de que a maior parte do problema é meu. Que eu sou a culpada por sentir uma pitada de inveja. Não é culpa da Tash que ela seja tão resolvida, confiante e nem de longe a pessoa que acidentalmente namoraria um gay enrustido, ficaria com a cabeça presa no portão de segurança do cachorro dele e teria que ser libertada por um serrote.

— Então, a Nora disse que você tem uma conferência aqui — continuo.

— Tenho, mas só amanhã e na sexta de manhã. O resto do tempo estarei à disposição do Olly. Ah, isso me lembra — diz ela, virando-se para

Olly. — Você quer que eu ligue para a sua mãe e diga a ela que quem vai lá agora de manhã sou eu, e não a Nora? Eu só não quero aparecer lá e interromper seus pais se eles estiverem fazendo alguma coisa, você sabe, particular, que não iriam querer que ninguém de fora visse.

— Meus pais são incapazes de fazer qualquer coisa particular — responde Olly. — Se você der muito azar, meu pai provavelmente vai até mostrar a você o pote onde ele guarda as pedras que tirou da vesícula. De qualquer forma, você não é ninguém de fora. Tudo de que minha mãe precisa é de um aviso cinco minutos antes para pôr a água na chaleira ou colocar uma fornada de *flapjacks* para assar.

— Aaaaah, eu adoro um bom *flapjack* — diz Tash.

— Então você está com sorte. Os *flapjacks* da minha mãe são os melhores de todo Chiswick. Não são, Libby?

Fazia um tempão que eu não comia os *flapjacks* da mãe do Olly. Na verdade, fazia um tempão que eu não ia lá visitar. Eu costumava passar períodos longos na casa dos Walker nos fins de semana e durante as férias. Para falar a verdade, até mesmo depois que a Nora se mudou para a Escócia, três anos atrás, eu ainda aparecia por lá com o Olly, com bastante frequência, para tomar um chá e comer algum bolinho caseiro. E para curtir a experiência de fazer parte de uma família de verdade, para variar um pouco. Mas, no último ano, mais ou menos, tudo tinha ficado tão agitado e meio que... mudando o tempo todo que meses e meses — agora percebo — se passaram sem eu conseguir ir até Chiswick para vê-los.

— Eu posso ir — falo, o que não é a resposta para a pergunta do Olly. — Até a casa dos seus pais, digo. Fazer o que a Nora iria fazer lá.

— Ah, só vou buscar as capas das almofadas que a mãe do Olly fez para os bancos — diz Tash. — A Nora ficou no apartamento dele. Ela está com o estômago um pouquinho embrulhado.

— Ah! — exclama Olly. — Provavelmente comeu demais na degustação do cardápio ontem à noite, quando vocês vieram aqui.

Então eles estavam todos ali fazendo uma degustação na noite passada enquanto eu estava sozinha no meu apartamento? Ou, tudo bem, no meu apartamento com a Marilyn.

Sei que é patético. Sei que pareço uma menininha chorona, de sete anos de idade. Mas por que eu não fui convidada?

Quero dizer, eu tinha dito ao Olly o quanto eu estava disposta a ajudar com qualquer coisa relacionada ao restaurante esta semana e tenho bastante certeza de que ele sabia que a degustação do cardápio seria uma tarefa para mim.

Acho que eu devia ter ligado para ele ontem, em algum momento, afinal, para perguntar o que eu poderia fazer para ajudar... Mas depois de ter atravessado a cidade inteira com as coisas da Cass e depois, sim, ser levemente distraída pelo Dillon, acho que esqueci.

— É sério — digo, agora, para o Olly —, me deixe ir até a casa dos seus pais pegar as cortinas...

— Capas dos bancos — corrige Tash animadamente.

— Capas dos bancos — repito. — É claro. Não faz sentido a Tash ir até lá sendo que ela... Sendo que *você* — continuo, me virando para Tash, para poder me dirigir diretamente a ela — pode aproveitar que não tem conferência hoje para fazer o que quiser enquanto está aqui: fazer compras, ver uns pontos turísticos, um musical... Ouvi dizer que O rei leão sempre tem assentos disponíveis, e dizem que o teatro de fantoches é espetacular.

Tash ri alegremente.

— Obrigada, Libby, mas não, obrigada! Levei minhas afilhadas na última vez em que estive aqui e levei seis meses para me recuperar de tanta *hakuna matata*! Enfim, é que o dia está ótimo para ir de moto até o oeste da cidade. Sem contar que me prometeram um *flapjack*. E acredite em mim quando digo que não se deve brincar com as garotas do norte e seus *flapjacks*.

Olly ri.

— Não acho que nenhum de nós ousaria, Tash.

— É bom mesmo.

Tash sorri para ele, depois para mim, depois para Bogdan.

— Acredite em mim — diz Bogdan, em um tom de voz um tanto assustado —, não estou planejando chegar nem perto do seu *flapjack*. — Então ele se vira para mim e sibila alto o suficiente para ser bem audível. — O que é *flapjack*, Libby? É uma gíria para as partes íntimas da mulher?

Há um momento de silêncio.

— Enfiiiiiiiim — diz Tash —, por falar em compras, acho que nós duas precisamos encontrar um tempinho, esta semana, para dar uma olhadinha nos vestidos de madrinha, né, Lib?

Por um instante, fico perplexa demais para responder, por ela ter me chamado de "Lib" de um jeito tão confiante, mas, quando respondo, digo:

— Sim, com certeza. Quando seria bom para você?

— Bem, acho que na sexta, já que espero que os funcionários do Olly já estejam a postos no dia preparando tudo para a festa de inauguração, e ele não vai querer cozinheiros demais entornando o caldo. — Tash dá uma olhada para Olly, que faz um sinal de positivo casual para ela. — Ótimo! Sexta-feira é bom para você também, Lib? Minha conferência deve terminar antes do almoço.

— Está ótimo. Excelente — acrescento, em uma tentativa de injetar na minha resposta os mesmos níveis de entusiasmo que ela usa para tudo.

Apesar de que não consigo deixar de notar que ela parece mais entusiasmada ainda quando está conversando com o Olly.

Ou, para ser bem franca, *flertando* com o Olly, que é o que eu tenho bastante certeza de que ela está fazendo.

Eu ainda não estou muito certa, no entanto, se ele está flertando de volta.

— Perfeito! — diz Tash, indo além do meu "excelente", e aí começa a dobrar aquele rabo de cavalo insolente dentro do capacete como algum tipo de investigadora glamourosa, mestre no caratê, estilo *As Panteras*. — Então eu ligo para a sua mãe quando estiver chegando, está bem? — pergunta ela a Olly.

— Ótimo. Obrigado, Tash. E enquanto você estiver lá, tente perguntar para o meu pai se ele teve tempo para subir lá no sótão e descer alguma daquelas molduras antigas de que ele havia falado. Vou precisar de alguma coisa para emoldurar aqueles quadros que você e a Nora descobriram no Spitalfields Market ontem.

Caramba, elas foram *comprar obras de arte*, além de terem feito a degustação?

— Claro! Farei isso. — Tash está caminhando novamente na direção da moto e jogando aquela perna sexy encoberta por couro por cima do assento. — Bom ver vocês, Libby... Bogdan... Vejo você mais tarde em casa, ok — acrescenta ela, antes de acelerar a moto e arrancar rugindo, na direção do sinal de trânsito.

— Uma força da natureza, essa aí — diz Olly alegremente, antes de se virar e caminhar na direção das portas do restaurante.

— Com certeza! — respondo.

— Ela é, definitivamente — murmura Bogdan enquanto nos segue —, força de *alguma coisa*.

Me odeio pela pequena pontada de satisfação que sinto pelo fato de Bogdan, aparentemente, achar Tash quase tão irritante quanto eu acho.

Mas não há muito tempo para mergulhar ainda mais fundo na minha piscina de culpa, porque sou imediatamente distraída pela visão à minha frente quando passamos pelas portas.

Está muito menos com cara de construção do que na última vez em que estive aqui.

O piso, que era de concreto apenas algumas semanas atrás, tinha sido revestido por ardósias enormes cor de carvão; o teto, que praticamente não *existia*, agora está firme no lugar e foi decorado com luzes dramáticas com estilo de *set* de cinema. Há um bar visível nos fundos, perto da porta vaivém que leva à cozinha, que está atualmente sendo terminada por um carpinteiro (presumivelmente) moldavo, quase tão enorme e aparentemente trágico quanto Bogdan. Há evidências de mesas e cadeiras de verdade, empilhadas organizada e cautelosamente sob lençóis enormes perto de uma das janelas. E, o mais excitante de tudo, uma recepção completa, com um atril de madeira e um pequeno sofá de couro. Olly vai direto até ele e puxa os lençóis.

— E aí? — pergunta ele, depois de ter me dado um momento para assimilar tudo. Ele parece nervoso. — O que você acha?

— Olly, está... Não consigo acreditar.

— "Não consigo acreditar" *bom*? — pergunta ele, com aquele tom neurótico e autocrítico de alguém que tem passado tempo demais com o Bogdan. — Ou "não consigo acreditar" *ruim*?

— Bom! Muito, muito bom!

— Gostou do piso?

— Adorei o piso!

— Da luz?

— A luz está incrível.

— Da cor das paredes?

— Amei a cor das paredes — respondo, mas não alto o suficiente para Bogdan, que agora está subindo uma escada com uma bandeja de tinta e um rolo de pintura na mão, me ouvir. (Ainda estou furiosa por causa do comentário da salada grega e não quero que ele acidentalmente confunda um elogio à escolha de tinta de Olly com um elogio às habilidades de decoração dele). — É sério, Ol, está fantástico! Parece que você já está praticamente pronto para a noite de sexta.

— Dedos cruzados. — Ele ergue dois dedos literalmente cruzados. Isso faz com que ele pareça um menininho, uma versão ainda mais jovem do

Olly adolescente que escreveu aquele cardápio em um guardanapo todos aqueles anos atrás. — A cozinha está toda pronta e funcionando agora, o que é um alívio enorme, posso garantir... Os chefs estão começando a fazer as coisas andarem por lá agora, se você quiser vir dar uma olhada.

— Eu adoraria! Mas, Olly, não quero atrapalhar nem nada.

— Nem que você quisesse você atrapalharia. Me siga — diz ele, colocando a mão brevemente na minha lombar enquanto me guia, em minha saia justa demais e os saltos que me fazem ficar na ponta dos pés, na direção da porta vaivém nos fundos do salão. — Os garçons vão vir mais tarde para começar a se familiarizar com o sistema de pedidos — continua ele, parecendo mais estar repassando uma lista de afazeres para se certificar do que efetivamente me deixando a par de tudo isso —, e espero que eles consigam sentar e experimentar o máximo possível do cardápio, para saberem do que estarão falando quando anotarem os pedidos dos clientes.

Sou subitamente atingida pelo barulho e pelo calor quando entramos na cozinha: é bastante pequena e tem cinco jovens chefs, todos homens, amontoados atrás do fogão recém-instalado, batendo panelas, mexendo em coisas e conversando um mais alto que o outro.

— Não parem por nossa causa, pessoal — diz Olly. — Só trouxe a minha amiga, Libby, aqui para dar uma espiadinha, ver onde toda a mágica vai acontecer.

A algazarra, a agitação e as conversas atropeladas cessam.

Quero dizer, param abruptamente. Instantaneamente.

Os cinco chefs pararam o que estão fazendo e estão olhando fixamente para nós.

Correção: não acho que eles estejam olhando fixamente para o Olly. Eles estão olhando para mim.

Meu primeiro pensamento é de que mais um botão da minha blusa deve ter aberto... ou que tenho um pedaço enorme de salgadinho preso entre os dentes da frente... ou que, durante os dez segundos que levamos para atravessar o salão até ali, nasceu uma outra cabeça em mim acidentalmente.

— Ei! — exclama Olly, com uma pitada de severidade na voz, para os chefs. — Eu trouxe a Libby aqui para ela poder dar uma boa olhada na cozinha. Não para vocês darem uma boa olhada nela.

Houve resmungos de "sim, chefe" e "desculpe, chefe" antes de a algazarra e a agitação começarem de novo.

— Desculpe — diz Olly para mim enquanto passamos pela porta vaivém de volta para o salão. — Não era minha intenção sujeitar você a isso.

— A... hum... quê?

— A um bando de chefs pervertidos desejando você.

— Eles *estavam*?

— Bem, ou foi isso ou eu *realmente* preciso parar de usar essa loção pós-barba.

Eu rio.

— É claro que eles estavam desejando você — continua ele. — Você está... bem, você está muito bonita hoje, Lib.

— Obrigada — respondo, me sentindo repentinamente constrangida.

Porque tudo parece um pouco bobo. Sou exatamente a mesma pessoa que eu era ontem — exatamente a mesma pessoa que foi confundida, por um jornal nacional, com uma empregada na casa dos quarenta anos. E agora... o quê? Uma saia um número menor, um par de sapatos impraticáveis, ah, e uma boa meia hora na frente do espelho antes de eu sair do apartamento e, de repente, toda uma cozinha cheia de chefs fica emudecida pelo meu encanto?

Parece que a Marilyn *realmente* sabe exatamente do que ela está falando, afinal de contas.

E francamente, quando se trata da Marilyn Monroe, por que é que eu duvidei?

— Quero dizer, não me leve a mal, você sempre está bonita. — Olly não está olhando para mim enquanto diz isso, está ocupado com uma escova e uma pá de lixo, agachando-se para varrer uma serragem perto do bar. O que parece uma atividade um tanto inútil para mim, visto que o carpinteiro ainda está criando serragem como se não houvesse amanhã, e que alguém vai ter um trabalhão com o aspirador de pó mais tarde. — Vai a algum lugar chique? — acrescenta ele. — Depois daqui, digo.

— Chique? Bem, isso depende do que você quer dizer com "chique". Vou encontrar minha mãe em Paddington, hoje à tarde, e levá-la para visitar a minha irmã, na clínica de reabilitação dela.

Agora o Olly volta a olhar para mim.

— A sua irmã está em uma *clínica de reabilitação*?

— Sim. Cantando o oposto da Amy Winehouse, ninguém tentou forçá-la à reabilitação, porque ela não tem, na verdade, nenhum problema de vício, mas ela disse "sim", "sim", "sim" de qualquer forma.

— Certo... — Ele parece um pouco confuso. — Não tenho certeza se isso teria sido um sucesso se a Amy Winehouse tivesse escrito a letra assim.
— Não teria.
— Mas a Cass está bem?
— Olha, isso depende da sua definição de "bem". Se incluir a categoria "totalmente falida moralmente e sem vergonha ou escrúpulos", então, sim, ela está plenamente bem.

Olly acena compreensivamente com a cabeça, parecendo entender sem eu precisar falar mais. O que é, para ser sincera, o motivo principal pelo qual eu posso contar esse tipo de coisa a ele.

— Vou marcar a presença dela como "improvável" para a festa na sexta, posso? — pergunta ele.
— Acho que seria o melhor a fazer, Olly.
— E você está bem? Quer dizer, não vejo você direito desde... hum... aquela noite.
— Não vamos falar sobre isso — digo apressadamente — nunca mais na vida.
— Certo. Está bem. Desde que você esteja bem.
— Eu estou. E, como eu disse a você no casamento do meu pai, estou aqui para apoiar você esta semana, Olly, e não o contrário. — Pigarreio. — Digo, você precisa me dizer o que posso fazer para ajudar, seja pegar coisas na casa dos seus pais ou escolher peças para as paredes...
— É claro, Lib. — Ele morde o lábio por um instante, como se estivesse debatendo consigo mesmo se devia dizer alguma coisa ou não. Então ele diz:
— É só que você tinha dito que ia me ligar para saber o que eu precisava que você fizesse. Aí como você não ligou, eu achei que você, provavelmente, estava ocupada demais com o trabalho e essas coisas; e a sua irmã e esse negócio de reabilitação... Agora eu sei. Obviamente.

E o Dillon.

E a Marilyn Monroe.

— Eu sinto muito, você tem razão. E é por isso que estou aqui, agora, esta manhã. Para ajudar. Vou fazer qualquer coisa que você quiser, Olly. Qualquer coisa mesmo.
— Eu não sairia por aí oferecendo isso, Lib — diz ele suavemente.
— Estou falando sério. Tenho duas horas inteiras antes de precisar ir encontrar a minha mãe.

— Eu sei. Mas sinceramente, o dia hoje está tranquilo. A Tash foi buscar as coisas nos meus pais. Tudo está sob controle na cozinha. Bogdan está terminando o salão de refeições, então está um pouquinho lotado demais para fazer qualquer coisa prática lá... Vamos fazer o seguinte: se você vier amanhã, eu poderia usar o seu olhar de *expert* para pendurar aqueles quadros, e das suas papilas gustativas para me ajudar a criar um coquetel da casa.

Tremo por dentro só de ouvir falar na palavra "coquetel". Mas, obviamente, não vou deixar que o Olly perceba.

— Eu adoraria. — Estico a mão e aperto o braço dele. — Eu estou tão orgulhosa de você, Olly. Quero dizer, depois de todos esses anos em que você sonhou com o seu próprio restaurante... Ah, isso me lembra uma coisa! Você ainda não me contou qual vai ser o nome.

— Não contei.

Era uma afirmação, não uma pergunta.

— Então... Hum... Está planejando algum tipo de super-revelação para a noite de sexta?

— Estou.

— Uau. Isso é meio arriscado, não é?

Ele se encolhe.

— Espero que não.

— Bem, *eu* espero que não. Meu Deus, não vai ser um daqueles nomes que eu e a Nora costumávamos inventar para dar risada, vai? Tipo... Ramalhete de Rabanetes?

— Me lembro mais do Berinjela Beligerante. Ou... Como era aquele bem ridículo sobre estrogonofe?

— Bofe Estrogonofe?

— Esse mesmo!

— O preferido da Nora — digo. — Melhor eu dar uma ligada para ela, ver como ela está.

— Acredite em mim, ela está bem. De qualquer forma, ela tem a Tash por perto para cuidar dela.

— É claro. Uma médica totalmente qualificada.

— Exatamente... Ei, espere um minuto aí, parceiro — diz ele subitamente para Bogdan, que acaba de levar a escada para o lado do bar de um jeito decidido e está prestes a se dedicar à parte ainda não pintada da parede atrás dele. — Acho que mudei de ideia com relação à cor dessa parte em particular. Você pode pintar com aquele branco brilhante que você usou nos banheiros, e não com aquele branco jasmim que usamos em todo o resto?

— Se é isso que você está querendo — responde Bogdan, rebeldemente. — Não é o que eu estaria fazendo. Mas é a sua cerimônia memorial.

— Acho que ele quer dizer que é o seu funeral — traduzo, em um sussurro, enquanto fico na ponta dos pés para dar um beijo no rosto do Olly. — Obrigada por me convidar, Ol. Vejo você amanhã. Ah, Bogdan? Me dê uma ligada rápida se você for para Colliers Wood mais tarde, pode ser? Tem... uma coisa bem importante que precisamos discutir.

Os olhos dele se iluminaram.

— Você está finalmente decidindo que é hora de fazer coisa drástica com cabelo?

Estou prestes a dizer que não quando percebo que seria bem mais fácil simplesmente dizer que sim. Em parte porque vai impedir o Bogdan de perguntar se a coisa importante que temos a conversar é, afinal, a situação com o Dillon. E em parte porque talvez ele tenha razão. Talvez eu *esteja* finalmente decidindo que é hora de fazer algo drástico com meu cabelo.

— Sim, Bogdan. É isso mesmo.

— Isso é notícia excelente, Libby! Vou estar largando tudo para isso.

— É... Será que você pode, talvez, *não* largar tudo — diz Olly — até terminar de pintar o restaurante, que precisa estar pronto para a grande festa de inauguração na sexta à noite?

Bogdan faz uma cara feia para Olly, mas volta, indignado, a pintar.

E eu saio do restaurante de nome misterioso e sigo na direção da High Street.

10

Bogdan vai me matar quando descobrir o que eu fiz.

E isso não é eufemismo: o pai dele é um bem-sucedido lorde do crime organizado. Bogdan, tenho bastante certeza, *conhece pessoas*. É provavelmente apenas uma questão de um único telefonema, e vou ser encontrada daqui a alguns dias com as pernas presas no concreto, afogada nas margens do rio Wandle.

Mesmo assim, ao menos meu cabelo vai estar lindo quando eles me encontrarem. Mesmo que todo o resto não esteja.

Isto é, eu *espero* que esteja lindo. É difícil acreditar nisso agora, com todas essas folhas de papel-alumínio, mas Daisy, a tintureira superbacana da filial de Clapham da Headmasters, me garantiu que vai optar por tons sutis de mel e caramelo, que era exatamente o que eu queria quando entrei aqui e pedi para fazer luzes no cabelo todo, quase uma hora atrás.

— Não consigo acreditar que você nunca mudou a cor do seu cabelo antes! — diz Daisy, enquanto pinta outra mecha do meu cabelo virgem com seu pincel de cheiro acre. — E aí decidir ficar loira assim! O que fez você radicalizar assim, de repente?

Não sei ao certo como responder a isso. Porque não é *apenas* o fato de que minha nova colega de quarto, que é ninguém menos do que Marilyn Monroe, me aconselhou fervorosamente a fazer isso.

É, também, porque eu não sei o que me fez decidir aquilo subitamente.

Porque não é apenas a Marilyn. Não é apenas o Bogdan, que está me falando para fazer isso há meses.

Tem muito a ver, suponho, com aquelas fotos no *Daily Mail*. Elas foram meio que um grito de alerta.

E... Bem, não é nada além disso. Ao menos eu não acho que seja.

— Era simplesmente hora de mudar — digo a Daisy antes de acrescentar, nervosamente —, mas você não vai me deixar *completamente* diferente, vai?

— Relaxe — responde Daisy. — Sei o que estou fazendo. E vamos optar por um loiro bem natural. Um dourado, é só isso. Não vou transformar você na Marilyn Monroe nem nada assim.

— Ha ha — rio ruidosamente. — É claro que não.

Ela coloca as mãos nos meus ombros e diz:

— Só vou pegar mais algumas folhas de papel-alumínio. Volto em um minuto. Tem certeza de que não quer um chá ou café?

— Estou bem — respondo. — Obrigada.

De qualquer forma, meu celular começa a tocar, então uso os poucos minutos sozinha para atender. Provavelmente é a minha mãe, avisando que o trem dela atrasou ou...

Ah, espere. É o Bogdan.

Cogito não atender, com medo de que ele tenha algum sexto sentido capilar e saiba que, pelo nível exato de decibéis e o timbre do barulho ao fundo, que um secador de cabelo está sendo utilizado nos cabelos de alguém a poucos metros de mim. Mas, para falar a verdade, acho que eu deveria assumir esse pequeno risco e atender a chamada, só para o caso de ele estar ligando para avisar que o Olly viu aquelas fotos no *Daily Mail* ou algo assim.

— Bogdan, oi, estou...

— Oh, olá, meu bem! Eu não tinha certeza se você ia atender.

— *Marilyn*?

É um choque tão grande ouvir a voz dela que eu literalmente largo o iPhone, que cai fazendo barulho no chão sob minha cadeira giratória.

— Ops! — diz Daisy, voltando com suas folhas e se agachando para pegar meu celular para mim. — Aqui está, querida. Espero que você não tenha perdido a ligação.

Pego o telefone e o seguro na orelha.

— Como é — sussurro nele — que você está me ligando?

— Ora, meu bem, não sei como funciona no Canadá, mas nos Estados Unidos temos essas coisas chamadas *linhas telefônicas...* Agora não posso lhe dizer *exatamente* como elas funcionam, porque não sou tão esperta assim, mas acho que tem algo a ver com...

— Não foi isso que eu quis dizer — sibilo furtivamente, enquanto Daisy olha com uma cara estranha para mim pelo espelho. — Você está usando o celular do Bogdan?

— Você quer dizer esse telefonezinho que parece com aquele que você estava usando ontem à noite? É claro que estou, meu bem! Acho que ele deve ter deixado cair quando estava me ajudando a trocar os móveis de lugar. — A voz dela fica distante por um momento antes de voltar ao volume normal. — Diz "Samsung" na parte de cima, não sei se esse é o sobrenome dele ou algo assim.

— Não, não é... Você fuçou até encontrar o meu número?

— Fuçou? Não sei do que você está falando, meu bem, eu só toquei na telinha algumas vezes com o dedo, e seu nome apareceu... Me conte, tem um *minitelevisor* nesta coisa também? Porque eu achava que aquele televisor enorme no apartamento já era incrível o bastante... agora você está me dizendo que tem um televisor tão pequeno quanto a palma da minha mão também?

— Sim, é... uma espécie de televisor. Mas, Marilyn — abaixo a voz —, está tudo bem? Por que você está me ligando?

— Para bater um papo, é claro, meu bem!

— Um papo?

— Ora, meu bem, você já tinha saído quando acordei esta manhã. O que foi uma pena, de certa forma, porque eu tive um sonho *muito* romântico com o Burt Lancaster e queria contar tudo a você... Bem, não *tudo* — ela dá uma risadinha abafada. — Quero dizer, nós, mulheres, temos que ter nossos segredos, não é mesmo? Enfim, aí me levantei e fui procurar por uma maneira de fazer uma xícara de café, mas só consegui encontrar essa máquina esquisita e eu não sabia como fazê-la funcionar...

— Eu nem me daria ao trabalho de ligá-la, de verdade — me apresso em dizer, porque a última coisa de que preciso é da Marilyn ficando obcecada com a máquina de Nespresso, como a Audrey Hepburn. — Deve ter um pote de café instantâneo em um dos armários.

— Ah, isso eu já encontrei, meu bem! E encontrei seu esconderijo de biscoitos também. Agora estou esparramada no sofá, assistindo a esse programa incrível sobre ser uma dona de casa em Beverly Hills ou algo assim.

— *Real Housewives of Beverly Hills*?

— Esse mesmo! Parece mais um daqueles *reality shows* dos quais você me falou, meu bem, estou certa? Quero dizer, é meio difícil dizer se elas estão atuando ou não, porque os rostos delas parecem não se mexer.

— Aaaaah, diga para a sua amiga assistir à versão de Miami — sussurra Daisy, se metendo no meio da conversa que ela está conseguindo ouvir. — É a melhor. Eu podia passar o dia todo assistindo a um episódio atrás do outro.

— Enfim — continua Marilyn —, a mulher daquela casa enorme e do cachorrinho está brava com a mulher que tem o marido bonitão e a irmã bêbada, porque a mulher do marido bonitão e da irmã bêbada não convidou a mulher da casa enorme para uma festa que ela estava dando. E aí a mulher do marido que é um ator famoso começou uma briga com a mulher do...

— Está bem, está bem, já entendi. Todo mundo está brigando.

— É claro que todo mundo está brigando! — diz Daisy animadamente. — Esse é *todo o propósito* do programa!

— Ooooh, quem está aí com você, meu bem? — pergunta Marilyn. — Ela parece uma garota divertida! Talvez você devesse convidá-la para vir aqui hoje à noite!

— Hoje à noite?

— É, meu bem, eu estava pensando que podíamos fazer mais uma noite das meninas em casa! Mas direito dessa vez, algo que possamos planejar com antecedência. Posso fazer uns coquetéis...

— Não! — grito. — Digo... Vamos dar um tempo nos coquetéis, está bem?

— E tomar champanhe, é isso?

— Hum, suponho que sim.

— Porque eu simplesmente adoro champanhe. Vai ser perfeito! Você, eu e... qual o nome da outra menina, a que vamos convidar?

— Daisy?

— Sim? — responde Daisy.

— Não, não, desculpe — digo a ela. — Eu não queria...

— Ela parece formidável! — diz Marilyn sussurradamente. — E talvez queira assistir a mais alguns episódios desse negócio das donas de casa. Quero dizer, estou tendo tudo quanto é tipo de ideia para meu próprio programa. Acho que só preciso encontrar mais algumas amigas com quem eu possa brigar... Preferencialmente, meninas com cachorrinhos pequenos... A Daisy não tem um cachorrinho pequeno, tem?

— Não, acho que não.

— Ah, bem, ninguém é perfeito. E o que vamos comer? Não cozinho muito, mas posso colocar um queijinho processado em umas torradinhas ou fazer algo meio europeu, com um pedacinho de azeitona...

— Não, não, não se preocupe quanto à comida — me apresso em dizer, porque se formos nos basear pelos coquetéis, morro de medo só de pensar em que tipo de aperitivos mágicos vai se materializar. — Compro uma pizza no caminho para casa.

— Pizza está ótimo, meu bem! Não é legal? A Daisy também está animada? Sabe o quê, meu bem? Coloque-a na linha, quero conhecê-la um pouquinho antes de ela vir aqui hoje à noite.

— Não posso — respondo com firmeza. — Ela está ocupada agora. — Não é nem a hora nem o local para começar uma longa explicação de por que não vou, na verdade, convidar a Daisy para uma rodada de pizza e uma maratona de *Real Housewives of Beverly Hills* esta noite. — Mas vejo você mais tarde, está bem?

— É claro, meu bem! Tchauzinho — sussurra Marilyn antes de desligar. Daisy sorri para mim quando coloco o celular de volta na bolsa.

— Eu costumava ter uma colega de quarto mais ou menos assim — diz ela, revirando os olhos afavelmente.

Eu duvido muito disso.

Mas concordo com a cabeça e sorrio mesmo assim.

— Costumava me deixar louca — continua ela. — O tempo todo me fazia ligações inúteis, sempre me enchendo o saco para planejar coisas com ela... Mas aí eu percebi, um dia, que ela só estava meio que procurando por uma família.

— Como é?

— Minha antiga colega de quarto. Ela não tinha uma família de verdade. E tinha dificuldades em fazer amigos. Acho que foi por isso que ela se apegou tanto a mim. É assim com a sua colega de quarto também? — pergunta Daisy.

— Ah... Hum, é. Sim, acho que é assim mesmo. — Penso naquilo por um instante. — Quer dizer, ela nunca conheceu o pai, nunca nem soube quem ele *era*, e a mãe dela a largou com uma série de famílias adotivas diferentes e morreu em um hospício.

Daisy está olhando fixamente para mim.

— Meu Deus. Isso parece terrível.

— E minha colega de quarto acabou morrendo — continuo, olhando para meu reflexo coberto de folhas de papel-alumínio no espelho — sozinha, de overdose possivelmente deliberada, aos 36 anos, depois de uma série de casos com homens nada adequados.

Agora Daisy está me olhando de um jeito que sugere que ela está se perguntando seriamente se deve chamar a gerente e dizer que não quer mais terminar as minhas luzes.

— Desculpe — digo, me interrompendo bem a tempo. Meu rosto está corando. — Só estou… hum… testando a sinopse de um romance.

— Certo. — Daisy acena compreensivamente com a cabeça. — Hum… Então! Vamos terminar o seu cabelo o quanto antes, que tal?

— Obrigada. Sim, por favor. Ótimo.

Não conversamos muito enquanto ela termina de me encher de papel-alumínio, até a última folha, quando ela diz, de repente:

— Marilyn Monroe.

Pulo na minha cadeira e dou uma olhada rápida por cima de cada ombro.

— Onde?

— Não, quero dizer, a sinopse que você está testando. Para o seu, hum, romance. Parece muito com a vida da Marilyn Monroe, não?

— Oh! Sim, como sou boba! Parece, sim.

— Pobrezinha — diz Daisy, suspirando. — Que desperdício enorme de uma vida tão espetacular.

Sinto um nó repentino e extremamente duro na minha garganta.

Pobre Marilyn e seus demônios inescapáveis.

Quero dizer, cá estou eu permitindo que minha própria família faça com que eu me sinta um lixo — meu pai com sua nova enteada brilhante; minha mãe com seu favoritismo descarado —, mas não consigo nem imaginar como a pseudofamília inútil da Marilyn deve tê-la arrastado para baixo ao longo dos anos. Não é de se espantar, francamente, que ela seja essa alma carente, desesperada-por-ser-amada que ela é. Acho que, enquanto ela está aqui, eu provavelmente deveria cuidar dela um pouquinho mais. Porque ela não é nenhuma Audrey Hepburn, passeando pela vida com uma determinação ferrenha por debaixo de toda aquela elegância e todo aquele charme. Para citar (mais ou menos) um dos pretensos amantes mais famosos de Marilyn, John F. Kennedy, acho que não preciso perguntar o que minha lenda mágica de Hollywood pode fazer por mim, mas o que eu posso fazer pela minha lenda mágica de Hollywood.

Vou tentar fazer isso quando for para casa comer pizza e assistir a *Real Housewives* esta noite. Retribuir um pouquinho dos conselhos que Marilyn me deu ontem. Ser a amiga que ela tão claramente quer e precisa.

— Enfim! — acrescenta Daisy animadamente. — Por falar em loiras gostosas, vou deixar você aqui por um tempinho com uma pilha de revistas, e aí podemos lavar e secar o seu cabelo… e deixar você fabulosa!

Bem, não sei se ficou fabuloso. Mas certamente ficou... bom.

Quero dizer, combina comigo muito mais do que pensava. E, por sorte, Daisy estava dizendo a verdade quando garantiu que não ia me transformar em uma loira alvejada. As luzes que ela fez me deixaram com um visual bastante natural e englobavam um leque de tons lisonjeiros que iam do mel escuro ao caramelo claro. Parecia ter conferido um pouco mais de suavidade ao meu rosto e, assim esperamos, diminuído alguns daqueles quarenta e poucos anos sem a necessidade de recorrer à cirurgia plástica e/ou de colocar um saco de papel na minha cabeça. E o fato de que Daisy finalizou com uma escova bem-feita e glamourosa também não é nada mal e faz com que eu sinta como se tivesse perdido aqueles malditos três quilos só de cabelo.

E uma coisa que percebi sendo loira há apenas vinte minutos é: os homens ficam absurdamente mais gentis com você. É patético e clichê, sim. Mas pelas minhas descobertas (admito: limitadas), posso confirmar, com certeza, que é esse o caso. Dois homens diferentes se levantaram no metrô para me oferecer seus lugares no caminho de Clapham North para Paddington, e tenho *noventa* por cento de certeza de que não é porque eles acharam que estou grávida. Ou que sou idosa, suponho. E desde que estou esperando pelo trem da minha mãe, um policial transeunte sorriu para mim, um homem que estava conduzindo um daqueles limpadores de chão de um lado para o outro da estação piscou para mim e um homem que estava vendendo exemplares da revista *Big Issue* me fez uma proposta sexual.

E esse foi o único momento, até agora, em que eu desejei ter permanecido morena, para ser sincera.

Ainda tenho dez minutos para matar antes do trem da minha mãe chegar aqui, então estou perambulando até o café AMT para pegar um café (e, para ser bem sincera, para evitar o vendedor da *Big Issue*, que continua me observando e parece que vai começar a caminhar na minha direção de novo) quando recebo uma chamada por FaceTime pelo celular.

Sei que o celular do Bogdan não faz FaceTime, então definitivamente não pode ser a Marilyn.

Mas tenho um choque quase tão grande quando vejo quem é que está, afinal, ligando.

É o Dillon.

Por uma fração de segundo, penso em não atender. Manter ao menos *uma* das minhas barreiras de comunicação intacta, só para provar a mim mesma, nem que seja só por isso, que ainda tenho um pouquinho de determinação dentro de mim.

Mas aí me lembro daquelas fotos horrorosas no jornal, parecendo uma empregada de 45 anos (fotos que presumo que Dillon tenha visto esta manhã, tomando seu chá com torradas) e a perspectiva de desmentir um pouco daquilo ao atender a chamada com meu novo visual...

Então não. Nada de determinação. Apenas um poço grande, gordo e sem fundo de carência, digno da própria Marilyn Monroe.

Deslizo a barra na tela para atender a chamada.

E ao menos tenho a satisfação, mesmo que eu seja uma boboca, de ver os olhos do Dillon se arregalarem de surpresa quando ele vê meu rosto aparecer na tela dele.

— Jesus, Maria e José — diz ele.

Ele está com uma cara tão renovada quanto no dia em que saiu da clínica, usando uma camiseta azul e, não consigo deixar de notar, o pequeno cordão de couro trançado que eu fiz para ele depois de fazer uma limpa na minha bolsa enquanto assistíamos, ironicamente, a *Quanto mais quente melhor* no apartamento dele, uma noite.

— Nem Jesus, nem Maria, nem José, receio. Apenas eu, Libby.

— Olha, não tenho tanta certeza assim. A última vez em que eu vi a Libby ela era uma morena muito atraente. Ao passo que a pessoa que estou vendo na minha tela é uma loira estonteante.

Me recuso a ficar remotamente excitada pelo fato de que, em um único suspiro, ele me chamou de *muito atraente* e de *estonteante*. Afinal de contas, estamos falando do Dillon. Ele é um bajulador inveterado tão incontrolável que provavelmente elogia a chaleira antes de colocar água nela e enaltece sua caneca preferida do Manchester United antes de tomar um gole. Além disso, eu nunca consegui me livrar da sensação de que os elogios do Dillon são tanto para fazer *ele mesmo* se sentir bem (por ser tão irritantemente carismático e agradável) quanto para melhorar o dia da pessoa (ou chaleira, ou caneca) que recebe o elogio.

— Ah, sim — respondo, com a máxima indiferença possível. — Eu só quis dar uma repaginada, só isso.

— Bem, é uma repaginada sensacional. Não que eu não achasse que você era fantástica antes. Mas tem só uma coisinha que me preocupa...

— Sim?

— Bem, esse parece ser um estilo caro para manter. E eu já coloquei o salário do ano inteiro da minha empregada no meu orçamento e receio não poder dar mais nenhum aumento como uma mesada para você ir ao cabeleireiro.

— Então você viu as fotos? — pergunto, suspirando.

— Vi, sim — responde ele, sorrindo. — Anime-se, Lib. Acho que nós dois estamos bastante espetaculares nelas.

— Não, Dillon. Você está espetacular. Eu estou *exatamente* como se tivesse passado boa parte dos meus quarenta anos de quatro, esfregando o seu piso.

— Não fale assim. Além do quê, se fosse para você ficar de quatro, Libby, consigo pensar em muitas outras coisas mais agradáveis de fazer do que ficar esfregando o meu piso.

Devo estar com uma expressão meio chocada, porque ele acrescenta rapidamente:

— Desculpe. Você deu a deixa. Não consegui resistir.

— Tudo bem.

— O Adam não está com você, está? Não quero deixar o seu namorado zangado comigo.

— Hum... não. Estou só esperando pela minha mãe. — Na verdade, consigo ver o trem de Cardife entrando na plataforma à minha frente. — A propósito, ela vai chegar a qualquer momento, Dillon, então se tinha algo específico que você queria...

— Ah, sim. Tinha. Desculpe, fiquei desnorteado pelo seu novo visual maravilhoso por um instante. — Ele sorri para mim de novo, um sorriso que vacila de leve quando não correspondo. — Eu só estava me perguntando se você estaria livre hoje à noite.

— Hoje à noite?

— É. Para jantar.

— Jantar?

— Sim, é uma refeição que as pessoas geralmente fazem à noite...

— Não vamos começar com tudo isso de novo, Dillon — falo, porque por mais que eu talvez tivesse achado essa piadinha manjada uma graça em um primeiro momento, não continua tão divertida assim quando você se decepcionou tanto com a pessoa que a está fazendo. — Vamos simplesmente combinar que eu sei o que é um jantar. E que só estou expressando minha surpresa porque não estou entendendo muito bem por que você está me convidando para jantar.

— Porque eu devo um jantar a você. Lembra? Aquela refeição chique que você disse que queria?

— Hum... Não acho que eu tenha dito que queria uma refeição chique.

— Eu disse que tinha planejado levar você para jantar e me desculpar direito, e você disse que só uma refeição com três estrelas Michelin no restaurante mais caro da cidade serviria. Com ostras, e *foie gras*, e champanhe *vintage*. Bem, tentei ligar para o restaurante mais caro da cidade, usar meu nome abusivamente até não poder mais, mas, mesmo assim, os filhos da mãe só me ofereceram uma mesa para daqui a três semanas...

— Isso deve ter feito você se sentir ótimo.

— Aí fiz minha agente ligar para eles, dizer que estava ligando em nome de George e Amal Clooney e — ora, veja só — uma mesa magicamente se materializou para hoje à noite...

— Dillon, minha mãe está descendo do trem. Eu realmente preciso ir.

— ...e aí eu decidi que nenhum restaurante com esse tipo de atitude de merda merece nossa visita. Então reservei uma mesa em um restaurantezinho italiano ótimo em vez disso. — Ele limpa a garganta. — Por favor, Libby. Você me deixa levá-la lá?

Não sei o que responder a isso.

Ou melhor, sei o que eu *deveria* dizer — "obrigada, Dillon, mas não, obrigada" — e o que eu *quero* dizer — "me diga a que horas, e eu encontro você lá".

Acontece que as duas coisas são totalmente incompatíveis uma com a outra.

O que, ironicamente, é basicamente como era comigo e o Dillon.

— Vamos tomar um pouco de vinho... Ou melhor, *você* vai tomar um pouco de vinho... Vamos comer lula... Ou melhor, *eu* vou comer lula. Sei que você sempre teve nojo daqueles tentáculos esquisitos...

— Dillon, preciso ir.

— Então simplesmente diga que sim. Diga que você vai me encontrar lá. Posso mandar o endereço para você por mensagem. Posso mandar um táxi te pegar. Posso eu mesmo ir de táxi te pegar. Posso mandar um helicóptero. Posso *pilotar* um helicóptero...

— Tá, tá, tá. Vou jantar com você.

— Tá lá! — Ele sorri. — Lula e a loira gata, Libby Lomax. Todos os ingredientes para uma noite mágica.

Não aviso que se é de uma noite *mágica* que ele está atrás, ele pode simplesmente dar um pulo no meu apartamento, porque tenho bastante certeza de que ele entenderia errado.

— E só para o caso de o Adam ficar preocupado com alguma coisa — continua Dillon —, simplesmente garanta a ele que estamos saindo como amigos, certo? Para que eu possa dar à namorada dele o pedido de desculpas que ela merece.

— Não acho que o Adam vá se preocupar.

— Bem, talvez o Adam precise trabalhar mais a imaginação — diz Dillon com tranquilidade, mas com uma pitada levíssima de rancor. — Sete e meia, então, querida, está bem? Vou mandar o endereço.

— Está bem. Te vejo lá.

E então encerro a ligação, porque minha mãe está passando pelas catracas e vindo na minha direção. Ao menos eu acho que é a minha mãe, porque ela está enrolada em um cachecol preto enorme, usando óculos de sol redondos imensos e olhando disfarçadamente pela estação, como se estivesse esperando que três dúzias de fotógrafos fossem surgir de trás da estátua de um urso personagem de livros infantis e começar a tirar fotos dela sem parar com suas Nikons grandalhonas.

— *Libby*? — sibila ela quando chega perto de mim, em um tom de surpresa e espanto.

— Sim, mãe, sou eu.

— Você está muito… *glamourosa*.

É uma espécie de acusação, então não sei ao certo como responder a não ser dizendo:

— Bem, você disse, afinal, para eu me disfarçar.

— É verdade, querida, mas eu não acho que você precisava ir *tão* longe assim. Quero dizer, quem você deveria ser? Grace Kelly? Doris Day?

— Eu… hum… deveria ser eu mesma. Só estou testando um visual novo.

— Você fez isso para o casamento do seu pai? — Ela tira os óculos, seus olhos se estreitando. — Porque vou lhe dizer uma coisa, Libby, você podia ter aparecido com uma túnica do Ku Klux Klan, com uma cruz em chamas na sua mão, que ele não teria prestado mais atenção em você do que fez nos últimos vinte e poucos anos.

— Mãe. Não comece.

— Como foi o casamento, aliás? — pergunta ela, curiosa. — Como é a nova esposa dele? Jovem? Bonita? Sedenta por um castigo?

— Parece legal — digo, curta e grossa, porque não falo a respeito do meu pai com a minha mãe. Nunca. (Minha "eu" interior de oito anos de idade não consegue suportar o ataque emocional.) — Enfim, pintei o cabelo agora à tarde. Não para o casamento.

— Bem, não acho que foi a hora mais adequada para ter feito isso, com a pobrezinha da Cassidy arrasada do jeito que está.

Respiro fundo.

— Vamos simplesmente sair e pegar um táxi, mãe, podemos fazer isso?

— Está bem. — Ela coloca o puxador de sua mala de rodinhas na minha mão, tira a mala de lona pesada do ombro e a coloca no meu e começa a guiar o caminho na direção da saída e dos táxis. — Enfim, eu *estava* certa em pedir para você se disfarçar, porque já está todo mundo cobrindo a história! O Heatworld, o Popbitch, as 3AM Girls... Eu nem sequer tive a chance de dar uma olhada nos outros jornais e nos malditos sites deles, porque meu celular ficou sem bateria no trem. Ah, talvez a gente possa dar uma parada no WHSmith e comprar alguns tabloides agora!

— Não, não — digo com firmeza (enquanto evito o cara da *Big Issue*, que está me secando enquanto caminhamos). Porque mesmo que seja inevitável que minha mãe fique sabendo sobre as fotos que os paparazzi tiraram de mim no *Daily Mail* (talvez não, se ela aceitar a conclusão de que aquela pessoa que se parece muito comigo é, na verdade, a empregada de meia idade do Dillon), prefiro não estar por perto quando ela descobrir. — Vamos ter tempo para tudo isso mais tarde.

— Suponho que sim...

Chegamos na fila de táxis, e já estou pronta para enfiar as malas pesadas da minha mãe em um carro, quando o taxista sai e começa a fazer isso para mim.

— Para onde vamos, querida?

— Para a rua Baker... — começo, antes de minha mãe me interromper.

— Na verdade, vamos para Maida Vale.

Olho para ela.

— Vamos?

— A Cassidy saiu da clínica, querida. Ela me mandou mensagem me avisando, antes do meu celular morrer. Ela quer que a gente a encontre no apartamento dela.

— Ela saiu da clínica? Já?

Minha mãe confirma com a cabeça enquanto o táxi arranca.

— E não consigo nem expressar o alívio que é, querida, não precisar ir visitá-la naquele lugar *horrível*.

— Você está falando da clínica de reabilitação de celebridades que parece mais um spa cinco estrelas?

— Ah, não me importa o quanto era *confortável*! — Minha mãe se estica para pegar a bolsa e tira o pacotinho de frutas secas e passas que ela sempre leva quando viaja, para não ter que comprar e devorar um pacote de chocolate tamanho família.

— Eu estava uma pilha de nervos porque ia ter que botar os pés lá. Encarar todo o julgamento, a desaprovação...

— De quem?

— Dos médicos — diz ela, inadvertidamente cuspindo uma castanha de caju e fazendo-a ricochetear na janela divisória de plástico, fazendo o motorista olhar para nós, alarmado. — No fim das contas, sempre acaba sendo tudo culpa da mãe, você sabe.

— *O que* acaba sempre sendo culpa da mãe?

— Problemas mentais — responde ela distraidamente, de um jeito tão politicamente incorreto que talvez pusesse até sua xará, a outra Marilyn, no chinelo. — Ansiedade. Depressão. Vícios. Não gosto nem de pensar em quais venenos eles despejaram nos ouvidos da pobre Cass enquanto ela esteve lá. "Você mamou no peito ou na mamadeira? Com que idade aprendeu a usar a privada?"

— Hum... Desculpe, você está fazendo essas perguntas para *mim*?

— Não! Pelo amor de Deus, Liberty! Estou imitando os médicos da clínica! — Ela parece irritada por eu não ter entendido isso. — É exatamente o tipo de coisa que eles vão perguntar a ela, tentando deduzir que foi algo que *eu* fiz. Especialmente se a Cass disse a eles que eu também trabalho no *show business*. Não há nada mais fascinante para um psiquiatra — declama ela — do que uma mãe que colocou as filhas no palco. É o tipo de coisa sobre o qual eles escrevem aquelas teses colossais de doutorado, sabe?

— Acho que é mais o tipo de coisa sobre o qual o compositor *Noël Coward* escrevia *músicas sentimentais*, para falar a verdade...

Mas ela não está ouvindo.

— Tenho bastante certeza de que eles tentaram dizer a ela que eu estava vivendo através de vocês duas. O que é, obviamente, uma pilha enorme de estrume de cavalo, porque se eu estivesse tentando satisfazer as minhas ambições através de *você*, Libby, eu estaria muito melhor se tivesse lhe desviado totalmente de uma carreira no teatro! Quero dizer, não havia esperança alguma para você nessa área!

— Obrigada, mãe.

— Você não sabia cantar, não sabia dançar...

— Não precisa jogar na cara.

— E, falando sério, se alguma de vocês fosse sucumbir à depressão e ao vício, eu teria apostado em você e não na sua irmã. Afinal de contas, é ela quem tem a beleza e o talento, e você sempre esteve na sombra dela...

— *Mãe*, dá para parar de descer o cacete em mim por um segundo e *ouvir*? A Cass está bem, ouviu? Ela não... *sucumbiu* a nada.

— Bem, é claro que não, querida. — Há um tremor dramático na voz da minha mãe, e ela coloca uma mão no peito. — Ela é uma batalhadora, sua irmãzinha. Sempre foi e sempre será.

— Claro. Mas ela não está batalhando contra a depressão ou algum vício. — Estacionamos na quadra da Cass, então eu paro de falar por um momento enquanto tiro as malas da minha mãe do táxi e — ah, então é assim que vai ser, é? — remexo minha bolsa para pagar o motorista, porque minha mãe alega que a bolsa dela está enfiada bem no fundo da mala enorme. — Olha, vou deixar que ela mesma explique — concluo, enquanto aperto o interfone do apartamento térreo da Cass e, quase imediatamente, ouço o ruído dos saltos do outro lado da porta. — Acho que é melhor.

A porta se abre, e Cass está parada do outro lado.

Ela está absolutamente sensacional.

Está usando aquele microshort vermelho-cereja que eu coloquei na mala dela e levei para a clínica, um moletom folgado e sexy, que deixa um ombro à mostra, e sandálias de tiras caramelo com saltos de doze centímetros.

Por uma fração de segundo, ela parece, primeiro, incrivelmente arrogante com relação à própria aparência e, depois, só por um instante, incrivelmente irritada com a minha aparência, e daí joga os braços em torno do pescoço da minha mãe, solta o soluço mais ruidoso que eu já ouvi e choraminga:

— Oh! Minha mamãe, minha mamãe!

Exatamente como se estivesse participando de um teste para a peça britânica infantil *The Railway Children*, no teatro Swan, em High Wycombe — como ela participou, sem sucesso, devo acrescentar, quando tinha onze anos.

Foi só então que reparei no homem com a filmadora, no corredor atrás dela.

Na verdade, no homem com a filmadora que veio correndo pelo corredor, filmando por cima do ombro da Cass, para capturar com perfeição as reações perplexas minha e da minha mãe.

Ao menos eu estou perplexa. Posso dizer porque minha boca se abriu como a de um peixinho dourado, e eu pareço ter me esquecido de como fechá-la.

Minha mãe, por outro lado, aceitou essa guinada surpreendente dos acontecimentos como a experiente atriz profissional que sempre quis ser.

— Pronto, pronto, minha querida — diz ela, com um tom de voz emotivo, caloroso e maternal que eu nunca a tinha ouvido usar, *nunca*. (Eu também nunca a tinha ouvido usar a expressão "pronto, pronto", então é uma dose dupla de esquisitice.) — Estou aqui agora. Ponha tudo para fora. Vai ficar tudo bem.

Com isso, Cass solta uma nova rodada de soluços para o cinegrafista se esbaldar por mais alguns instantes, até decidir que a câmera já passou tempo suficiente sem mostrar seu rosto. Ela se afasta do abraço da minha mãe e começa a guiá-la para dentro do apartamento.

E eu ainda estou parada aqui, de boca aberta como um peixinho dourado.

Uma expressão que foi capturada com perfeição pelo cinegrafista, que volta a lente para mim por um instante, obviamente presumindo que vou dizer ou fazer alguma coisa interessante.

— Hum — digo, o que não é muito interessante. — O que está acontecendo?

— Apenas continue agindo normalmente! — avisa uma voz de dentro do corredor, pouco antes de o dono dela surgir e cutucar o cinegrafista para ele seguir minha mãe e a Cass. Ele tem cabelo ruivo claro, barba curta e uma aura de importância. — *Oiiiiii* — ele diz para mim em um tom de voz carregado, estendendo a mão e caminhando na minha direção. — Sou o Ned, da RealTime Media. Eu... presumo que você seja a irmã mais velha?

— Sim...?

— Certo! Ah, isto é bom. Ótimo, na verdade. — Ele está olhando fixamente para mim. — A Cassidy nos fez pensar que você era bem menos... telegênica.

— Do que quem?

— Do que ela. Do que você realmente é... — Ele ri nervosamente. — Então...

E aí ele para de falar.

— Então? — pergunto.

— Eu só... Desculpe, esqueci o que eu estava dizendo! Você é muito... hum... distrativa.

— Não estou fazendo nada.

— Não, você... hum... Então, você também é atriz?

— Não. Olha, Ned, você pode apenas me explicar o que está acontecendo? Quero dizer, obviamente vocês mudaram milagrosamente de ideia com relação a fazer o programa da minha irmã... Mas vocês já estão filmando *mesmo*?

— Sim, é claro. — Ele parece se recompor. — Nós queríamos filmar tudo desde o segundo em que ela saiu da reabilitação esta manhã... Senhor, como ela sofreu — acrescenta ele, com bastante falsidade —, não é mesmo?

— Durante a estadia de duas noites dela em uma clínica para celebridades? Sim — digo. — O tipo de sofrimento que poucos conhecem.

— E deve ter sido muito, muito difícil para você também — continua Ned, deslizando a mão por baixo do meu cotovelo e começando a me empurrar pela porta do apartamento. — Suponho que você precise desabafar.

— Para a sua equipe de filmagem?

— Bem, esse é o começo óbvio — diz ele com tranquilidade quando chegamos à sala de estar.

Cass está largada no sofá, afastando as lágrimas delicadamente com minha mãe sentada ao seu lado, secando a testa dela com um pedaço de sua pashmina preta enorme. Minha mãe está murmurando alguma coisa para a câmera sobre como ela se sente terrivelmente culpada, como mãe, por ter estado longe, trabalhando em sua franquia da escola de atuação Gonna Make U A Star, enquanto sua única filha estava "presa em uma casa de gente louca".

— Vamos precisar editar essas gravações, obviamente — Ned murmura para mim, apesar de ter acabado de fazer sinal de positivo com o dedo para uma mulher segurando uma claquete e com cara de mandachuva, do outro lado da sala de estar. Deve ser a Tanya, a mulher que estava morrendo de inveja da Cass, sobre a qual ela estava reclamando antes de seu "colapso". — Mas, obviamente, queremos manter tudo o mais real possível.

— Querem, é?

— É claro. Então seja um pouco de comédia da sua mãe ou... sei lá, quem sabe algumas lágrimas suas em frente às câmeras... Nós realmente queremos sua família na tela do jeito mais puro e autêntico possível.

— Certo. — Respiro fundo. — Desculpe, mas a Cass *disse a vocês* que todas nós participaríamos disso?

— Bem, está subentendido. Quero dizer, é um programa sobre a vida da Cassidy... Desculpe, não sei o seu nome.

— Libby.

— Libby. Que nome lindo. — Ele está olhando para mim de novo. — É apelido de Elizabeth ou... hum...

— Liberty.

— Como a *Statue of Liberty*, a Estátua da Liberdade. Bem, combina. Você lembra uma estátua, obviamente...

— Olha, você acha que posso ter um segundo para conversar com a minha irmã *sem* a câmera ligada?

— Ah... Não tenho muita certeza disso, Liberty. — Ele coloca um pouquinho de ênfase demais ao pronunciar meu nome inteiro e parece seriamente satisfeito consigo mesmo por isso. — Nós realmente queremos acesso total e irrestrito à sua irmã.

— E, apenas neste momento, *eu* quero acesso total e irrestrito à minha irmã.

— Certo... — diz ele. É o tipo de "certo" que as pessoas usam quando estão prestes a recusar qualquer coisa que você tenha pedido. — Mas tenho certeza de que não tem absolutamente nada que você queira dizer a Cass que ela não vá querer que os espectadores ouçam.

— Eu não teria tanta certeza assim.

— Beeem... — Ned mexe a boca sem deixar sair som nenhum para a mulher da claquete, e ela faz uma careta e meneia a cabeça. — Pois é... hum... não, não acho que vamos poder desligar as câmeras até que a sessão de hoje termine, Liberty.

— Entendo. Bem, suponho que a gente não queira irritar os deuses dos *reality shows*.

— Exatamente — concorda ele com afinco. — Então, onde paramos naquela questão do desabafo? Não sei se você iria preferir fazer um relato direto para a câmera, falando sobre como é saber que a sua irmã foi para uma clínica de reabilitação ou se prefere simplesmente se sentar e bater um papo com a Cassidy olho no olho, e aí usamos as imagens que obtivermos dessa conversa.

— Sabe, se tanto faz para você, acho que vou ficar com a opção C — digo, me virando na direção da porta.

— Libby! Espere!

Dou uma olhada para trás e vejo Cass se levantar, passar pela minha mãe (que ainda está mexendo na pashmina e choramingando sobre arrependimentos) e vir até mim.

— Suponho Que Você Tenha Achado Que Eu Não Perceberia — diz ela.

É a Voz de Atriz dela. Deus nos acuda: é a Voz de Atriz.

Eu perguntaria "perceberia o quê", mas não importa o que seja, sei muito bem que é apenas o jeito da Cass de tentar me arrastar para a trama dela. Só Deus sabe qual papel ela quer me dar: Irmã Mais Velha Entediante Mas Legal, talvez, ou, quem sabe, Irmã Amargurada e Invejosa do Inferno... Qualquer coisa que ela tenha planejado para mim, não estou no clima para aceitar.

— Preciso ir, Cass — digo baixinho, torcendo para que a câmera não pegue nem isso. Afinal de contas, não estou usando microfones nem nada assim. Mas assim que penso nisso, um homem extremamente tatuado apareceu do nada com um maldito *boom* imenso acima das nossas cabeças, sentindo que iria rolar um dramalhão, certamente, ótimo para a televisão.

— Fico feliz que você esteja em casa — murmuro com o canto da boca.

— Vai Ver O Dillon? — pergunta Cass.

Ah, pelo amor de Deus.

Minha mãe, ainda sentada no sofá, arfa dramaticamente.

Sabe, para falar a verdade, eu preciso tirar o chapéu para ela; entrou no jogo com tudo.

— Eu Vi A Foto De Vocês Dois No Jornal — continua Cass. — Você Não Acha Um Pouco Inapropriado Usar A Visita à Sua Irmã Na Clínica De Reabilitação Para Retomar O Seu Relacionamento Com Aquele Homem De Novo?

— Inapropriado? — Ergo uma sobrancelha. — É sério, Cass?

Para dar algum crédito a ela, ela sequer pisca.

— Eu Só Não Preciso Da Dor De Cabeça De Ter Que Me Preocupar Com Você E A Sua Desastrosa Vida Amorosa, Libby, Além Da Jornada Longa E Difícil Da Recuperação.

Atrás dela, posso ver Ned, a Mulher da Claquete e mais algumas pessoas aleatórias em pé, segurando latas de Coca Zero, todas começando a cochichar coisas umas para as outras em um grande frenesi: "Que Dillon?" Acho que é isso que eles estão perguntando, imaginando se o *reality show* vai acabar sendo ainda mais emocionante do que eles achavam e, possivelmente, até mesmo competir com o adorado *Keeping Up With The Kardashians* da Marilyn por uma intriga classe A. "Dillon O'Hara? A irmã tem uma vida amorosa desastrosa com o *Dillon O'Hara*?"

— Estou bem — digo, mantendo as coisas o mais sucintas possível, porque não vou alimentar essa chama ridícula com nem uma baforadinha de oxigênio. — Não precisa se preocupar. Conversamos em breve, Cass, está bem?

— Libby, Não! Não Passe Por Aquela Porta...

Mas eu passo. E a fecho com firmeza.

Afinal, *puta que pariu*.

Eu ia ter uma conversa séria com a Cass com relação a esse circo absurdo quando — *se* — eu conseguisse me certificar de que a equipe de filmagem não está pronta para aparecer e filmar toda a "autenticidade" da nossa conversa.

Mas, por mais horrível que todo esse espetáculo seja, não posso negar que estou sentindo um pouquinho, bem pouquinho de orgulho pela cara de pau e sem pudores da Cass. Quero dizer, essa é uma garota que sabe o que quer e não tem medo de reduzir seus valores morais (já instáveis) para conseguir.

O que, no mínimo, faz eu me sentir levemente menos culpada por ter concordado em jantar com o Dillon hoje à noite.

11

Não dava tempo de ir para casa trocar de roupa antes de me encontrar com o Dillon, então, depois que saí do apartamento da Cass em Maida Vale, eu só dei um pulo no balcão da MAC, na Selfridges, onde uma travesti muito talentosa, com mãos extremamente delicadas, fez toda a minha maquiagem pelo preço de um delineador. Ela elogiou muito minha nova cor de cabelo e sugeriu tudo quanto é tipo de truque de maquiagem para me ajudar a valorizá-lo ao máximo e, apesar de eu talvez *sentir* que esteja usando maquiagem suficiente no rosto para afundar um navio de batalha de porte médio, estou com uma aparência bastante natural.

Aí fui até o departamento de perfumaria e passei a primeira borrifada da minha vida de Chanel nº 5.

Por fim, abri mais um botão da camisa.

E agora, às sete e meia em ponto, estou chegando ao restaurante.

Não é *exatamente* a *trattoria* de lulas modesta que o Dillon deu a entender que era. Quero dizer, eu ouço o suficiente do papo do Olly sobre a cena gastronômica para saber que este local, o Sapori, na rua Chiltern, é o último empreendimento de um grupo de restaurantes extremamente bem-sucedido e, portanto, O lugar para comer, beber e, acima de tudo, ser visto.

Não sei se a historinha contagiante do Dillon sobre ter dispensado o restaurante esnobe três-estrelas-Michelin por sua política nada igualitária de reservas é tão heroica agora. Quero dizer, presumo que ele deve ter tido que mexer uns pauzinhos para conseguir uma reserva aqui com tão pouca antecedência também.

A não ser, é claro, que ele simplesmente tenha uma mesa reservada aqui todas as noites pelas próximas três semanas desde que foi para a reabilitação, só para dar conta de todos os Grandes Pedidos de Desculpas que ele sabia que teria que fazer.

Enfim, agora que eu sei que este é o local, eu realmente queria ter dado um pulo em casa para me trocar. É tudo um pouco dolorosamente badalado por aqui, e não tenho certeza se minha saia superjusta, minha camisa feminina e meus saltos *nude* vão dar conta do recado.

De qualquer forma, é tarde demais para fazer qualquer coisa com relação a isso agora.

Tarde demais *mesmo*, porque eu já disse à *hostess* quem eu vim encontrar, e ela já está me guiando pelo restaurante na direção da mesa onde o Dillon está esperando.

Sentado lá, sozinho, sem saber que posso vê-lo e, portanto, sem se esconder por trás de seus gracejos e seu charme de costume, ele parece mais tranquilo, mais jovem e mais vulnerável do que eu jamais o vi antes.

Meu coração fica apertado, só por um instante.

E aí ele me vê, e seu rosto se abre naquele sorriso maroto familiar, e meu coração não é a parte do meu corpo que eu consigo sentir agora.

Dillon se levanta.

— Oi, loirinha. — Ele se abaixa para tocar os lábios na minha bochecha. — Você está espetacular.

— Bom ver você — respondo empertigadamente. — Belo restaurante.

— Bem, não temos como ter certeza até eu colocar as mãos naquelas lulas — diz Dillon, me conduzindo ao meu lugar. — Então, vou chamar o garçom, e você pode pedir algo para beber, tudo bem?

— Sim, por favor. Isto é, se você não se importar que eu beba... Não sei como funciona...

— Bem, o que você faz é o seguinte: você ergue o copo e aí toma um gole...

— Não, é sério. Não vou tomar nada se você se sentir desconfortável.

— Só vou me sentir desconfortável se você pedir uma bebida, Lib, e a sua irmã aparecer com uma coqueteleira enorme e jogar o drink na sua cara.

Ele está falando sobre o incidente que aconteceu — na primeira noite que dormimos juntos, na verdade — quando a Cass jogou um coquetel na minha cara, em uma boate em Shoreditch.

— Então, por favor — continua ele. — Peça o maior e mais alcoólico drink do cardápio e não desperdice nem um segundo de uma boa bebedeira se preocupando comigo. Estou perfeitamente contente aqui com esse copo delicioso de água com gás. Quero dizer, tem uma *rodela de limão*, acredita?

— Bem, suponho que ninguém precise de álcool quando se tem uma rodela de limão.

— Disse tudo, irmã. — Ele gesticula para o garçom mais próximo, que vem apressadamente até a nossa mesa. — Minha amiga gostaria de pedir o maior e mais alcoólico coquetel — diz ele — do cardápio.

— Não é bem assim — corrijo. — Pode me trazer apenas um bom vinho tinto, por favor?

— É claro. — O garçom concorda com a cabeça. Mas ele não sai do lado da mesa para buscar o pedido, ele simplesmente continua parado ali por mais um instante e, então, pergunta:

— Quer um Chardonnay?

Hesito por um instante, porque preciso admitir que meu conhecimento com relação a vinhos não é exatamente enciclopédico e não quero fazer papel de idiota.

— Hum... Acho que eu disse... Tinto?

— Desculpe, desculpe... Falha minha... — O garçom limpa a garganta. — Temos um Chianti ótimo, se é isso que a deixa com vontade.

Pisco para ele.

— Quero dizer — corrige ele —, se é disso que você está com vontade...

— Sim, um Chianti seria ótimo. Obrigada.

— Vou trazer uma garrafa.

— Não! Não, não, apenas uma taça.

— Certo. Uma taça de Cabernet saindo.

— Mas eu achava que você tinha dito...

O garçom se mandou, sem ouvir minha confusão.

Dou uma olhada para o Dillon, que está parecendo levemente perplexo.

— Certo, então, o atendimento não é tão promissor assim — digo.

— Ah, dê uma trégua para o moleque. Não é culpa dele que ele ficou morrendo de desejo por você.

— Ele fez uma confusão com os vinhos. Não acho que isso tenha alguma coisa a ver com desejo.

— É claro que tem! Ele não conseguiu tirar os olhos de você, o pobre coitado. — O próprio Dillon está com os olhos fixos em mim também. — Então — continua ele —, Libby, a nova loira do pedaço.

— Sim. Não quero passar a noite *toda* falando da minha nova cor de cabelo...

— Não vamos. Eu só queria dizer, de novo, que eu gostei muito, muito mesmo.

— Certo, mas só para ficar tudo absolutamente claro quanto a isso, eu não mudei a cor do meu cabelo por *sua* causa.

— *Não?* — pergunta ele, erguendo a sobrancelha presunçosamente. — Tem certeza disso?

— Bastante certeza, Dillon, obrigada por perguntar.

— Porque se existe uma coisa que eu aprendi na reabilitação é que a maioria das nossas ações é guiada pelo nosso subconsciente... Então, apesar de talvez você *pensar* que não estava mudando a cor do cabelo para me impressionar, na verdade...

— Me poupe — retruco, da maneira mais seca que consigo — da psicologia barata.

— Está bem, então. Por que *foi* que você mudou a cor do seu cabelo de repente? Quando a coisa mais próxima que você já fez de pintar o cabelo antes foi usar uma peruca vermelha no aniversário de dezesseis anos, de princesas da Disney, da sua irmã, ao qual você foi como a Ariel de *A pequena sereia* porque ela era a única princesa da Disney que não fazia você querer vomitar?

Fico tão pasma com essa revelação que tudo que consigo fazer é piscar para ele por um momento.

— Você... realmente se lembra de eu ter contado isso?

Ele dá de ombros.

— Eu não estava alterado durante *todo* o nosso relacionamento, querida.

Ainda bem que o garçom perdido está voltando agora com o meu vinho, porque é uma distração bem-vinda ao momento desconfortável.

É com esse Dillon que eu tenho dificuldade em conviver, sabe? O Dillon charmoso, arrogante e engraçado não é o problema. É esse, que demonstra assim, nesses lampejos ocasionais os sentimentos reais e duradouros que ele talvez tenha, afinal, por mim... É esse que deveria ter um aviso pendurado no pescoço: PREJUDICIAL à SAÚDE. NÃO CUTUQUE NEM COM UMA VARA DE TRÊS METROS.

— Aqui está o seu champanhe — diz o garçom, um tanto sem ar, colocando uma taça resfriada na mesa à minha frente.

Olho para o champanhe e depois para o garçom, pasma.

— Por favor — diz ele fervorosamente —, me avise se houver *qualquer outra coisa* que você queira.

E então ele se foi de novo, antes que eu pudesse dizer que, na verdade, queria mesmo era aquela taça de vinho tinto sobre a qual tínhamos conversado.

— Eu falei — diz Dillon — que o Júnior está a fim de você. Para falar a verdade, estou ficando com um pouco de ciúme, Menina do Fogo.

"Menina do Fogo" era como ele costumava me chamar às vezes, por causa da vez em que eu ateei fogo no meu próprio cabelo, no dia em que ele me conheceu.

Para ser mais precisa, Menina do Fogo era como ele costumava me chamar quando estava flertando comigo.

Menina do Fogo era como ele sempre, sempre me chamava quando estávamos na cama.

E, bem nesse instante, um casal passa pela nossa mesa e para ao nosso lado.

— Jesus Cristo — diz James Chiquetoso Cadwalladr, olhando para nós —, veja quem está aqui.

Só que ele não está falando comigo, está falando com o Dillon.

— Jamie Cadwalladr, porra — diz Dillon com um sorriso, enquanto se levanta e puxa James Chiquetoso para um abraço masculino breve. — E Lottie, querida.

— Dillon! Que bom ver você! — Lottie dá um beijo de cada lado do rosto dele antes de se virar para mim. — Oi, prazer em conhecê-la, sou...
— Ela olha para mim e, então, tem uma surpresa efetivamente tardia (coisa que eu nunca tinha visto antes na vida). — *Libby*?

— Oi. — Aceno, encabulada. — Sim, sou eu.

— Meu Deus! Você está... Uau! Adorei o cabelo!

— Vocês se conhecem? — pergunta Dillon.

Não importa a maneira como você olhe para essa situação toda, minha tentativa de fazer o Dillon achar que ainda estou com o Adam foi um tanto arruinada, não é mesmo?

— Eu vendo as joias da Libby — diz Lottie, e, então, bem quando penso que talvez tenha me safado, ela acrescenta:

— E, é claro, nós somos vizinhos do... bem, presumo que, agora, seja o *ex*-namorado dela.

— Somos?

James Chiquetoso parece confuso. E com os olhos um pouquinho arregalados também, por algum motivo, porque ele está olhando para mim do mesmo jeito que o garçom perdido. E do mesmo jeito que o Ned, do programa da Cass, também estava, agora que parei para pensar nisso.

— Oi — diz ele para mim, contornando a Lottie para me estender a mão. — Acho que não nos conhecemos...

— James, seu idiota! É claro que você a conhece! É a Libby! Daquela... noite. — Com muito tato por, presumo, não saber qual a situação entre mim e Dillon, Lottie não menciona toda aquela coisa quase-nua-e-presa-no-covil-do-cachorro. — Você sabe. Da casa do Adam.

Os olhos de James Chiquetoso praticamente saltam de seu rosto.

— *Você* é aquela menina que tirou a roupa e ficou com a cabeça presa no portãozinho de segurança do Fritz? — exclama ele, nem de longe com tanto tato quanto a esposa.

Dou uma olhada rápida para o Dillon; ele está com uma sobrancelha erguida.

— Hum, sim — respondo. — Sou aquela menina. Moça. *Mulher*, na verdade — acrescento, me valorizando, como se tratar a situação como um projeto feminista fosse deixar James Chiquetoso constrangido também, para eu não ser a única morrendo aqui. — Bom vê-lo de novo.

Mas James Chiquetoso não parece constrangido. Ele simplesmente continua me encarando, as sobrancelhas ainda erguidas na altura da linha do cabelo, e murmura, quase que para si mesmo:

— Aquela em quem a gente esfregou óleo de argan...

— Essa é uma história que eu preciso ouvir — diz Dillon com tranquilidade.

— Ah, acho que acabou sendo óleo de semente de uva, na verdade — digo, jovialmente, tentando dar um fim ao constrangimento. — Ainda acordo suando frio, sonhando que estou sendo frita!

Lottie ri.

— Bem, melhor deixarmos vocês dois seguirem com o seu... jantar romântico.

— Não é romântico — digo, na mesma hora em que Dillon diz:

— Obrigado, Lottie. Ouvimos dizer que a lula é espetacular.

— Ouvimos? — pergunto, na lata.

— É claro que sim. E James, meu amigo, devíamos nos ver logo, né? Quero dizer, obviamente, os meus dias de tocar o terror já terminaram...

— Ah, não se preocupe quanto a isso — diz Lottie, enganchando o braço no de James Chiquetoso. — Os dias dele de tocar o terror também estão praticamente encerrados.

— Ainda posso tocar o terror — responde ele, irritado, finalmente parando de olhar para mim e encarando a Lottie. — Pelo amor de Deus, tenho 39 anos, não 99. Meus dias não estão totalmente encerrados.

— Sabe o quê? — diz Dillon, dando um tapinha no ombro dele, com mais força do que quando o cumprimentou. — Podemos entrar em um acordo. Vamos sair, você pode tocar o terror rapidinho e voltar ao normal logo em seguida. Que tal?

James Chiquetoso não ri.

— Seria bom pôr o papo em dia direito — diz ele bruscamente antes de arrastar Lottie na direção da mesa deles, mais adiante no restaurante. — Tenham uma boa noite.

Assim que eles se vão, pego meu champanhe e tomo um gole longo e tranquilizante.

Dillon volta a se sentar.

— Aquele cara — diz ele, em uma voz que não é *tão* baixa quanto deveria — é um imbecil de merda.

Tomo outro gole de champanhe.

— Parecia que ele era seu amigo.

— Fizemos faculdade de dramaturgia juntos. Continuamos amigos por alguns anos depois. Só Deus sabe por quê. Ele, esse boçal de nariz empinado de Eton, e eu, um humilde irlandês do campo...

— Me poupe — digo — da dramatização da história. Teremos *leprechauns* conosco na mesa antes mesmo de percebermos.

— E eles seriam muito bem-vindos. Além disso, podiam servir de plateia para quando você contar a história sobre... Como era mesmo? Tirar a roupa e deixar James Cadwalladr esfregar azeite de oliva em você?

— Óleo de semente de uva — corrijo.

— Obrigado pela correção.

— E não foi, *nem de longe*, como ele pintou. Foi apenas um... *incidente*.

— Na casa do Adam?

— Sim.

— Na casa do Adam, seu *ex*-namorado?

— Hum...

— Então você não está mais com ele?

— Não — admito. — Não exatamente.

— Certo. — Dillon toma um gole de sua água com gás. — Ele gosta de você, sabia?

— Quem, o *Adam*? — Fico olhando para ele. — Hum, não, e foi exatamente por isso que...

— Jamie Cadwalladr.

— Ah, pelo amor de Deus! Segundo você, todo mundo gosta de mim: James Cadwalladr, o garçom...

— Eu.

Ele largou o copo e está olhando para mim. E não está mais dando aquele sorriso maroto.

— Dillon — começo.

— Menina do Fogo.

— Eu achei que este jantar fosse só um pedido de desculpas.

— E era. — O joelho dele encosta no meu. — Até você aparecer desse jeito.

Respiro fundo.

— É o cabelo loiro — digo. — É isso. Você sempre teve uma queda por loiras.

— Não é só o cabelo loiro. É alguma outra coisa em você, Libby. Você parece uma... *mulher* de verdade. Agora não, parceiro — acrescenta ele, um tanto bruscamente, para o garçom, que reapareceu ao lado da mesa com um bloquinho de papel e uma expressão esperançosa. — Pode nos dar um minuto?

— Olha — digo, quando o garçom se afasta. — Se você gosta de mim ou não...

— Eu gosto.

— ...não é essa a questão. A questão é que, obviamente, não podemos ficar juntos, afinal.

— Quem disse?

— Eu. Porque, claramente, sou a única de nós dois que é sensata o suficiente para isso.

— E se eu fosse pedir a você por uma segunda chance?

Fico olhando para ele.

Por uma fração de segundo, parece que é manhã de Natal. E que acabei de abrir as cortinas e ver que está tudo maravilhosamente nevado. E que presentes de Natal decentes estão esperando debaixo da árvore por mim, não apenas kits da Space.NK que garante pontos extras para minha mãe em seu cartão da loja. E que meu pai se lembrou de mandar uma mensagem de "Feliz Natal" uma vez na vida.

Mas, graças a Deus, aquela fração de segundo passa, e a sensatez (por pouco) prevalece.

— Não.

— Nem se eu passar por algum tipo de detector de mentiras que prove que não planejo botar mais nem uma gota de álcool na boca e nem cheirar mais nenhuma carreira de cocaína?

— Não.

— Nem mesmo se eu prometer nunca mais abandonar você com um furacão a caminho sem passaporte?

— Dillon, por favor. Não foi a bebida nem as drogas. Não foi nem mesmo o furacão...

— Foram as mulheres, não foram?

Dou de ombros, com a máxima indiferença possível.

— Certamente tem seu peso.

Ele pensa por um instante.

— Se eu virasse monge, isso por acaso convenceria você?

— Bem, isso seria um empecilho para nós voltarmos — digo —, já que não acho que os monges possam fazer sexo com mulheres. Ou, pensando bem, com homens.

— Ah. Então até mesmo os outros monges estariam fora de cogitação.

— Acho que isso provavelmente depende da discrição do monastério em questão.

— E das tendências do monge em questão?

— Exatamente.

Ele ri.

— Céus, Menina do Fogo. Eu senti a sua falta.

Não me impeço de dizer:

— Eu também.

— Mas, mesmo assim, você não acredita que eu mudei?

— Não é que eu não acredite que você mudou, Dillon. É que eu nunca vou acreditar que você não vai voltar a ser o mesmo. Quero dizer, você *realmente* se vê sossegando com uma única mulher? Tendo filhos...

— Adoro crianças. E crianças me adoram.

— ...e ficando acordado a noite toda fazendo-os arrotar, em vez de ficar acordado a noite toda enchendo a cara de vodca?

— Espere aí. Crianças precisam *arrotar*? Ora, por favor, Libby. Daqui a pouco você vai me dizer que elas fazem xixi nas calças também.

Termino minha taça de champanhe.

— Eu só queria que alguém tivesse me *contado* isso — continua ele — antes de eu ter virado a página. Quero dizer, se eu soubesse dos ajustes no estilo de vida que eu teria que fazer ao decidir sossegar e começar uma família, teria passado longe de reabilitação.

Fico olhando para ele.

— Você *decidiu* sossegar e começar uma família?

— Bem, um passo de cada vez. Vamos nos focar na parte de me acomodar primeiro.

— Dillon, você acabou de sair da clínica de reabilitação. Acho que provavelmente é um pouco cedo demais para estar tomando qualquer decisão de vida tão séria.

Ele se debruça na mesa, pega minha mão e a segura com delicadeza.

— Se tem algo que eu aprendi naquele lugar — diz ele — é que a coisa pela qual eu sempre estive procurando é uma âncora. Algo para me manter estável.

— Algo — digo — para pesar em você.

Ele meneia a cabeça.

— Não seria assim. Estou dizendo, Libby, eu mudei. Cresci. Fiz todas as besteiras que eu queria fazer pelo resto da vida. E muitas delas eu gostaria de nem ter feito. Você é a única garota que eu conheci que já significou mais do que isso para mim.

— Isso é porque você tem péssimo gosto para mulheres.

— Verdade. Mas também — diz ele — é porque levei um tempão para encontrar *você*.

De repente, me sinto como se não conseguisse respirar.

E não de um jeito vertiginoso, emocionante e sensual. Parece bem mais com a vez em que fiquei presa entre dois homens muito, muito gordos, em meio a uma multidão, para entrar em um ônibus em Palermo. Se não tivesse sido pelo Olly, que estava passando as férias comigo, praticamente derrubando as pessoas para chegar até mim e me arrancar de lá com as próprias mãos e umas poucas palavras de um italiano péssimo, tenho, francamente, bastante certeza de que nunca teria saído de lá viva. Causa da morte: panças.

Ainda consigo me lembrar, oito anos depois, da sensação crescente de pânico.

— Você não pode... *dizer* essas coisas — coaxo.

— Só estou tentando ser sincero, Libby. Explicar. Dizer a você como me sinto.

— Puta que pariu, Dillon. Isso aqui não é uma sessão de terapia na sua maldita reabilitação. Você não pode simplesmente ser honesto e explicar às pessoas como se sente quando há o risco de... magoá-las. De novo.

— Sei o quanto eu machuquei você...

— Não, não sabe. Você não tem ideia do que fez...

Meu celular está tocando.

Salva — aleluia — pelo gongo.

Salva de verdade, porque corro o risco de cair no choro em cima dele e contar o quanto eu tinha me apaixonado na primeira vez, ou o risco ainda maior de pular por cima da mesa e sentar no colo dele, beijá-lo até nenhum de nós conseguir mais respirar e aí dizer, ofegante, que vou concordar com qualquer sugestão absurda, se ele simplesmente me levar para o apartamento dele imediatamente e fizer sexo selvagem e inebriante comigo até o sol raiar.

— Preciso atender — murmuro.

— Está bem. — Dillon se levanta da mesa. — Acho que preciso de um pouco de ar fresco, de qualquer forma. Vou dar um minuto a você.

É tão atípico dele sair, aparentemente, bufando de raiva desse jeito que quase fico surpresa demais para atender o telefone por um instante.

Quando atendo, sequer tenho de dizer a segunda sílaba de "alô" antes de uma voz americana de homem, do outro lado da linha, dizer:

— Aleluia! Então você está viva, afinal de contas.

Sei, sem precisar perguntar, que é o Ben, namorado do Adam.

Eu poderia, talvez deveria, desligar. Mas, no lugar disso, vou me defender.

— Certo — começo —, em primeiro lugar, eu não fazia a menor ideia de que o Adam tinha um namorado. Com isso, estou querendo dizer que eu não fazia ideia de que ele era comprometido *e* de que ele era gay. Porque, se eu soubesse disso, posso garantir que nunca teria...

— É Libby, certo? — interrompe ele bruscamente. — Digo, esse é o seu nome, certo?

— Sim...

— Libby, você trocou as bolas. Isso não tem nada a ver com, bem, as bolas do meu namorado.

— Na verdade, eu nunca nem *encostei* nas bolas dele...

Não é hora disso, Libby. Não é hora disso.

— Então do que se trata? — pergunto com cautela.

— Eu encontrei os seus brincos no chão da cozinha do Adam — diz Ben — e gostei muito.

— Certo... Hum... Bem, eu posso fazer um par você...

— Jesus Cristo, Libby, sou gay, não uma travesti! E mais que um gay, sou investidor. Invisto em pequenas empresas na esperança de que elas se tornem grandes empresas. E muitas delas são relacionadas a moda. Dei uma olhada no seu site, comprei algumas coisas naquelas pequenas butiques que são revendedoras suas... São peças boas. Originais. Diferenciadas.

— Obrigada.

— Bem, não me agradeça ainda. Ainda não decidi se vou investir em você ou não. Então, olha só, preciso ver um plano de negócios.

— Eu... hum... — *não tenho um plano de negócios* — posso fazer alguma coisa para você, se você quiser...?

— Seria um bom começo. Você pode me mandar por e-mail no fim de semana?

— Sim. — *Se eu passar as próximas 48 horas sem fazer nada além de trabalhar nisso.* — Posso fazer isso.

— E, por favor, não me escreva nenhum ensaio adolescente sobre seu cliente ideal, como você acha a sua carreira satisfatória e onde você se vê em dez anos. Eu só preciso do básico: lucro atual; movimento de caixa; projeção financeira; e funil de vendas.

— Certo. Sim. Claro. Com certeza.

— Ótimo. Vou mandar minha assistente ligar para passar o e-mail.

— Muito obrigada, Ben, fico muito grata...

— Bom finalmente falar com você — diz ele.

E esse é o fim da ligação.

Caraca.

Visto que, apenas alguns dias atrás, eu estava sendo desprezada por um gerente de banco em Clapham, por ter pedido um pequeno empréstimo para a empresa, a possibilidade de um investidor querer botar dinheiro na Libby Goes To Hollywood é bastante impressionante.

Não tenho mais do que alguns poucos segundos para saborear essa guinada nos acontecimentos, contudo, antes de meu celular tocar de novo.

Bogdan.

Ou melhor, visto que ela está usando o celular dele: Marilyn.

O que me faz lembrar, pela primeira vez desde que nos falamos mais cedo, dos planos que fiz com ela para esta noite. Nossa noite das meninas em casa.

Merda.

Atendo a ligação.

— Marilyn, eu sinto muito, muito *mesmo*.

Ela fica em silêncio por um tempo.

— Você se esqueceu de mim?

— Não! É claro que não. Não me esqueci de você. Eu só... não me lembrei.

— Vindo de alguém que está cansada de sempre ser a segunda opção — diz Marilyn baixinho —, é um tanto irônico, não acha?

— Sim. Eu sei. Você tem razão. Mas, olha, posso explicar. Eu meio que acabei vindo jantar com aquele cara sobre o qual eu falei para você...

— Ah, eu entendi, meu bem. Você está me dando um gostinho do meu próprio veneno.

— O quê?

— Bem, acho que eu mereço. É exatamente o que eu fiz no passado. Sair para dançar e tomar champanhe com um cara que só vai partir o meu coração, deixando em casa uma amiga sozinha, apenas com uma jarra de Manhattans e... me diga, você já assistiu a um programa chamado *The Only Way Is Essex*?

Engulo em seco.

— Me sinto péssima.

E é verdade. E não só porque ela teve que aguentar vários episódios de *The Only Way Is Essex*. É absurdo, eu sei, porque, obviamente, não faria nenhum sentido lógico ter recusado uma noite com um Dillon O'Hara real e vivo só para ficar de bobeira no meu apartamento com uma Marilyn Monroe mágica. Mas eu não tinha dito a mim mesma antes que a Marilyn precisava de uma amiga? Uma amiga de verdade, o tipo de amiga que eu sempre tentei ser, que nunca deixaria a colega de quarto de lado, nem mesmo se essa colega de quarto literalmente não existisse, por um homem. Afinal de contas, ela tem razão: eu sei muito bem como é a sensação de se sentir desimportante para uma pessoa que importa para você. E se existe alguém com prováveis tendências a sofrer terrivelmente por causa da sensação de abandono, esse alguém é Marilyn Monroe.

— Não se sinta péssima — diz ela, agora, com sua vozinha de menina.

— *Eu* não me sinto. Bem, não mais. Aquela segunda jarra de Manhattans provavelmente ajudou...

— Certo — digo. Eu já tinha ouvido o suficiente. — Estou indo para casa. Aguente firme que eu chego aí em uma hora.

— Está tudo bem, querida, fique aí e aproveite a sua noite com o seu gato. Você seguiu o meu conselho? Encheu o sutiã com meia-calça?

Ignoro a pergunta.

— Estou a caminho. E... não beba mais, Marilyn, está bem?

— Não acho que eu poderia, mesmo que quisesse, meu bem — diz ela tristemente. — Parece que já tomei tudo.

Encerro a ligação, me levanto e sigo na direção da porta, trombando, literalmente, no Dillon, quando abro a porta e saio na rua.

— Está me largando? — pergunta ele, com delicadeza, mas com a voz firme. — Bela maneira de fazer um homem se sentir bem, Lib.

— Não, não estou largando você.

Céus, ele realmente está incomumente maravilhoso esta noite.

E com todas aquelas coisas que ele disse sobre o quanto gosta de mim e como queria uma segunda chance...

Sem contar aquele comentário insolente e desnecessário que ele fez mais cedo, que parece que eu não *consigo* tirar da cabeça, sobre conseguir pensar em algumas coisas melhores para eu fazer de quatro, em vez de esfregar o piso dele.

Eu quero tanto, tanto ir para casa com ele hoje.

— Mas eu preciso ir — digo a ele. — Aconteceu uma coisa. Preciso ajudar... uma pessoa.

— Ah. Bem, me deixe ir com você.

— Não dá.

— É o Olly Walker?

Pisco para ele. Que coisa estranha de se dizer.

— Não. Eu só preciso ir. Céus, desculpe, eu devia ter deixado dinheiro pela bebida...

— Não seja ridícula. Posso pagar pela sua bebida.

Ele está sendo grosso. O que não é nada típico dele.

— Me desculpe — digo.

— Pelo quê? Por me abandonar durante o jantar ou recusar as minhas investidas?

— Eu não recusei as suas investidas. — Olho para ele. Os olhos dele estão fixos nos meus. — Eu só preciso de um pouco de tempo para pensar em todas as coisas que você disse.

— Claro. Isso é justo. Mas, Libby...

— Sim?

Ele coloca as mãos na minha cintura e me puxa bem de leve na direção dele.

— Não pense apenas nas coisas que eu disse. Pense nas coisas que eu fiz, também. Ou melhor, na coisa que vou fazer agora.

A coisa que ele vai fazer agora é se abaixar, colocar os lábios tentadoramente perto dos meus e, quando me aproximo, começar a me beijar.

É tão maravilhoso quanto na última vez em que o beijei, no nosso quarto de hotel em Miami.

Não, é ainda mais maravilhoso. Porque, naquela época, eu não teria conseguido me livrar da sensação ruim por ele ter dado um sorriso safado demais para a bela assistente de piscina, ou a sensação exaustiva de que ele provavelmente estava se preparando para mais uma grande noite de bebidas, cocaína e flertes com as funcionárias do bar.

Dessa vez, tenho a sensação de que sou a única coisa que importa no mundo para ele.

Ironicamente, é absolutamente viciante.

Me entrego a ele pelo máximo de tempo que consigo suportar e, então, me viro e começo a correr na direção do metrô.

Mas, quando chego no meu apartamento, Marilyn não está mais lá.

12

Ela ainda não voltou.

São quatro da tarde agora, e não tive nenhum sinal dela desde que voltei, ontem à noite.

Nada de coqueteleira, nada de casaco de pele, nenhum aroma de Chanel nº 5.

Os únicos sinais de que ela um dia esteve aqui são o Chesterfield e a TV, que ainda estão do outro lado da parede divisória. O que me deixou com uma dor de cabeça colossal quanto a como vou trazê-los de volta para o lado de cá.

Que é uma ótima adição à dor de cabeça colossal *de verdade* que tive o dia todo, para ser sincera.

Eu não devia estar com nenhuma dor de cabeça, visto que só tomei uma taça de champanhe noite passada e que fui para a (minha própria) cama em um horário respeitável.

Mas não consegui pregar os olhos de preocupação com a Marilyn.

E reprisando aquele beijo com o Dillon.

E tem, também, o fato de que passei o dia todo trancafiada dentro de casa trabalhando no plano de negócios para o Ben.

Ou Benjamin Milne, CEO da Milne Equity Partners, que é como preciso começar a pensar nele. Diretor de um fundo de investimentos privados que talvez consiga injetar um capital muito necessário no meu negócio, e não o homem que está "injetando" no meu ex-namorado. Porque eu o pesquisei no Google (mais de uma vez), naqueles momentos em que o trabalho não estava rendendo (e em que eu estava tentando me distrair noite passada, do vazio do apartamento sem a Marilyn nele e da culpa horrível, de revirar o estômago, de saber que eu a tinha decepcionado), e acabei descobrindo que o cara é meio que o maioral. Pessoalmente, vale milhões e gosta de doar esses milhões a tudo quanto é tipo irritante de boa causa, como abrigos de cachorros, hospitais equinos e, sei lá, salões de beleza para gatos pouco valorizados. Ele também administra esse fundo de investimento que escolhe a dedo negócios pequenos, frequentemente relacionados a moda, injeta capital, presta consultoria com especialistas e fica observando, enquanto eles se transformam em... Bem, empresas relacionadas a moda maiores e significativamente mais bem-sucedidas. Ele investiu em duas irmãs designers de sapatos de Utah, por exemplo, que começaram com US$ 165 e o barracão da família como oficina de trabalho, e agora têm quinze empregados e recentemente emplacaram um ensaio de seis páginas na *Vogue* americana. Ele investiu em uma empresa familiar pequenininha de caxemira situada na Ilha de Arran, que agora fornece tecido para figuras como Vivienne Westwood e Stella McCartney. Ele investiu em outro designer de joias, um jovem do Brooklyn, cujo website teve trezentos mil visitantes no ano passado e que agora fechou o site porque foi contratado como novo gerente de design do novíssimo "departamento" de joias próprias da Net-a-Porter.

Enfim, deu para entender. Meio que o maioral, como eu já disse.

Então, o fato de que ele está *interessado* que eu mande um plano de negócios para ele é uma notícia muito, muito, muito animadora.

Se ele vai querer levar isso adiante... Bem, depende de mim agora, não é?

Eu, que passei boa parte da tarde criando uma planilha mais organizada e profissional, com o lucro líquido dos últimos seis meses, do que aquela que apresentei ao gerente do banco em Clapham. Eu, que agora estou tentando elaborar um memorando sucinto sobre meu funil de vendas.

O que é duplamente complicado, porque ainda não tenho cem por cento de certeza do que um funil de vendas *é* de fato.

Eu queria muito, muito mesmo que a Marilyn ainda estivesse aqui.

Não que eu espere que ela saiba alguma coisa sobre funil de vendas também. E tenho bastante certeza de que se ela *estivesse* aqui, eu não estaria produzindo, nem de longe, tanto quanto estou, com a TV tagarelando, o fluxo quase contínuo de conversas e as jarras de coquetéis horríveis que ela provavelmente ficaria fazendo sem parar para tomarmos...

Mas eu provavelmente conseguiria me focar melhor se não estivesse me sentindo tão mal com relação à noite passada. E teria uma chance de explicar mais sobre a questão do Dillon, além de contar a ela que acabamos nos beijando. E eu gostaria que ela visse a nova cor do meu cabelo e gostaria de dizer a ela que segui alguns dos conselhos dela à risca. Seria... digamos, "formidável", como ela diria, saber o que ela achava.

Sem contar o fato de que eu não consigo me livrar da sensação de inquietação de que ela foi embora quando estava irritada comigo. Ao menos quando Audrey Hepburn desapareceu da minha vida, tudo estava bem entre nós.

Não faço ideia de se vou ver Marilyn de novo. E a última coisa que eu fiz, como todo mundo que ela teve na vida, foi decepcioná-la.

E agora meu interfone está tocando, então vou ter que levantar do laptop em meio à pilha de pedidos e ver quem é.

— Pois não? — atendo.
— Libby?
— Sim?
— É o James Cadwalladr.
— Ahn?
— Desculpe incomodar você. Espero que não seja uma hora inconveniente. Posso subir?
— Hum... Claro.

Do que me arrependo no segundo em que concordo. Porque, para falar a verdade, *é* uma hora inconveniente. Inconveniente pra caramba, visto que tenho papéis espalhados por todo lado e absolutamente nenhuma bebida para oferecer a ele, além da lata de Coca Diet pela metade, que tem me mantido em pé o dia todo, e as bordas que sobraram da pizza que comprei no caminho para casa ontem à noite, caso a Marilyn ainda quisesse...

E, de qualquer forma, fosse a hora inconveniente ou não, o que é que ele está *fazendo aqui*, cacete?

É a pergunta que faço, embora mais educadamente, assim que abro a porta da frente e o vejo subindo correndo pelo último patamar dos quatro lances de escada, com um sorriso largo em seu rosto incomumente bonito.

— James, oi. Hum... Aqui é um pouquinho longe do seu lado da cidade, não é?

— Bem, eu não estava exatamente de passagem, não! — Ele se aproxima e me dá um beijo de cada lado do rosto de um jeito familiar demais, que já percebi em homens chiquetosos que frequentaram internatos chiquetosos, e fecha a porta. — A Lottie me deu o seu endereço. Ou melhor, encontrei o seu endereço no cadastro dela. Não queria que ela soubesse que eu estava vindo aqui.

Isso é um pouco... alarmante.

Será que o Dillon estava certo quanto a ele gostar de mim, no fim das contas?

— Quero encomendar alguma coisa para ela — continua ele. — Ela faz quarenta anos na semana que vem, e eu adoraria dar a ela um colar bem especial, ou uns brincos...

— Ah! — Estou aliviada. — É claro! Eu adoraria fazer isso.

— Ótimo. — Ele está olhando para o meu apartamento com interesse. (Ou, possivelmente, com soberba e arrogância. É difícil saber quando se tem um rosto como o dele.) — Bela casa, a sua.

(Também é difícil saber, com o sotaque superpomposo, se ele está genuinamente impressionado ou sendo puramente sarcástico.)

— Obrigada. Então, no que você estava pensando, exatamente?

— Como?

— Para o aniversário da Lottie. Quero dizer, você disse um colar, ou brincos, mas poderia ser mais específico? Seria algo para usar para sair ou algo mais comum, para usar no dia a dia...?

— Ah, eu não pensei muito em nada disso ainda.

— Certo. Hum, porque talvez ajudasse, se eu tivesse mais informações.

— Olha, minha cabeça está nas nuvens metade do tempo, Libby, pensando nas crianças e no trabalho... Estou com um projeto extremamente animador sendo preparado no momento, para falar a verdade. Estou negociando com o Sam Mendes para interpretar Hamlet no Teatro Nacional.

Ele espera pela minha reação a essa informação arrebatadora.

Infelizmente, a única resposta em que consigo pensar é esta: "Por falar em projetos, você por acaso sabe alguma coisa sobre projetos de funis de vendas?"

Mas ele é ator, não um estudante de administração, então me contenho.

— Uau — consigo dizer. — Hamlet. No Teatro Nacional. Com o Sam Mendes. Incrível.

Que é basicamente repetir como um papagaio os dados que ele acabou de me passar, mas ele parece ficar satisfeito com a resposta, porque estufa o peito visivelmente enquanto se apoia no balcão da cozinha.

— Bem, as pessoas têm falado tanto sobre eu interpretar Hamlet, há tanto tempo, que, em algum momento, você quase sente uma *obrigação social* de fazer, sabe?

— Claro. — Não estou prestando muita atenção; tudo em que estou pensando é em como persuadi-lo a se mandar e me deixar em paz para continuar com meu trabalho. — Uma obrigação social. Sim.

— Quero dizer, não me leve a mal, não estou dizendo que seja tão popular quanto água limpa encanada!

— Ah, não, tenho certeza disso...

— *Obrigado*. — Subitamente, ele se inclina para a frente do balcão e segura minhas mãos. — Obrigado por dizer isso, Libby. Você é uma daquelas pessoas que realmente *entendem*, não é?

— Hum... Sou?

— Que entende como as artes são realmente importantes? Que entende que atuar não é apenas um trabalho, é uma maneira de *falar diretamente com as pessoas*? É claro que é, Libby. Eu soube logo de cara, na primeira vez em que nos vimos.

Não quero dizer que na primeira vez em que nos vimos, ele só podia ter demonstrado *menos* interesse por mim se eu fosse uma meia velha sem par.

— Então, por favor — continua ele, sem largar minhas mãos. — Que tal você me falar mais sobre as minhas atuações das quais você gostou, Libby? Eu realmente adoraria ter um *feedback*... Ei, você tem uma garrafa de vinho perdida por aí em algum lugar? É sempre muito mais agradável ouvir críticas pungentes às minhas performances nada estelares quando estou ficando agradavelmente bêbado!

Agora estou ficando confusa (e minhas mãos, ainda presas entre as dele, estão ficando quentes e um pouco suadas).

Quero dizer, ele começou dizendo que queria encomendar uma joia para a esposa e agora está me pedindo para dizer a ele o que eu acho da atuação dele, usando palavras como "pungente" e sugerindo uma garrafa de vinho...

— Não, não tenho vinho nenhum. Na verdade, James, eu estava...

— Ah! Como sou idiota! — Ele está tirando a mochila de lona do ombro. — Me esqueci completamente de que tinha passado na Waitrose no meu caminho para cá e comprado algumas coisinhas para cozinhar depois. Tenho um belo vinho tinto aqui. Dois, na verdade!

Ah, *tem*, é?

Posso ser um pouquinho lenta para entender essas coisas, mas não sou idiota.

— Não quero vinho nenhum — digo com firmeza. — Para falar a verdade, James, acho melhor você...

Paro de falar. Porque acabo de ouvir um barulho do outro lado da porta divisória.

É a música dos créditos de abertura de *Geordie Shore*.

E isso só pode significar uma coisa: Marilyn está de volta.

— ...ir embora — continuo, com ainda mais firmeza do que antes. — Agora mesmo.

— Você tem uma colega de quarto ou algo assim? — pergunta James Chiquetoso, que também ouviu a TV. — Porque temos bastante vinho, se ela quiser se juntar a nós... É *ela*, certo?

— Não chegue perto dessa porta! — grito, quando ele dá um passo na direção da divisória.

— Ora, por favor. Só estou sendo simpático.

— Bem, eu preferiria que você fosse ser simpático em outro lugar. No vagão do metrô, sentido norte. Ou no banco de trás de um táxi.

— Sua colega de quarto não parece concordar.

— O quê? — Viro a cabeça bem a tempo de ver que a porta da divisória, atrás de mim, está abrindo um pouquinho. — Fique aqui! — rosno para James Chiquetoso antes de pegar na maçaneta, abrir mais um pouquinho (apesar de, mesmo assim, apenas o suficiente para conseguir passar por ela), me espremer pelo vão e fechar a porta.

Fico parada com as costas pressionadas nela, só para o caso de o filho da mãe garanhão traidor não ser confiável.

Marilyn está parada à minha frente, usando de novo apenas seu casaco de pele e uma expressão animada em seu rosto bonito e branco como a neve.

— Meu bem! — sussurra ela. — Tem um *homem* do outro lado da... Oh! Você ficou loira!

— Sim — sibilo. — Mas, Marilyn... Olha, estou supercontente por você ter voltado, mas agora não é hora de...

— Ficou formidável, meu bem. E eu estava certa, não estava? Quero dizer, cá está você, loira há pouquíssimo tempo e, veja só, de repente trouxe um homem para o seu apartamento! É ele? — continua ela alegremente. — Você sabe, aquele que fazia você se sentir como uma bolacha água-e-sal?

— Não, não é ele. E eu não o "trouxe para o meu apartamento". Ele simplesmente apareceu aqui. E é casado e totalmente detestável.

— Oh. — O rosto dela se fecha por um instante. — Olha, se você precisar que eu dê um jeito nele, eu faço isso para você, meu bem. Quero dizer, homens casados detestáveis sempre pareceram gostar de mim, por algum motivo. Na verdade, às vezes, parece que todos os homens que eu conheci são do tipo casado e detestável.

— Não! Não preciso que você dê um jeito nele, Marilyn... E, de qualquer forma — acrescento, me lembrando da minha promessa de que tentaria ser mais amiga dela e aliviada por ela ter voltado para me dar uma segunda chance de fazer isso — você vale muito mais do que qualquer cara casado detestável, sabia? Agora, vou só me livrar dele e aí nós podemos...

— Está tudo bem aí dentro? — pergunta a voz de James Chiquetoso pela porta; preocupantemente *perto* da porta, na verdade.

— Está — ralho. — E, aliás, se você abrir a porta, ligo para a Lottie tão rápido...

— Tá, tá, tá — responde ele, sua voz se afastando da porta. — Não precisa ficar toda bravinha.

— Sei que você disse que ele é detestável e casado, mas a *voz* dele é *maravilhosa* — sussurra Marilyn, sacudindo o ombro como de costume. — E que sotaque é esse? Ele também é canadense?

— *Não!* Agora, preste atenção. Você pode ficar deste lado da porta enquanto eu vou lá e me livro dele de uma vez por todas?

— Claro! — Marilyn faz uma saudação militar adorável, que faz com que seu casaco se abra. — Ops! — diz ela, dando uma risadinha, fechando displicentemente aquela coisa nojenta novamente, antes de se virar para a TV onde (eu estava certa) meia dúzia de caras de Newcastle aparentemente bêbados está saindo aos tropeços de uma boate e gritando uns para os outros. — Comprei, pela Sky Plus, uma temporada inteira desse *reality show* ontem à noite. Todo mundo é meio alaranjado e tem muita gritaria, mas eu não entendo direito por *que* eles estão gritando... ou por que todos são alaranjados, aliás.

Não é hora de perguntar como diabos ela sabe sobre a Sky Plus.

Abro a porta da divisória, me espremo por ela novamente e a fecho com firmeza.

James Chiquetoso não está perto da porta mais, graças a Deus; ele está perto do interfone.

— Hum, claro, eu acho — ele está dizendo ao interfone. — Pode subir.

— Quem é que você está autorizando — quero saber, mais irritada com ele do que nunca — a subir? Este é o *meu* apartamento! Você não pode simplesmente convidar as pessoas!

— Acalme-se — diz ele, revirando os olhos. — Era alguém dizendo que é sua irmã. — Bem, tem umas outras pessoas com ela. Acho que uma delas é um cara chamado Ned.

— Ai, meu Pai do céu... — Corro para o interfone e começo a gritar. — Não! Não! Leve sua equipe de filmagem para outro lugar, Cass!

Mas é tarde demais. Já consigo ouvir os passos, de vários pares de pés, subindo as escadas.

— Equipe de filmagem? — James está olhando para mim. — Por que diabos a irmã de alguém apareceria com uma equipe de filmagem?

— Porque ela tem seu próprio *reality show* — ralho para ele. — Por isso!

— Mas... Eu não posso... — Ele fica branco. — Não posso ser visto aqui por uma equipe de filmagem. Sou... casado.

— Um fato que provavelmente deveria ter ocorrido a você — digo — antes de você aparecer aqui com uma garrafa convenientemente recém-comprada de vinho e uma lorota das grandes sobre encomendar um colar para a sua esposa.

— Estou falando sério! Não quero nenhuma imagem minha aqui! Vou receber um mandado judicial! Mais um, digo...

— Bem, se você não quer que o filmem, sugiro que faça o que tenho pedido para você fazer há cinco minutos...

— Está bem, está bem, vou dar o fora. — Ele abre a porta da frente, parecendo mais estressado quando ouve as vozes subindo as escadas. — Não tem outra saída daqui, tem?

— A não ser que você queira saltar pela janela do quarto andar.

— Não. Certo.

— Puxe o capuz — sugiro, ficando repentinamente com pena dele, pegando a caixa vazia de pizza e entregando a ele — e leve isto. Mantenha a cabeça abaixada, e eles vão pensar que você acabou de me entregar uma pizza.

Ele parece perturbado por isso.

— Mas por que eu estaria levando uma caixa de pizza embora? E, para ser sincero com você, não acho que eu consiga passar a impressão de um cara que entrega pizzas...

— É uma emergência — digo a ele —, não uma chance de viver um personagem na vida real. Além disso, se você pode interpretar Hamlet no Teatro nacional com Sam Mendes, pode interpretar qualquer coisa.

— Tem razão — concorda ele, jogando os ombros para trás e, depois, contraditoriamente, arcando os ombros para a frente, criando uma espécie de corcunda, puxando o capuz e saindo pela porta.

Não tenho tempo para ficar pensando em por que ele tomou a decisão criativa de transformar seu entregador de pizza em um sósia do Corcunda de Notre Dame, porque, assim que começa a descer as escadas, Cass, Ned, a Mulher da Claquete, o Cara do *boom* e, é claro, o cinegrafista, passam por ele e começam a marchar para dentro do meu apartamento.

É uma marcha lenta, graças ao fato de que meu apartamento, mesmo sem o Chesterfield, é bem pequeno. Cass, que foi a primeira a passar pela porta, toda trabalhada no gloss labial, e pernas, e botas Louboutin caramelo até o joelho, precisa pausar sua fala dramática de abertura porque o cinegrafista fica preso na fila, e o cara supertatuado do *boom* fica preso na porta...

— Mais alguém achou — pergunta Ned, preenchendo o silêncio da pausa da Cass — aquele entregador de pizza superparecido com aquele ator pomposo daquele programa de detetives?

O que não é um sinal nada bom para a performance de James Chiquetoso como Hamlet no Teatro Nacional.

— Porque se a irmã também o conhece, além do Dillon O'Hara...

— Cass — interrompo Ned, antes que ele monte um enredo completo sobre mim e minha intimidade com atores famosos —, que diabos você acha que está fazendo ao trazer uma equipe de filmagem para o meu apartamento sem a minha permissão?

— Ora, ora! — Cass joga os cabelos. — Se vamos falar de *permissão*, por que você não me diz por que achou que podia ficar loira sem me perguntar primeiro?

— Por que é que eu precisaria perguntar a você primeiro?

— Porque *eu* sou a única loira desta família!

— A mãe é loira.

— Bem, isso não conta, porra! — explode ela. — A mãe tem 59 anos! Já passou da época!

— Ela tem 57.

— É seis e meia dezena.

— Como?

— É isso que a gente diz, *ora* — ralha ela —, quando a vaca estúpida com quem você está falando quer corrigir cada coisinha que você diz o tempo todo!

Acho que entendo a confusão.

— Acho que você quis dizer "seis e meia dúzia".

— Não seja ridícula. Esse negócio de "dúzia" nem *existe*.

— Oh, isso é *ótimo* — ouço Ned sussurrar com a mesma reverência de um católico devoto que acabou de ter um relance do papa em um *tour* pelo Vaticano. — Estamos filmando isso, gente?

— Enfim — continua Cass, depois de dar uma olhada em volta para checar se tanto o cinegrafista quanto o Cara do *boom* estão dentro da sala —, não era bem isso que eu queria conversar com você. Quero dizer... — Ela joga os cabelos para trás, fixa o olhar em um ponto à meia distância e repete, com sua Voz de Atriz. — Não Era Bem Isso Que Eu Queria Conversar Com Você.

— Cass, não vou entrar nessa.

— Estou Muito Preocupada Com Você, Mana.

— "Mana"? Você nunca me chama assim.

— Depois De Tudo Que Você Me Fez Passar Quando O Seu Caso Com O Dillon Terminou, Você Realmente Quer Me Causar Todo Aquele Estresse De Novo?

— Tudo que eu fiz você passar? — Por um instante, esqueço que minha única prioridade deveria ser tirar a Cass e a equipe de filmagem dali o mais rápido possível. — Sério, Cass... *Como é que é?*

— As Ligações Chorosas Intermináveis às Quatro Da Manhã...

— Eu não te liguei nenhuma vez às quatro da manhã, chorando ou não. Posso ter mandado mensagem uma vez, por volta das seis, perguntando se você estava livre para conversar.

— O Ganho De Peso... *Seu* Ganho De Peso — acrescenta ela apressadamente —, Não Meu.

— Que Deus me acuda. Mas, Cass, por que você veio aqui falar comigo — com toda essa equipe maravilhosa de filmagem ou sem ela — sobre o Dillon? Eu não estou... *namorando com ele* de novo.

Cass arfa. (Na verdade, o Ned também, e a Mulher da Claquete também, e até mesmo o Cara do *boom*.)

— Agora Você Está *Mentindo* Sobre Ele, Libby? — Ela coloca a mão na boca. — É Pior Do Que Eu Pensava.

— Certo, olha, esta realmente não é uma boa hora para nada disso — já não seria mesmo que eu não estivesse ciente do fato de que a Marilyn Monroe ainda está do outro lado daquela divisória —, e eu, na verdade, nunca concordei em participar desse *reality show*, então, se você puder simplesmente pegar as suas coisas todas e...

— *Eu Vi A Filmagem.*

— Filmagem? Que filmagem?

— Você E O Dillon Do Lado De Fora Daquele Novo Restaurante Italiano Ontem à Noite. Se Beijando.

Meu queixo cai.

— Como foi que você... Desculpe, você disse que tem uma *filmagem* disso?

Cass confirma com a cabeça, enfia a mão na bolsa (uma novíssima Chanel 2.55 *de verdade*, que eu nunca tinha visto antes; possivelmente um presente dela para si mesma, por ter sobrevivido à estadia longa e árdua na clínica de reabilitação, ou possivelmente apenas um novo acessório "essencial" para o programa) e pega o celular.

— Aqui! — declara ela, erguendo-o e tocando na tela.

É, de fato, um vídeo levemente tremido e fora de foco de mim (loiríssima) e Dillon, em pé do lado de fora do restaurante, ontem à noite. Dillon está colocando as mãos na minha cintura e se aproximando, e eu consigo sentir novamente a mesma onda de desejo arrebatador que me assolou quando o vejo me beijando... e eu o beijando de volta...

E aí me lembro de onde estou, e de que essa é uma violação escandalosa da minha privacidade.

— Foram esses caras aqui? — pergunto, apontando o dedo na direção de Ned e cia. — Nunca dei permissão a eles para me seguirem.

— Ninguém Seguiu Você, Libby. As Pessoas Só Estão Preocupadas Com Você. Eu, Acima De Todos. E Acho Que Você Precisa Saber — acrescenta Cass, engolindo um soluço impressionantemente convincente — Que Esse É Um Péssimo Momento Para Eu Lidar Com Tanto Drama, Considerando Que Estou Em Recuperação E Tudo Mais.

Respiro bem, bem fundo, me forçando a me agarrar às últimas gotas de lealdade que ainda tenho pela minha irmã e *não* gritar *VOCÊ NÃO TEM NADA DE QUE SE RECUPERAR, SUA VACA ESTÚPIDA* na frente do Ned e da equipe.

Mas antes que eu possa dizer qualquer coisa, ouço um "toc, toc, toc" do outro lado da porta divisória.

Isso é muito, muito sinistro, de fato.

— Olha, só me dê um minuto — digo, abrindo a porta, escapulindo por ela e fechando-a.

Marilyn está parada bem ao lado da porta, os olhos azuis arregalados e fixos em mim.

— Meu bem, eu *ouvi* direito?

— Ouviu o que direito?

— A TV estava um pouco alta, mas... Bem, juro que ouvi você falar alguma coisa sobre um *reality show* sendo filmado no seu apartamento.

— Hum...

— E consegui ouvir uma menina fazendo uma espécie de atuação horrível, forçada...

— Sim. Está bem. É um *reality show*.

Marilyn arfa.

— Mas, olhe, não tem nada a ver comigo. É só a minha irmã. E estou tentando fazê-los ir embora.

— *Ir embora*? — sibila ela. — Meu bem, por que é que você...

— Libby? — É a Cass, gritando pela porta fechada. — Que porra você está fazendo aí dentro?

— Só estou resolvendo uma coisa! — grito de volta.

— Podemos entrar? — pergunta a voz suave e insistente do Ned. — E filmar o que quer que seja que você está resolvendo?

— Não, não podem, cacete! — respondo. — Estou... hum... me trocando. Estou pelada, para falar a verdade. Então vocês não podem entrar.

Há um silêncio breve.

— Está bem — ouço Ned dizer, parecendo decepcionado, apesar de eu não poder dizer ao certo se é porque ele tem que parar de fazer suas filmagens maravilhosas por um tempo ou se é porque não pode entrar ali e me ver pelada. — Vamos fazer uma tomada diretamente para a câmera, então, Cassidy? Fale um pouquinho mais sobre como você está preocupada com a sua irmã e a vida amorosa tumultuada dela.

— Certo, você tem que me ajudar a arrumar o meu cabelo, meu bem! — diz Marilyn, correndo até o Chesterfield, pegando a coqueteleira e segurando-a para dar uma olhada no próprio reflexo na superfície cromada. — E me fale mais sobre o programa. Tem donas de casa? Pessoas alaranjadas? Vou precisar brigar com alguém?

— Você não pode ir lá.

— Ah! Será que eu deveria tentar encontrar um cachorrinho em algum lugar? Sabe, acho que eu me sentiria bem mais confiante se tivesse um cachorrinho...

— Marilyn, estou falando sério. Você não pode aparecer no programa.

— Mas, meu bem, você *sabe* o quanto eu quero ser uma estrela dos *reality shows*. — Ela para de ajeitar o cabelo na coqueteleira cromada, enfia a mão no bolso do casaco de pele em busca de um frasco de Chanel nº 5 e borrifa nela mesma. — Esta pode ser minha grande chance!

— Garanto a você, esta não é a sua grande chance.

— Não me diga coisas que você não sabe.

— Mas eu *sei*.

Ela me ignora e começa a me empurrar para fora do caminho.

Eu sinceramente não faço ideia do que aconteceria se ela abrisse aquela porta. Não sou nem de perto especializada o suficiente em manifestações metafísicas para conseguir chegar a alguma conclusão. Tudo que sei é que, com uma equipe completa de filmagem do outro lado, não quero arriscar.

— Marilyn — sibilo. — Estou falando sério. Eu *sei*. Sei com cem por cento de certeza. E se você fizer o que estou mandando e ficar aqui pelos próximos três minutos, eu conto exatamente como sei.

Isso, graças a *Deus*, a faz parar.

Ela fixa os olhos em mim.

— Três minutos? — pergunta ela.

— Três minutos. Enquanto eu me livro deles. E aí eu conto a você como sei que esta não é a sua grande chance. E se você não gostar da minha resposta — acrescento —, prometo que chamo a minha irmã e essa maldita equipe de filmagem dela de volta, e você pode participar do programa e ficar bem feliz. Vou até dar um pulo naquele *pet shop* a duas quadras daqui e ver se consigo um cachorrinho emprestado, está bem?

Marilyn pensa por um instante. Pensa com muito, muito afinco, com seu belo narizinho levemente enrugado, e a testa lisinha marcada de linhas.

— Está bem — concede ela. — Acho que três minutos não são nada demais.

— Ótimo. Já volto.

Abro a porta da divisória novamente, passo correndo por ela e a fecho rapidamente.

Cass está empoleirada no balcão minúsculo da cozinha, as pernas bronzeadas cruzadas sensualmente, de minissaia e botas, falando dramaticamente para a câmera.

— Quero Dizer, Obviamente, Eu Cometi Alguns Erros Na Minha Vida Amorosa Também, Mas É Simplesmente Muito, Muito Difícil, Para Mim, Ver Minha Irmã Fazer Algo Tão Estúpido Quanto Voltar A Dar Para O Dillon O'Hara...

— Certo. Basta — digo com severidade. — Vocês todos precisam ir.

— Eu achava que você estava trocando de roupa — diz Ned, parecendo levemente decepcionado por eu ter reaparecido usando o mesmo short e a mesma regata de antes, em vez de algum traje fabuloso que ele deve ter imaginado que eu estaria usando. — Podemos filmar vocês duas tendo aquela conversinha agora?

— Não. Eu já disse a você. Não vou participar disso. Ou melhor — continuo, subitamente enxergando uma oportunidade de ouro para me livrar deles. — *Talvez* eu participe outro dia, *se* vocês todos forem embora agora e me deixarem continuar com um trabalho muito, muito importante. Ah, e desde que vocês nunca mais me filmem daquele jeito sem o meu consentimento. Esteja eu jantando com o Dillon O'Hara ou... ou com o George e a Amal Clooney, está bem?

Ned está olhando fixamente para mim com aquela expressão de quem acabou de ver o Papa de novo.

— *Você conhece o George e a Amal Clooney?*

— É claro que ela não conhece! — diz Cass, descendo do balcão da cozinha e começando a caminhar na direção da porta. — Vamos deixar a Madame Chatonilda trabalhar.

— Ei, você acha que... quem sabe... *eles* topariam aparecer no programa? — Ned está perguntando enquanto a Mulher da Claquete, recuperando (ainda bem) o controle dos próprios neurônios, o pega pelo braço e o arrasta para fora do apartamento atrás da Cass. — Na verdade, talvez não ele. Não tenho certeza se ele é nosso público-alvo. Mas *ela* é ótima...

O Cara do *Boom* e o cinegrafista os seguem, calados como sempre, até o Cara do *Boom*, que é o último a sair, olhar para mim antes de fechar a porta.

— Só para constar — diz ele, em uma voz surpreendentemente suave para um homem tão grande e tão assustadoramente tatuado —, já trabalhei com o Dillon O'Hara em alguns programas durante a minha carreira. É o cara mais bacana do mundo.

— Oh! Certo. Hum...

— Mas, se um dia ele chegasse perto de qualquer filha minha, eu o castraria primeiro e faria perguntas depois.

— Bom saber. Quero dizer, não estamos namorando, como tenho tentado explicar. Mas... obrigada.

— De nada — diz ele, fechando a porta delicadamente depois de terminar de falar.

E então ficamos só eu e a Marilyn. Sozinhas de novo, graças aos céus.

Pego uma das garrafas de vinho que James Chiquetoso deixou para trás — porque, meu Pai, depois desses últimos quinze minutos, acho que preciso de uma — e pego dois copos no armário. Então, abro a porta da divisória de novo.

Marilyn está sentada no Chesterfield, olhando para a TV, que não está mais exibindo os Geordies alaranjados e barulhentos, mas o oposto disso, na verdade. Sendo que o oposto é Audrey Hepburn.

São os créditos de abertura de *Bonequinha de luxo*, e Audrey, como Holly Golightly, em uma cena que eu conheço muito bem, está passeando pela Quinta Avenida bebericando um café e mordiscando um doce folhado.

— Fiquei meio cansada de todas aquelas pessoas alaranjadas, meu bem — diz Marilyn de um jeito um tanto sonhador —, então dei uma olhada nos filmes que você tinha na Sky Plus... Minha nossa — continua ela antes que eu possa expressar minha surpresa renovada por quão bem ela já sabe mexer nos meus controles remotos —, a menina de vestido preto é muito bonita, não é mesmo?

— Sim, ela é. — Vou até ela e me sento no sofá ao seu lado, abro a garrafa de vinho e sirvo um copo para cada uma de nós. — Na verdade, ela é a mulher de quem falei algumas vezes. Audrey Hepburn.

— Você a *conhece*? — Ela se vira para olhar para mim. — Bem, eu gostaria que você a convidasse para uma das nossas noites das meninas. Adoraria que ela fizesse essa maquiagem nos meus olhos.

— Bem, ela é meio que um ícone da moda...

— E aí *eu* a convenceria a colocar uma meia-calça no sutiã — continua Marilyn. — Quero dizer, é claro que ela é basicamente a mulher mais bonita que eu já vi, mas podia ter uma ajudinha na questão peitoral.

Parte de mim quase gostaria de estar por perto se essa conversa um dia acontecesse; a outra parte iria querer sair correndo.

De qualquer forma, não é isso que é importante agora.

— A questão é, Marilyn — digo —, que o fato de eu conhecer a Audrey Hepburn... Bem, está relacionado ao que eu ia contar a você. Você sabe, como eu tenho certeza de que tudo vai dar certo para você no futuro. Digo — me corrijo, um pouquinho tarde demais —, que *a sua carreira* vai dar certo no futuro.

Marilyn puxa os joelhos até o peito, cobrindo o corpo confortavelmente com o casaco de pele, e me dá um de seus sorrisos mais calorosos.

— Acho que talvez eu tenha uma noção de como você sabe, na verdade.
— Tem?
— Claro! Você é vidente, não é?
Pisco para ela.
— Ah, está tudo bem, querida. Você não precisa ficar envergonhada nem nada assim. Já conheci videntes antes. Uma das minhas mães adotivas era vidente, para falar a verdade. E ela lia runas, também, e folhas de chá... Me conte, você não trabalha com folhas de chá, né? Porque elas nunca foram muito confiáveis para mim no passado. As que a minha mãe adotiva lia para mim sempre diziam que eu ia me casar com um homem que trabalhava com agricultura e teria nove filhos. — Ela faz uma careta. — Quero dizer, eu *acho* que ainda poderia conhecer um fazendeiro, mas não há tantos assim vivendo em Hollywood, e só de pensar em nove filhos...
— Não, não trabalho com folhas de chá. E, na verdade, Marilyn, não é tão uma coisa de *vidente*, é mais... — Respiro fundo. — Você acredita em mágica?
— Claro que acredito, meu bem! Você está falando de princesas em torres, e fadas madrinhas, e esse tipo de coisa?
— Hum... não exatamente. Essas são coisas de, bem, contos de fadas.
— Ah. Porque eu certamente acredito nessas coisas! É preciso acreditar, não é mesmo, quando somos criadas do jeito que nós fomos?
— Do jeito que *nós* fomos?
— Bem, você já me contou que tem uma mãe difícil, meu bem. E posso não ser a vidente por aqui, mas não são necessários poderes extrassensoriais para concluir que você provavelmente tem uns problemas com o seu pai também. Quer dizer, nunca se sentir boa o suficiente para um homem... Querer que esse homem de quem você gosta preste mais atenção em você... — Ela se encolhe, mas com um sorriso encantadoramente doce. — É preciso um semelhante para reconhecer outro semelhante, meu bem. Além disso, não há nada de tão errado assim em gostar de contos de fadas.
Fico momentaneamente catatônica.
— Eu... hum... não sei ao certo — coaxo, quando consigo falar — como acabamos falando sobre contos de fadas.
— Meu bem, você foi a primeira a mencionar contos de fadas! Eu ainda estou esperando para ouvir o que você tem a dizer sobre o meu futuro! Das suas runas, ou das suas folhas de chá, ou das suas visões, ou de qualquer que seja o seu método vidente. — Marilyn toma um gole de vinho e,

absurdamente, dados os coquetéis que ela me fez tomar nas últimas noites, faz uma careta. — Não vou ter que tomar mais muito disso no futuro, vou? Porque vou lhe falar uma coisa, isso acabaria ainda mais rápido comigo do que nove filhos! — Ela ri e, então, para abruptamente. — Você não vai me dizer que eu *vou* ter nove filhos, vai?

— Não. E, mais uma vez, Marilyn, eu realmente não sou...

Quer saber? Dane-se. Se ela acha que meu conhecimento acerca do futuro dela vem de meus poderes sobrenaturais, ela que pense assim. Só quero que ela saiba que os sonhos dela vão se tornar realidade, desde que ela acredite no que vou dizer a ela e pare de ser tão dura consigo mesma por ainda não ter "chegado lá". Então, não importa.

— Você tem um futuro incrível à sua frente — digo, em uma voz que, espero, seja profética o suficiente para manter crível toda aquela coisa de "vidente". — Você vai se tornar uma estrela de cinema ainda maior do que poderia imaginar. Vai estrelar filmes com Jane Russel, e Betty Grable, e Tony Curtis e, sim, Sir Laurence Olivier...

— Oh! — arfa Marilyn, colocando a mão na boca. — E Tim Holt?

— Hum... Tim o quê?

— Tim Holt. De *O tesouro de Sierra Madre*. Ah, meu bem, tenho uma queda enorme por ele! Se você pudesse me dizer que vou estrelar um filme com ele um dia, vou ser a mulher mais feliz de toda Hollywood!

— Ou de Colliers Wood.

— Ahn?

— Deixa pra lá. Bem, não tenho certeza se você vai estrelar um filme com esse Tim Holt, Marilyn... Mas esses outros que eu citei não são suficientes para você?

— Desculpe, meu bem, é claro que são. Mais que suficientes! E você realmente está falando sério quando diz que vou ser a *estrela* desses filmes? E que as pessoas vão me reconhecer aonde quer que eu vá?

— Estou falando muito sério. Você vai ser mais que famosa, Marilyn. Vai ser lendária.

Ela se afunda no Chesterfield com um suspiro feliz... não, *aliviado*.

— Ajuda um pouquinho — diz ela, com uma voz tão baixinha que eu mal consigo ouvi-la — saber que, uma vez na vida, não vou me dar mal.

— Fico feliz.

— E você sabe de mais alguma coisa sobre mim?

— Como?

— Meu futuro. — Ela dá um sorriso ansioso. — Quero dizer, obviamente não quero os nove filhos que a minha mãe adotiva sempre usava para me ameaçar, mas eu sempre achei que ter uns três ou quatro seria bacana.

Engulo em seco.

— E um homem? Vou encontrar um bom marido? Alguém que me trate bem e seja fiel e me faça... feliz?

Ainda não consigo encontrar as palavras para responder.

Porque, sinceramente, o que vou dizer a ela? Que ela morreu nua e sozinha, aos 36 anos? Que não teve nenhum filho e, apesar de ter tido três maridos, eles certamente não se qualificam naquele quesito de "tratá-la bem e fazê-la feliz" que ela está imaginando com tanta alegria?

— Meu bem? — Os olhos azuis dela piscam para mim, arregalados e esperançosos. — Você ficou terrivelmente quieta.

— Sim... — Minha garganta está seca. — Hum, desculpe, eu só estava...

— Agora você está me assustando um pouco! Você sabe de alguma coisa sobre meu futuro que é... *ruim*? — Ela pega no meu braço. — Oh, Deus, eu vou ficar *gorda* ou algo assim?

— Não, não! Não precisa se preocupar com isso! — Fico aliviada por ser uma pergunta tão ingênua, e ainda mais quando ouço o interfone tocar. Me levanto. — Melhor eu atender. Só relaxe e aproveite o seu vinho...

— Impossível, meu bem — diz ela, fazendo careta.

— ...e assista ao filme — termino, fechando a porta. — Volto em um minuto.

Percebo, enquanto caminho até o interfone e o pego, que estou piscando para conter as lágrimas.

— Pois não? — atendo, fungando, torcendo por tudo que é mais sagrado para que não seja a Cass e o Ned, voltando para um segundo *round*.

— Libby? — diz a voz de Bogdan. — É seu caro amigo, Bogdan. Posso estar subindo?

— Sim, Bogdan. — Não acho que eu já tenha ficado tão feliz assim por receber uma visita inesperada na vida. — *Por favor*. Suba.

Ele é a única pessoa que já viu a Marilyn. E eu quero desesperadamente poder conversar com alguém sobre toda essa situação bizarra.

— Estou precisando — declara ele, ofegante, quando abre a porta do apartamento alguns instantes depois — dispensar uns pesos. Essas escadas vão ser minha morte.

Obviamente, seria legal conversar sobre a situação com alguém que tivesse um domínio *um pouquinho* menos confuso do idioma...

E agora ele está olhando fixamente para mim.

— José, Maria e Menino Jesus — diz ele, usando uma expressão que aprendeu, obviamente, com o Dillon. — Você faz luzes no cabelo.

— Ah. — Coloco a mão imediatamente na cabeça. Eu tinha me esquecido completamente, com todo o resto que estava acontecendo, que essa era uma coisa que eu teria que explicar a ele. — Sim... Foi totalmente arbitrário, Bogdan.

— Arbitrário?

— Quero dizer, eu simplesmente decidi fazer em um lampejo.

— Lampejo?

— Eu não planejei — digo, por fim, mantendo as coisas o mais simples possível. — Foi uma decisão de última hora.

— Mas estou dizendo para você fazer isso há um tempão.

— Eu sei. E me desculpe. Não sei o que me motivou de repente. Mas eu estou realmente feliz que você esteja aqui agora, Bogdan, porque quero sua opinião profissional. A tintureira fez um bom trabalho?

Levemente tranquilizado, ele estende a mão para passar pelos meus cabelos. Ele faz uma cara duvidosa.

— Não é desastre *total*.

— Legal! Bom saber!

— Se estivesse me dando a honra de fazer para você, escolho tons mais acinzentados, menos caramelos.

— Claro. Mas, no geral, está bom? Quero dizer, fiquei razoável?

— Está combinando com você, Libby, sim — funga ele. — Mas não está me fazendo cair o queixo de surpresa. Sou eu que sempre estava dizendo isso. Sou voz solitária na selva. Só estou surpreso por você não estar confiando em opinião e conhecimento de *bom amigo* e colocar seu cabelo em mãos de estranho.

— Eu sei. E eu sinto muito. Nunca mais vou fazer isso de novo. — Seguro as mãos enormes e surpreendentemente macias dele. — Mas, Bogdan, ouça: preciso conversar com você sobre outra coisa que não é o meu cabelo. *Não é sobre o Dillon* — adianto, porque ele está com aquela cara que sugere que esse é exatamente o tópico da conversa que ele acha que eu vou trazer à tona. — É sobre algo bem mais importante.

— *Tem* alguma coisa mais importante?

— Acho que tem, sim, Bogdan. — Respiro fundo. — Certo, não tivemos a chance de conversar sobre isso ainda, mas... Bem, você encontrou uma menina no meu apartamento outro dia, certo?

Ele confirma com a cabeça.

— Estou ajudando ela a mudar sofá laranja horroroso de lugar.

— Certo, o que foi muito legal da sua parte. E você provavelmente pode ver pela fresta da porta — aceno com a mão na direção da porta divisória — que ela ainda está aqui, sentada nele.

— Estou vendo, sim. — Ele olha para a porta. — Tudo bem eu estar dizendo oi?

— Espere! É exatamente sobre isso que precisamos conversar! Olha, não sei quanto ela falou para você ou que conclusão você tirou de toda a situação, mas...

— Ela é Marilyn Monroe — diz Bogdan —, sim?

Fico olhando para ele.

Um ruído coaxado sai da minha boca.

— Libby?

— Sim — respondo, tentando falar novamente e mal conseguindo dessa vez. — É ela.

— Certo. Era isso que eu estava presumindo.

— Mas... Você não... Você não achou *estranho*? Quer dizer, você certamente presumiu que ela era uma sósia, ou uma *kissagram*, ou...

— *Kissagram*? O que é *kissagram*?

— Ah, é só uma coisa boba aqui da Inglaterra — respondo fracamente — em que as pessoas se vestem como alguém famoso e aparecem nas festas para dar um beijo no ou na aniversariante. Marilyn Monroe, com bastante frequência, ou Tarzan, ou James Bond... esse tipo de coisa.

— Nunca estive ouvindo falar disso antes.

— Não, é claro, mas prefiro que a gente se atenha à questão principal aqui...

— Tarzan, você diz? — As sobrancelhas dele se unem. — Dá bom dinheiro fazer esse *kissagram*, Libby?

— Não faço a menor ideia. Dê uma olhada no Google ou algo assim, quem sabe. Neste momento, eu realmente gostaria de conversar sobre o fato de que...

— Você está pensando que eu daria Tarzan mais convincente ou Bond mais convincente?

— *Bogdan!* — grito. — Pelo amor de Deus! Podemos, *por favor*, conversar sobre o fato de que a Marilyn Monroe está no meu apartamento? E de que você parece não ver nada de estranho nisso? Nada de *mágico*?

— Mas é claro — diz Bogdan calmamente — que está sendo mágico. Não estou questionando isso nem por um minuto.

— Mas... não *deveria* estar?

— Quais são outras explicações? — pergunta ele, dando de ombros. — Que estou ficando maluco? Que estou vendo fantasmas? Essas não são explicações convincentes, Libby.

— E o fato de que talvez ela seja mágica, de que eu talvez tenha um sofá mágico do Pinewood Studios: isso *é* uma explicação convincente?

Bogdan dá alguns passos em direção à porta da divisória, então para e olha para mim.

— Em Moldova — diz ele, lenta e sabiamente —, estamos tendo ditado.

Ele resmunga alguma coisa rapidamente na língua dele, depois olha para mim, esperando por uma reação.

— Hum... Como você sabe, Bogdan, meu conhecimento de moldavo não é muito vasto...

— A tradução está sendo mais ou menos assim... — Ele pensa por um instante. Seus olhos estão semicerrados. — Quando você está eliminando o que é impossível, o que está sobrando, não importa o quanto está sendo improvável, deve ser verdade.

Penso naquilo.

— Espere aí — digo, após um instante. — Isso não é do Sherlock Holmes?

— Não está importando de onde é originário! — Bogdan parece irritado. — O que estou tentando dizer é que em meu país, estamos aceitando a mágica como parte do cotidiano. Meu tio-avô, Viktor, tem poço mágico em sua fazenda. Está produzindo água mesmo no meio de Grande Seca de 55. Minha avó tem relógio mágico de avô. Sempre está parando no segundo exato da morte de um grande líder mundial: Josef Stalin, presidente Kennedy, Mahatma Gandhi...

— Isso parece bem... completo da parte dele — digo fracamente.

— E você está tendo sofá mágico. — Bogdan dá de ombros. — Não está sendo grande surpresa para mim.

— *Não?*

Ele meneia a cabeça.

— Além disso, já estive sabendo disso antes. Estive ouvindo conversa sua com Audrey Hepburn quando ela que aparecia em sofá.

O que me faz ficar parada, paralisada de surpresa, na minha metade do apartamento, enquanto Bogdan atravessa a porta divisória e segue na direção do Chesterfield.

— Boa noite — ouço-o dizer a Marilyn. — É muito prazer estar cumprimentando a senhorita de novo.

— Oh! É um enorme prazer — sussurra Marilyn, olhando para ele com seus grandes olhos azuis — estar cumprimentando você de novo também.

— Me deixe estar servindo mais vinho para você — continua ele, sentando-se no Chesterfield ao lado dela —, e podemos estar conversando. — Há uma pausa curta, preenchida apenas pelo tilintar da garrafa no copo, antes de ele continuar. — Estou só me perguntando, senhorita Monroe, você já esteve pensando em como estaria ficando morena...?

13

Hoje é o dia que combinei para ir comprar o vestido de madrinha com a Tash e a Nora.

Ao menos estou torcendo para que a Nora vá junto. Recebi uma mensagem dela ontem de manhã dizendo que ela ainda estava se sentindo um pouquinho mal, mas ela ainda não respondeu a mensagem que mandei hoje de manhã perguntando se ela estava se sentindo bem o suficiente para nos acompanhar hoje. Porque por mais legal que a Tash seja, obviamente não acho que eu e ela nos damos bem o suficiente para aguentar uma sessão inteira de almoço e compras só nós duas. Vamos nos encontrar, por sugestão da Tash, no restaurante do segundo piso da Selfridges, perto do departamento de calçados, que é um local bem mais formal do que eu teria escolhido (pensei que fôssemos simplesmente comprar um sanduíche rápido antes de a sessão de compras começar), então talvez ela tenha em mente um almoço demorado, com uns coquetéis rolando, enquanto conversamos sobre...

Bem, é isso que está me fazendo torcer desesperadamente para que a Nora também venha.

Fora nossa amizade com a Nora, não acho que eu e a Tash tenhamos muita coisa em comum.

Enfim, sou a primeira a chegar ao restaurante, então peço para o *maître* uma mesa para três (estou de dedos cruzados) e me sento, dando um descanso para os meus pés cansados, assim que meu celular bipa com uma mensagem. É o Dillon.

Almoço? Bj

Então cá estamos nós outra vez.

"*Cá*" é o lugar em que meu coração começa a palpitar e minhas mãos começam a suar com o mínimo contato vindo do Dillon.

Não posso. Bj, respondo. Porque é melhor manter as coisas curtas e diretas. Não se envolver em nada que possa se transformar em um flerte.

A resposta dele chega um instante depois.

Pena. Bj

Respondo de volta.

Pois é. Bj

Jantar? Bj

Não posso. Bj

Há uma pausa breve em nosso joguinho de poucas palavras.

Encontro? Bj

Ele está me *chamando* para um encontro ou *querendo saber* se tenho encontro?

Festa. Bj

De quem? Bj

Amigo. Bj

Outra breve pausa.

Olly? Bj

Sim. Bj

Ah. Bj

Não sei bem como responder a isso. Quero dizer, "ah" não me dá muita margem para continuar, dá? Mas estou ficando tão entusiasmada com esse joguinho que, por mais infantil que pareça, eu não quero que termine.

Ainda não cheguei a uma conclusão de como responder de um jeito engraçadinho, contudo, e já consigo ver que o *maître* está encaminhando alguém para a mesa...

Graças a Deus, é a Nora.

— Uau — diz ela, boquiaberta, antes mesmo de se sentar à mesa — Quando foi que isso aconteceu?

— Ah, o cabelo, você diz? — Coloco a mão na cabeça, inibida. — Anteontem. Gostou?

— Adorei... Quer dizer, é bem diferente, Lib, não me leve a mal... Mas eu gostei. E gosto desse *look* de mulher fatal também. — Ela aponta para minha saia-lápis e a aposta de hoje no mundo da moda da Marilyn: *twin-set*.

Bem, é um suéter preto de manga curta por baixo de um cardigã preto de algodão. Não um *twin-set de verdade*, mas minha versão de um.

Eu teria pedido a opinião da Marilyn hoje de manhã antes de sair, mas ela estava dormindo profundamente debaixo do casaco de pele no Chesterfield e eu não quis perturbá-la. Ela ficou acordada até ainda mais tarde do que eu ontem à noite, tomando coquetéis e papeando com o Bogdan enquanto eu tentava fechar o plano de negócios para o Benjamin Milne. Eu cheguei, para falar a verdade, duas vezes para ver se ela não tinha permitido que o Bogdan a deixasse morena nem nada assim, apesar de isso ter me obrigado a erguer a ponta daquele casaco de pele nojento, visto que boa parte da cabeça dela estava coberta por ele. Mas não: ela ainda estava platinada como sempre. E nua como sempre. Se ela ficar mais muito tempo, vou ter que ver se consigo persuadi-la a pegar emprestadas algumas roupas minhas ou, possivelmente, até mesmo comprar algumas peças baratinhas na ASOS ou algo assim.

— Lib?

— Ahn?

— Você está viajando.

— Desculpe... Eu só estava... Você também está ótima — digo, quando Nora se senta de frente para mim. (Isso é uma mentirinha boba, porque ela está um tanto pálida e com olheiras debaixo dos olhos, mas não vou dizer isso a ela.) — Está se sentindo melhor?

— Sim. Melhorzinha, de qualquer forma. — Ela olha para as próprias mãos por um instante. — Eu não sabia se você sabia que eu não estava bem. Quer dizer, fora a mensagem que você mandou hoje de manhã perguntando se eu vinha hoje, você não ligou e nem mandou mensagem desde que nos vimos, na segunda passada.

— Meu Deus, Nora, você tem razão. Me desculpe mesmo. Eu tenho estado tão ocupada...

— Está tudo bem. E eu pretendia responder sua mensagem hoje de manhã, mas estava no restaurante ajudando o Olly a pendurar quadros nas paredes e não deu tempo.

Meu coração vai parar na boca.

Porque eu não apenas me esqueci da Nora enquanto ela está aqui em Londres e passando mal, mas também me esqueci do Olly.

— *Merda*. Era para eu ter ido ao restaurante hoje e ajudado com isso!

— Ah. — Nora coloca a mão no cesto de pães e pega um pedaço de *focaccia*. — Talvez seja por isso que ele parecia meio de mau humor esta manhã.

— Oh, Deus.

— Bem, ele tem estado um pouco estressado com toda essa inauguração nos últimos dias, então talvez seja só isso.

— Ele tem estado estressado? — Fico olhando para ela. — Eu achei que estava tudo sob controle.

— Ora, Lib. Você conhece o Olly. Ele não vai *admitir* se estiver estressado. Você precisa simplesmente meio que... perceber.

— Mas eu disse a ele que ele deveria me ligar se precisasse de apoio moral...

— Certo. Mas talvez — diz Nora, com delicadeza, mas com firmeza — ele tenha pensado que era melhor não incomodar você. Se você estava fazendo alguma coisa tão importante que se esqueceu de dar um pulo lá sendo que tinha prometido que iria, ele não iria ligar.

Uma culpa ardente me queima por dentro.

— Eu não estava fazendo nada importante — resmungo. — Quer dizer, estava, de certa forma — era um plano de negócios para um possível investidor —, mas podia ter esperado mais um dia.

— Oooh, isso parece animador! Mas você provavelmente deveria contar isso ao Olly, só para ele saber porque você tem sido um pouco... não confiável...

Isso machuca.

— Eu sou confiável! Sempre estou à disposição das pessoas quando elas precisam de mim! Minha irmã... Você... Tudo bem, eu admito que decepcionei o Olly um pouco nesses últimos tempos... e é claro que eu deveria ter ligado para você quando soube que você estava doente... — Divago, então olho para Nora, me sentindo um pouco chocada. — Ele está bem? Está tudo pronto no restaurante? Você acha — acrescento, ansiosa — que ele vai me perdoar?

— Tenho certeza que sim. Você sabe como ele se sente com relação a você, Libby. — Nora se entretém com o cesto de pães e pega mais um pedaço de *focaccia*. — Ei, isso me lembra. Não sei que fim teve a sua surpresa para o Adam aquela noite.

Por que falar sobre a minha amizade com o Olly a lembrou do Adam, eu não sei.

— Ele ficou totalmente perplexo quando te viu? — continua ela.

— Hum... Sim, de certa forma...

Essa não é uma mentirinha branca sobre ela estar ótima quando, na verdade, está pálida e cansada. Quero dizer, não posso ficar sentada aqui com a minha melhor amiga e *não* contar, enquanto a atualizo quanto à situação do meu relacionamento com o Adam, que eu talvez tenha começado a nutrir sentimentos pelo Dillon O'Hara novamente.

Dillon O'Hara que, incidentalmente, acaba de me mandar mais uma mensagem de uma palavra só.
Aproveite.
Dessa vez, não tem *bj*.
Será que ele se *esqueceu* do *bj*?
Ou deliberadamente não escreveu porque... Por quê? Ele está zangado por eu não poder almoçar *nem* jantar?
Bem, isso seria infantil da parte dele. Ainda mais infantil do que esse joguinho bobo de poucas palavras que temos jogado, que parece subitamente bobo, agora, do jeito errado.
— Libby? — Nora parece irritada. — Você está viajando de novo!
— Desculpe...
Mas a atenção na Nora é repentinamente desviada da nossa conversa quando ela começa a acenar por cima do meu ombro.
— Tash! — grita ela. — Tash, aqui!
Porque a Tash acaba de chegar, parecendo sofisticada-porém-estival de bermuda azul-marinho na altura dos joelhos, blusa impecável e espadrille com salto anabela maravilhosas, seus cabelos loiros ondulados presos na parte de trás da cabeça.
— Meninas! — diz ela, dando um beijo em cada lado do rosto de nós duas quando chega à mesa. — Como vão vocês neste lindo dia?
Como, *como* ela consegue ser tão animada o tempo todo? É quase como se ela literalmente não tivesse nenhuma preocupação na vida; nenhuma ansiedade corrosiva quanto aos seus relacionamentos, ou amizades, ou a decepcionar pessoas... O que provavelmente se dá porque ela *não* decepciona pessoas, para ser justa. Não imagino que a Tash seja o tipo de pessoa que promete a alguém que vai fazer uma coisa e não faz. Convenhamos, ela ajudou o Olly esta semana mais do que eu e nem é uma das amigas mais antigas dele.
— Nora? — acrescenta ela. — Está se sentindo bem?
— Sim. Como foi a conferência esta manhã?
— Oh, *Deus*. — Tash se senta pesadamente na cadeira ao meu lado. — O Callum Sutherland insistiu em sentar ao meu lado.
— *Não*. — Nora solta um grunhido. — Tadinha de você. Ele disse alguma coisa nojenta?
— Não, mas sentou desconfortavelmente perto demais e ficava acidentalmente-de-propósito se mexendo na cadeira para que os nossos joelhos

se tocassem. Percebi de repente que deve ter sido assim para você quando aquela vez em que ele a encurralou na festa de Natal. E eu nem sequer podia exibir um anel de noivado veladamente ou mencionar o "meu noivo" na conversa volta e meia, só para fazê-lo recuar um pouquinho.

— Callum Sutherland é um dos consultores sênior do departamento da Tash — esclarece Nora, caso eu esteja me sentindo excluída da conversa, suponho. — E um pervertido total.

— Com uma queda por loiras — acrescenta Tash, suspirando, antes de acrescentar: — Meu Deus! Acabei de reparar que você está loira, Lib!

— Não ficou fabuloso? — pergunta Nora.

— Ficou! Uau! O que fez você decidir fazer isso de repente? Oh, não... — Tash dá uma olhada teatral para a Nora. — Não foi a "noivazilla" aqui, foi? Baixando um decreto de que todas as madrinhas dela devem ter a mesma cor de cabelo?

Nora ri.

— É bem diferente do seu tom — digo a Tash.

— Na verdade, acho que é bem parecido. — Tash me analisa mais de perto. — Você não acha, Nora?

— Bem, sim, agora que você falou, é bastante idêntico. Mandou bem, Lib. Obrigada por satisfazer o desejo da minha "noivazilla" enrustida de ter madrinhas combinando.

— Bem, falando de madrinhas combinando — diz Tash, abaixando-se e colocando a mão na bolsa. — Vi alguns vestidos Reiss de que eu realmente gostei nesta revista, então talvez faça sentido irmos direto nessa seção da loja depois de almoçarmos...

As duas começam a folhear o exemplar de *Grazia* que ela acaba de pegar, o que me dá um instante para refletir sobre o que elas acabaram de falar sobre o meu cabelo.

Quero dizer, *não* é idêntico ao da Tash.

E, se for, obviamente é uma coincidência. Não quero copiá-la. Sim, ela é muito bonita, como vivo dizendo, obviamente muito legal, então copiá-la não seria nada mal, se fosse essa a intenção... Mas não era. Não tenho motivo algum para copiar a Tash. O fato de que eu agora tenho um cabelo parecido é meramente um capricho do pincel da colorista. Quero dizer, francamente, quantos tons diferentes de loiro *existem*, afinal de contas? Basicamente ou seu cabelo é um loiro escuro sofisticado, como a Jennifer Aniston, ou loiro platinado sexy, como minha queridíssima Marilyn, ou loiro agradável, cotidiano, manteiga-e-mel, como a Tash.

E, agora, como eu.

— Gostei muito deste azul aqui — diz Nora, apontando para uma foto na revista. — Você ficaria linda nele, Tash.

— Mesmo? Não acha que é um pouco sexy demais, com essa fenda na saia? Para um vestido de madrinha, digo.

— Quem disse que eu não quero madrinhas sexys? — diz Nora, sorrindo. — Já tenho a novíssima loira gostosa, Libby, aqui, por quem eu tenho bastante certeza de que o Mark vai me trocar em algum momento da noite. Posso muito bem persuadir você a detonar tudo com uma fenda até a coxa, para que você acabe se juntado com um dos padrinhos. Vou dar um pulo no banheiro — acrescenta ela, aleatoriamente, levantando com uma pressa repentina que me faz pensar que ela ainda não está tão bem do estômago quanto ela alega. — Peçam uma água com gás para mim, por favor, volto em um minuto.

Tash, de seu jeito tipicamente organizado, chama uma garçonete, pede uma garrafa de água com gás e "uma taça de champanhe para mim e para você, né, Libby?", e aí se vira para mim, assim que a garçonete se afasta, para dizer:

— Bem, se já estamos dividindo os padrinhos, você precisa deixar o irmão da Nora para mim.

— O Olly?

— Esse mesmo!

Pisco para ela.

— Desculpe... Você gosta... do Olly?

— *Céus*, sim. Ele é maravilhoso. Você não acha que ele é maravilhoso?

— Hum... Suponho que sim...

— Gostei dele desde o primeiro dia que o vi, para ser sincera. Esse foi um dos motivos pelos quais eu agarrei na hora a chance de ficar na casa dele e ajudá-lo esta semana, quando eu soube que estaria aqui na mesma época para a conferência. — Os olhos dela ficam sonhadores por um momento. — Quero dizer, ele é tão alto e tão bonito... e sabe cozinhar! Minha mãe sempre me disse: escolha um homem que saiba cozinhar. Meu pai não sabe nem fazer um ovo cozido. Quero dizer, ele *literalmente* não sabe fazer ovo cozido. Na única vez que ele tentou, ele colocou os ovos na chaleira, e na chaleira vazia, por sinal... O que me lembra — continua ela, pegando um pãozinho no cesto que Nora praticamente dizimou —, por falar em comida, nós duas deveríamos começar a conversar sobre onde jantar na despedida de solteira da Nora.

— Ah! — Ainda estou um pouco atordoada pelo fato de que ela está de olho no Olly. — Hum... — Tento me recompor. — Tive algumas ideias para a despedida de solteira, para falar a verdade...

E o que eu estava pensando para a despedida de solteira — ela gosta do Olly? *É sério?* — era algo mais ou menos assim: um piquenique na hora do almoço nos jardins de Kensington, onde a Nora e o Mark foram dar um passeio em seu primeiro encontro oficial, dez anos atrás. Depois, ir para a casa dos pais da Nora em Chiswick, para tomar um chá da tarde caseiro com rodadas de champanhe no jardim onde o Mark a pediu em casamento; todo mundo se reunindo no antigo quarto da Nora ouvindo um pop brega no antigo e amado tocador de CDs dela e, depois, seguir em uma frota de táxis até Clapham para um jantar grandioso, relaxado e regado a álcool em uma mesa enorme no restaurante de nome misterioso do Olly antes de irmos para um bar na avenida Clapham. Um bar no qual, decidi em um momento de inspiração algumas semanas atrás, eu vou combinar previamente com os funcionários para trazer uma rodada atrás da outra de um coquetel novíssimo chamado "Nora Em Chamas", em homenagem às noites que eu e Nora curtimos uma vez quando passamos as férias na Grécia, bebendo coquetéis flamejantes suspeitos e sendo cortejadas pelos nativos em uma vila de pescadores pacata.

Olly?

— Ótimo! — Tash sorri para mim. — Porque eu estava pensando em fazer uma listinha com algumas opções e mandar para você por e-mail para ver o que você acha. A Nora estava querendo fazer no terceiro sábado de julho, se você achar que é tempo suficiente para reunir todo mundo. A maioria das amigas dela está em Glasgow, obviamente, mas você vai precisar agendar um voo de Londres e tem as irmãs dela também... Tudo bem, Nora? — pergunta ela, de repente, quando a Nora reaparece e se afunda na cadeira.

— Sim. Tudo bem. Não me diga que vocês duas estão discutindo a despedida de solteira também.

Eu não chamaria de "discussão", mas de "monólogo", penso, mas não digo. O que é cruel até de pensar, quanto mais soltar em um almoço pré-casamento com nossa amiga em comum, a noiva.

Mas admito: estou me sentindo seriamente jogada para escanteio agora. Porque, tudo bem, talvez seja uma solução mais prática (apesar de menos pessoal e romântica) fazer a despedida de solteira na Escócia em vez de aqui em Londres. Mas não seria legal ter chegado a essa conclusão no fim de uma conversa de verdade? Ou, indo direto ao ponto, que a Nora tivesse, em algum momento, mencionado para mim que tinha pedido para a Tash organizar a despedida de solteira comigo?

E não é como se a Nora tivesse a desculpa de que acha que sou desorganizada e incompetente demais para fazer um bom trabalho. A festa-surpresa de 21 anos que eu e o Olly organizamos para ela na casa dos pais deles foi um sucesso... Teve, também, a comemoração de formatura que eu e o Olly organizamos juntos para ela em cima da hora, na noite do dia em que ela descobriu que tinha se formado com honras, no bar preferido dela, na época, no Soho... Sem contar o jantar de noivado superelegante que (mais uma vez) o Olly e eu organizamos para ela e o Mark no apartamento dele...

O Olly, de quem — desculpe, mas ainda não consigo digerir isso — a Tash disse que *gosta*?

É tudo... bem, um pouco demais.

O que — de repente me ocorre — é o problema que tenho com a Tash: que ela é um pouquinho *demais*.

Porque admito: acho que tenho mesmo um probleminha com ela. Um que até que não estou tendo tanta dificuldade em assumir que tenho, dados os últimos acontecimentos. Sim, ela é gentil, e divertida, e bonita, e inteligente, e todas essas malditas coisas com as quais as fadas madrinha abençoam suas afilhadas nos contos de fadas. Mas isso de se apropriar da despedida de solteira, e usurpar as funções de madrinha, e... e... *gostar do Olly*... é um pouco demais. Um pouco sufocante.

E tudo isso faz com que eu me sinta uma terceira roda em uma bicicleta de duas.

Estou acostumada a me sentir assim na minha vida amorosa. Mas não estou acostumada a vivenciar isso com a Nora.

— Não se preocupe — Tash está dizendo para a Nora agora. — Vai ser tudo bem tranquilo e moderado.

— Claro, mas não queremos que seja moderado *demais* — digo. — Quero dizer, várias das suas irmãs vão ficar seriamente chateadas se não chutarmos o balde em *algum momento* da noite, não vão?

— Ah, não sei, Lib. Prefiro não fazer nada muito espalhafatoso. Não tão perto do casamento.

— Sim, claro. Não estou sugerindo que a gente pegue um avião para Praga, beba litros e mais litros de cerveja e acabe presa por fazer xixi na estátua de algum grande líder revolucionário. — (Isso me vem à cabeça por causa de uma festa só para homens à qual o Dillon foi durante o nosso relacionamento.) — Só acho que seria bacana bater cabelo um pouquinho.

— Cabelo! — Nora se volta subitamente para Tash. — Merda, isso me lembra uma coisa! Preciso trocar meu voo para amanhã de manhã!

— Achei que você só fosse embora sábado à tarde — digo.

— Eu ia, mas tive que que trocar o dia do teste do cabelo para amanhã à noite em vez de sexta que vem. Vou precisar de uma sessão de três horas, no lugar de duas, agora que a cabeleireira precisa trabalhar com o véu também, e amanhã era o único dia que ela tinha todo esse tempo livre.

— Véu? — Estou confusa. — Eu achava que você tinha decidido não usar véu, um tempão atrás, porque achava que ia engolir o vestido.

— Sim, mas... Bem, eu comprei um outro vestido, Lib. Não te contei?

— Como é?

— Ah, não se preocupe, já consegui devolver o original. Por sorte, eu ainda não tinha subido a barra nem encurtado as mangas...

— Mas aquele vestido ficava deslumbrante em você! — Fico olhando para ela. — O que fez você mudar de ideia?

— Mas o vestido novo é deslumbrante também — diz Tash.

— Você já viu? — pergunto, mais bruscamente do que eu pretendia.

— Bem, sim, eu a ajudei a escolher. — Tash faz uma pausa porque a garçonete acaba de trazer nossas bebidas. — É tão maravilhoso quanto o primeiro que você a ajudou a escolher, Libby, sinceramente... Renda marfim e cintura império...

— Cintura império? Mas você queria corte enviesado — digo a Nora.

— Todos os vestidos que você provou antes eram enviesados! Eu até tentei fazer você provar um de cintura império, e você se recusou porque disse que as pessoas poderiam pensar que você estava...

Paro de falar.

Nora está ficando vermelha.

— Você *não* está — digo.

Nora está ficando ainda mais vermelha. Ela limpa a garganta.

— Nove semanas — conta ela.

— Quase dez — diz Tash —, não é?

Espere aí: a *Tash sabia*? E eu, não?

Não, não, não, Libby. *Não*. Não é — nem de *longe* — o que importa agora.

— Nora! Isso é *incrível*!

Me levanto, vou até ela e a puxo em um abraço forte e bastante apertado.

— Como você está? Quero dizer, como está se sentindo? E, meu Deus, é por isso que você só está tomando água com gás, né? E você não estava com uma infecção estomacal a semana toda...

— Me sinto cansada, na maior parte do tempo, e só. Mas estou bem. Isto é, quando não estou entrando em pânico.

Me recosto na cadeira e olho para ela.

— Você não está feliz?

— Não. Digo, sim, estou feliz! Muito feliz. É só que o problema é a época péssima para isso acontecer... Quero dizer, o trabalho está ainda mais corrido do que nunca e... Bem, ainda não contamos às nossas famílias, para falar a verdade, mas você sabe como a família do Mark é tradicional. Eu vou estar grávida de quinze semanas no dia do casamento!

— Mal vai aparecer — diz Tash. — Especialmente agora que você não vai usar o vestido justo.

— E vou me esconder debaixo do maior véu que conseguir encontrar — acrescenta Nora. — Para falar a verdade, talvez, quando resolvermos a questão do seu vestido, Tash, podemos dar um pulo em algumas lojas de noivas na rua Chiltern para ver se elas têm algum véu com preço razoável que eu possa levar para casa amanhã.

— Você pode pegar emprestado o véu da minha avó — solto.

Nora pisca para mim.

— Sua vó Judith?

— Não. A mãe do meu pai. Ela me deu o véu dela para eu usar um dia... — *Quando me casar com o Olly*, quase acrescento, só porque estou completamente farta da Tash, depois dessa revelação da gravidez secreta que não era secreta para ela. Mas não falo nada porque iria soar estranho, e potencialmente assustaria a Nora, e não quero assustá-la. — É deslumbrante — continuo — e gigantesco, então faria um bom trabalho cobrindo qualquer coisa que você queira esconder.

— Oh, nossa, Libby, isso seria incrível... Mas, se é uma herança de família...

— Você é da família — digo, com mais constrangimento do que eu normalmente diria isso. — Além disso, pode ser a sua Coisa Emprestada. A não ser — dou uma olhada para Tash ao dizer isso — que você já tenha sua Coisa Emprestada resolvida e tudo mais, é claro.

— É claro que não tenho. Libby, isso parece fantástico!

Nora se estica para retribuir meu abraço.

— Posso levar para a festa hoje à noite — digo — ou você pode passar lá em casa amanhã para pegar, dependendo de que horas for o seu voo para casa.

— Céus, não, Lib, não leve para a festa. Vai ter vinho tinto e coquetéis de frutas por todos os lados! Vou buscar amanhã cedinho. Mal posso esperar para vê-lo! Aposto que é lindo, se é da sua avó. A avó da Libby é *superestilosa* — diz ela à Tash. — Fomos passar uma semana com ela quando tínhamos acabado de terminar o Ensino Fundamental, e ela é uma mulher absolutamente incrível…

Volto para a minha cadeira, pego o cardápio e começo a estudá-lo minuciosamente, enquanto a Tash, para ser justa com ela, fica sentada ouvindo, com seu entusiasmo de costume, a longa descrição de Nora daquele verão e das roupas da coleção valiosa, digna de estrelas do cinema da minha avó que ela nos deixou experimentar, e das taças de champanhe rosé que ela nos ofereceu antes de "descer para jantar".

Por outro lado, é claro que ela age dessa forma, porque a Tash é do tipo de amiga ideal que demonstra interesse real por qualquer coisa que você tenha a contar a ela.

Gravidez e tudo mais.

Porque é claro, se tudo correr conforme os planos para a Tash, como tenho certeza de que vai acontecer, ela não vai apenas ser a amiga que foi escolhida para ser a primeira a saber sobre a notícia do bebê. Ela também vai acabar sendo a titia dele.

14

Acabou sendo uma longa — muito, muito longa — tarde de compras de vestidos de madrinha.

A Tash parecia querer fazer um trabalho tão completo que era necessário provar três vestidos de cada marca na Selfridges, e a Nora alegou que a distração a estava fazendo se sentir melhor do que ela se sentia há dias, e mesmo depois de a Tash ter escolhido um vestido azul-escuro estilo formatura da LK Bennett (que ficou deslumbrante nela, por sinal), ainda era necessário procurar sapatos que combinassem...

Quando chego em casa, são seis horas e preciso começar a me mexer se quiser ficar pronta a tempo para a festa do Olly no... bem, no restaurante de nome misterioso.

— Marilyn? — grito quando fecho a porta do apartamento. — Você está aqui? Preciso de...

As palavras "ajuda para me arrumar" somem da minha boca.

O Chesterfield voltou para meu próprio apartamento. E a Marilyn Monroe está sentada nele. E mesmo que isso não pareça muito surpreendente, acredite, é. Porque ela não está mais enrolada no casaco de pele de marta branco ou com um roupão felpudo e turbante.

Ela está usando aquele vestido de cetim rosa-choque, com as luvas combinando, de *Os homens preferem as loiras*, com a gargantilha e os braceletes de zircônia e — o que me remete a lembranças do portão de segurança do Fritz — brincos estilo candelabro. O cabelo dela, se é que isso é possível, está mais loiro do que nunca e afofado como uma nuvem platinada em torno de sua cabeça, e a maquiagem — lábios vermelhos brilhantes, cílios grossos — tem um brilho profissional, como se tivesse levado um bom tempo na frente do maquiador para deixá-la assim.

Ela se levanta assim que me vê, seu rosto se abrindo em um de seus sorrisos deslumbrantes.

— *Meu bem* — sussurra ela. — Oh, como estou feliz em ver você!

— Marilyn! Você está...

— Quanto tempo *faz*? Três anos? Quatro?

— Hum. — Pisco para ela. — Como?

— Bem, não importa quanto tempo passou, parece que foi ontem, não parece?

— É porque... *foi* ontem.

— Oh, meu bem. Você sempre foi divertida! — Ela se recosta no Chesterfield, dobrando delicadamente o laço enorme nas costas do vestido embaixo dela e passa a mão em uma almofada para que eu vá até lá e me sente ao lado dela. — Sei que tenho sido relapsa em manter contato, mas eu senti a sua falta, sabia? E quero saber tudo sobre como você tem passado e como está a sua carreira no ramo das joias... Aaah, e mais importante de tudo: o que aconteceu com aquele rapaz de quem você gostava. Aquele que achava que você era um biscoito maisena.

— Água-e-sal.

— Oh, não seria água com açúcar, meu bem? É para você se acalmar? Sei que é um assunto delicado para você.

— Não, não foi isso que... Marilyn, olha, você tem noção de que foi ontem mesmo que nós nos vimos pela última vez? Você assistiu a *Bonequinha de luxo* no meu sofá? O Bogdan veio aqui e conversou com você sobre o seu cabelo?

— Bogdan! Eu também tinha me esquecido completamente dele! Ele era aquele seu amigo frutinha, certo? Só que você não gostava que eu o chamasse de frutinha, não é? Minha nossa, estou lembrando de tudo agora! Suas manias canadenses engraçadas e todas aquelas lembranças formidáveis que tivemos neste apartamento minúsculo... Sabe, moro em um apartamento bem maior agora, obviamente, mas não acho que eu tenha gostado mais de morar em algum lugar do que aqui.

Marilyn dá uma olhada em volta, com carinho, para as paredes desgastadas, a parte bagunçada do quarto e a parte com um armário e duas bocas de gás que funcionam como cozinha.

— Que bom... Que bom — murmuro.

Certo, ainda estou tentando assimilar o fato de que ela parece totalmente convencida de que anos se passaram desde a última vez que nos vimos, ao passo que estou igualmente convencida de que a última vez em que a vi ela estava dormindo neste mesmo sofá quando saí hoje de manhã.

Apesar de que, pensando bem, não tenho plena certeza de por que isso deveria me incomodar mais do que o fato de ela ter aparecido no meu sofá. Isto é, visto que ela é praticamente tão real quanto um unicórnio sendo montado por uma fada das flores. Suponho que não haja motivo algum para ela não poder se materializar no Chesterfield basicamente na fase da vida que desejar. (O que me deixa um pouquinho receosa, contudo, de que eu acabe com a Marilyn drogada e cronicamente neurótica dos últimos anos de sua vida na próxima vez que ela me visitar.) De qualquer forma, acho que a melhor coisa agora é simplesmente entrar na onda. Quer dizer, eu *poderia* ficar sentada aqui tentando insistir que não faz nem 24 horas desde a última vez que nos falamos, mas, baseada nas últimas conversas que tentei ter com a Marilyn sobre a peculiaridade dessa situação, não acho que irei muito longe.

— Então! Você... hum... conseguiu? — continuo, aponto para o traje cor-de-rosa dela. — Em Hollywood, digo. Essa é uma roupa de um dos seus filmes, não é? Com Jane Russell?

— Isso mesmo, meu bem! — Ela sorri para mim. — *Os homens preferem as loiras*! Você já viu? Tive algumas críticas bastante boas, e o pessoal de Hollywood tem sido muito bacana com relação a tudo, mas ainda não me atrevi a perguntar a ninguém que realmente me conhece o que eles acharam. — Ela pisca os cílios longos, parecendo subitamente tímida. — Você acha que eu fui bem?

— Você foi maravilhosa, Marilyn.

— Mesmo?

— *Mesmo*.

— Oh, meu bem. Você não sabe o quanto isso significa para mim. — Os olhos azuis dela se enchem de lágrimas. — É tão bom ouvir isso de alguém que me conheceu antes dessa loucura toda começar... Porque as coisas estão *realmente* uma loucura para mim ultimamente, sabe? Quero dizer, é parcialmente por isso que eu estava, há tanto tempo, querendo voltar e ver você: para lhe dizer que você estava certa!

— Certa?

— As suas previsões, meu bem! Toda aquela coisa de vidente! Fiz filmes com todas aquelas pessoas que você falou: Jane Russell, obviamente, e acabei de gravar uma comédia com Lauren Bacall e Betty Grable, entre todas as pessoas...! Tudo acabou positivamente excepcional!

— Ah, hum, bem, você sabe. Eu sempre soube que você nasceu para isso, Marilyn.

— Meu bem, não precisa dar uma de canadense e ficar toda modesta! Você tem um dom incrível. Na verdade, se eu fosse você, estaria pensando em desistir de fazer joias e me concentraria em uma carreira em tempo integral como vidente. Digo, sem ofensas, meu bem, mas se você ainda está morando neste cubículo três anos depois, por mais bonitinho que seja, parece que o negócio das joias não está indo tão bem assim.

— Na verdade...

— E você poderia cobrar quanto quisesses como uma vidente autêntica, meu bem! Tenho zilhões de amigos em Hollywood hoje em dia que dariam um braço para saber o que aconteceria com eles no futuro... Bem... — acrescenta ela, uma expressão fugaz de tristeza passa por seu rosto. — Não sei se eu posso chamá-los de *amigos*, necessariamente. Quero dizer, é claro, as pessoas são superlegais comigo hoje em dia, mas às vezes é difícil dizer se eles estão sendo legais comigo por minha causa ou só porque querem ser amigos, você sabe. *Dela*. Marilyn Monroe.

— Não. Eu entendo. — Me estico para fazer um carinho na mão dela, mas, me sentindo repentinamente desconfortável por estar tocando em um ícone das telas tão deslumbrante, meio que me conformo em passar a mão pela barra da luva dela. — Mas tenho certeza de que eles gostam de você por causa de você mesma, Marilyn. Só seja você mesma, e não consigo nem imaginar quem não gostaria.

Ela não responde nada por um momento. Depois, respira fundo, sacode os ombros e sorri de novo.

— Tem apenas um aspecto dos seus dons psíquicos que acho que você precisa trabalhar, meu bem, e tem a ver com romance. Você não previu que eu ia me casar com um fazendeiro ou algo assim?

— Não, acho que foi a sua mãe adotiva.

Mas ela não está ouvindo. Seus olhos se iluminaram e a linguagem corporal dela ficou recatada.

— Porque eu conheci alguém, meu bem, e ele com toda certeza não é fazendeiro! Olha, não posso entrar em *muitos* detalhes, porque ele meio que gosta de ser reservado e não gosta de todo aquele circo que se monta por estar comigo... Mas ele é um *atleta muito, muito famoso, sim, senhor!*

— Joe DiMaggio — solto, antes de conseguir me interromper.

— Oh! Você já viu uma foto nossa juntos, então?

— Isso. Uma foto.

— Esses malditos jornalistas! Eles deixam o pobrezinho do Joe totalmente maluco! Eu mesma não me importo tanto, se eles querem uma foto minha, não vou negar, mas o Joe diz que não está disposto a lidar com isso. E é preciso manter seu homem feliz, certo? Caso contrário, eles vão embora.

— Hum...

— E acredite em mim, meu bem, esse homem vale o sacrifício! Se nos casarmos, quer dizer, ele ainda não me pediu em casamento, é claro, acho que eu não teria problema algum em abrir mão de toda essa coisa de Hollywood. Isto é, depois de mais uns dois anos. Deixaria tudo para trás e, depois, me acomodaria com meu homem e aquelas crianças de que eu costumava falar... Você lembra?

— Sim, lembro. Mas, Marilyn, você não acha...

— Eu iria adorar que você o conhecesse um dia, bem em breve — continua — para você ver do que estou falando. Falei um monte de você para ele também.

Pensar em Marilyn Monroe contando a um Joe DiMaggio espectral tudo quanto é tipo de fofoca a meu respeito é simplesmente esquisito demais para eu compreender, para ser sincera.

— Afinal, você ainda é a melhor amiga que eu já tive — acrescenta Marilyn, quase timidamente. — Eu realmente sentia que você se importava comigo enquanto morávamos juntas.

— Eu me importava, sim — digo, surpresa, porque estou me sentindo uma amiga bastante péssima agora e é inesperado ouvir que a Marilyn não pensa assim, mesmo que os padrões de amizade feminina dela sejam reconhecidamente baixos. — Fico muito feliz de saber que você achava isso — continuo. — Eu estava, para falar a verdade, preocupada que eu estivesse distraída demais para ser uma boa amiga para você. Quer dizer, eu dei bolo em você esses dias... Hum, digo, *uma vez* para sair com o cara de quem eu gostava. E deixava você sozinha aqui um tempão enquanto corria a cidade fazendo outras coisas...

— Está brincando comigo, meu bem? — sussurra ela. — O tempo que passei morando aqui foram alguns dos dias mais felizes da minha vida!

Não pondero que foram, do meu ponto de vista, bastante literalmente, *dias* mesmo, porque ela não para de falar.

— Quero dizer, eu tive uma infância terrível, sabe? Mudava de casa como uma cigana, e nenhum lugar parecia um lar para mim. Mas este lugarzinho engraçado *parecia* um lar. E boa parte disso se dava por sua causa. Eu gostava que você me ouvia. Gostava que você me levava a sério. Gostava que você parecia achar que eu importava.

Deveria ser ótimo ouvir isso. Mas não é. Só está me fazendo perceber o quanto eu me distanciei, desde que o Dillon apareceu na minha vida, da pessoa que eu costumava ser.

Porque não foi apenas nessa última semana, desde o reaparecimento do Dillon, que eu decepcionei o Olly. Tenho estado tão ocupada tentando *me manter ocupada* nesses últimos dolorosos meses que não estive nem de longe tão envolvida com o restaurante quanto deveria. Quer dizer, mesmo naquela primeira vez em que eu visitei o local, dois meses atrás, com uma garrafa comemorativa de champanhe, acabei indo embora com o Adam e me jogando de cabeça em um relacionamento com ele nas semanas seguintes. Não estive à disposição do Olly desde o princípio. E também não tenho sido a melhor amiga do mundo para a Nora. Eu devia ter assumido o comando da despedida de solteira dela semanas atrás, devia ter ligado para ela com mais frequência, só para ver se estava tudo bem. E agora que ela está aqui em Londres, apesar de todos os meus planos frustrados de ter uma chance de conversar direito com ela enquanto tomávamos algumas garrafas de vinho (ou mesmo água com gás, dada a situação atual dela), eu nem sequer tinha mandando uma mensagem para ela até querer saber se ela ia me deixar sozinha com a Tash ou não.

Não tenho sido apenas uma amiga ruim. Tenho sido uma amiga inexistente.

Depois de todos esses anos tendo uma família não existente, acabei, de alguma forma, tendo o mesmo comportamento de merda com as exatas pessoas que têm sido minha família esse tempo todo. As pessoas cuja opinião realmente importa para mim.

— Meu bem? Eu disse algo errado?

— Não... Você não disse nada errado, Marilyn. — Me levanto. — Estou muito feliz que você tenha dito o que disse. E eu adoraria continuar conversando aqui com você por mais tempo, mas não posso, de jeito nenhum, arriscar me atrasar para a festa à qual eu vou esta noite.

— Oooh, uma festa! — Marilyn sacode o ombro daquele jeito familiar. — O rapaz do biscoito vai estar lá?

— Biscoito? Ah, quer dizer o Dillon? Céus, não. É a festa do meu melhor amigo, Olly, que está inaugurando um novo restaurante... Ao menos eu espero que ele ainda seja meu melhor amigo — murmuro, enquanto vou até meu guarda-roupa, abro a porta e tiro alguns cabides. — Se eu fosse barrada na porta, seria merecido, para ser sincera.

— Olha, vou lhe dizer uma coisa, meu bem, se você aparecesse em uma festa minha usando alguma dessas roupas *eu* barraria você na porta. — Marilyn se levanta e, em um furacão de cetim rosa, desfila até mim. — Quero dizer, é a inauguração de um restaurante, certo? Não um velório.

— Sim. É o primeiro restaurante da vida dele. O sonho dele dos últimos vinte anos.

— Então, pelo amor de Deus, meu bem, não use calça preta — pede Marilyn, pegando o cabide que contém, de fato, minha calça preta mais bonita e chique e jogando no futon atrás dela. — E também não use um *vestido* preto! — arfa ela, arrancando o segundo cabide da minha mão, que contém meu Pretinho Básico preferido e que fica ótimo no corpo. — Você não tem um vestido *branco* bonito que possa usar? Todo mundo presta atenção em você quando você está usando um vestido branco.

— Isso geralmente acontece porque é um casamento, e a mulher usando o vestido branco é a noiva.

— Então você *não* tem um vestido branco?

— Não, não tenho.

— Bem — responde ela, de um jeito um tanto impertinente —, bastava você dizer isso, meu bem. Oh! Este é bonito! Que tal este?

Ela se enfiou no meu guarda-roupa e pegou o vestido de seda azul que vou usar no casamento da Nora, como madrinha principal.

— Quer dizer, se você der uma sofisticada com um bom casaco de pele... Aumentar seu busto com meia-calça, para que o decote não fique tão vazio...

— Marilyn, pela última vez: não uso pele! E esse é um vestido de madrinha de casamento, na verdade.

— Meu bem! Quem vai se casar?

— Minha melhor amiga, Nora.

Ela franze a testa.

— Eu achava que você tinha dito que o seu melhor amigo era o Olly, do restaurante.

— Sim, ele é. Os dois são. Eles são... — Me sento no futon, em cima da minha melhor calça e do meu Pretinho Básico preferido e fico olhando, miseravelmente, para o chão. — Eles são meio que a minha família, na verdade. Mais do que minha família de verdade jamais foi para mim. Mas eu fiz besteira, fazendo com eles o que minha família fez comigo nos últimos tempos. Especialmente com o Olly. Ele sempre foi como um...

Estou prestes a dizer as palavras *irmão mais velho*, mas descubro que não consigo. Quer dizer, não consigo fazer as palavras saírem da minha boca. Elas estão meio que presas, em algum lugar, no fundo da minha garganta, como uma espinha de peixe particularmente irritante.

O que é estranho, porque eu descrevi o Olly como meu irmão mais velho, de fato, por anos, e nunca essas palavras se transformaram em espinhas de peixe na minha boca antes.

— Oh, meu bem, você não precisa me explicar sobre amigos que são melhores que a família. E se esse Olly for um amigo tão bom quanto você diz que ele é, ele vai perdoá-la. Quero dizer, você *me* perdoou por não ter mantido contato direito esses últimos três anos, não perdoou? Retomamos as coisas do jeito que elas sempre foram entre a gente, rápido assim! — Marilyn estala os dedos encobertos pelas luvas. — É como se nós duas tivéssemos conversado ontem mesmo!

— É assim mesmo, Marilyn, sim.

Me levanto e começo a remexer meu guarda-roupa novamente quando sou interrompida por uma arfada animada da Marilyn quando ela pega um cabide da arara.

— Isto aqui é perfeito!

Ela pega um vestido amarelo claro que eu usei pela última vez quando... É, agora que parei para pensar, o vestido que eu estava usando em Miami quando o furacão começou a se aproximar.

Não tenho certeza se ainda vai servir ou sequer se vai ficar bom, já que não estou bronzeada. Ele é frente-única e tem barra esvoaçante na altura dos joelhos, e talvez seja um pouco aberto demais para o calor ameno de Clapham, em contraste com o forno que é Miami. Mas isso não parece preocupar a Marilyn, que está segurando o vestido e olhando para ele com cara de aprovação.

— Este aqui vai ficar formidável em você, meu bem. Bem melhor do que todo aquele preto fúnebre!

— Acho que...

— Não ache nada, meu bem! *Faça!* Quero dizer, não que eu esteja criticando, mas você não mudou nada desde a última vez em que eu a vi e... bem, olhe para mim! — Ela faz uma pose assustadoramente reconhecível, o quadril projetado e os braços para o alto. — Fico uma boneca e tanto, não fico?

— Certamente fica.

— Na verdade, sabe o quê? — Ela repara em um dos braceletes de zircônia que escorregou até seu cotovelo e abaixa os braços. — Pegue um desses. Vai dar uma boa apimentada naquele vestido para um evento noturno.

— Oh, isso é muito gentil da sua parte, Marilyn, mas não posso aceitar. — Dou uma olhada para o bracelete pesado que ela acaba de me entregar. — Eles são extremamente valiosos.

— Não são diamantes de verdade, meu bem! Só imitação.

— Eu sei, mas não é por isso que eles são valiosos.

Ela parece confusa e levemente magoada.

— Meu bem, eu realmente gostaria que você ficasse com um. Poderia ser... Seria engraçado demais chamar de pulseira da amizade?

É *bem* diferente das pulseiras da amizade de cordão trançado que eu costumava fazer para a Nora, a Cass e outras amigas minhas antigamente — que foi o que, aliás, despertou meu interesse pela confecção de bijuterias.

Mas os tempos mudaram, sou uma designer de joias de estilo hollywoodiano retrô, e esta peça que estou segurando agora é basicamente o Santo Graal de toda Era de Ouro das joias hollywoodianas.

Quero dizer, parece que meus dedos poderiam estar realmente brilhando onde estão tocando no bracelete.

— Viu, meu bem? Você sabe que quer!

— Bem... Se você tem mesmo certeza...

— Tenho certeza. Vai ser algo para você se lembrar de mim! Você sabe, se eu não conseguir voltar para visitar por um tempo. — Mais uma daquelas expressões fugazes de tristeza se espalha pelo rosto dela. — Estarei extremamente ocupada nos próximos meses... Vou fazer um filme com o Robert Mitchum agora, acredita? E tenho que fazer a divulgação daquela comediazinha da qual eu te falei, aquela com a Betty Grable. E realmente preciso passar mais tempo com o Joe, porque ele fica morrendo de ciúmes quando fico sassaricando o tempo todo...

— Marilyn, está tudo bem. Sei que você tem muitas coisas rolando.

— Mesmo? Digo, você vai ficar bem? Posso emprestar um pouco de dinheiro ou ajudar você a encontrar um lugar maior para morar...? Ou você pode vir ficar em um quarto perto de mim no Beverly Hills Hotel?

Você não precisaria se preocupar com a conta, nem nada, eu poderia cuidar disso.

Meu coração derrete um pouquinho.

— Obrigada, Marilyn. E o Beverly Hills Hotel parece maravilhoso. Mas estou realmente muito bém aqui. Ou melhor, *vou ficar*, assim que organizar a minha vida um pouquinho.

— Esse é o espírito, meu bem! Não consigo nem explicar o quanto *eu* me sinto melhor agora que estou exatamente onde eu sempre quis estar. Digo, claro, ainda me sinto triste, de vez em quando, com relação a muitas coisas... Mas todo mundo se sente assim, certo? E depois que eu terminar de gravar esse próximo filme, vou tirar umas férias, viajar com o Joe, quem sabe ver um pouquinho do mundo... Oh, meu bem, você pensou em que tipo de sapato vai usar com esse vestido? — pergunta ela, deixando para trás o tópico do futuro recente dela. — Um belo *peep toe* ficaria perfeito, branco ou amarelo, se você tiver.

— Não, não acho que eu tenha nenhum *peep toe* branco ou amarelo — digo, com muito tato. — Mas acho que talvez eu tenha uma sandália de tiras bem bonita em algum lugar aqui no fundo...

Mergulho bem no fundo do guarda-roupa, revirando minha coleção de sapatos (em sua maioria, pretos) até encontrar as sandálias caramelo-claro nas quais estou pensando.

— O que você acha de...?

Mas ela desapareceu de novo. O lugar moldado com o corpo de Marilyn, todo cor-de-rosa e cheirando a Chanel agora está vazio de novo.

Não faço ideia se isso significa que ela vai voltar, outro dia, com seu vestido brilhante de *Quanto mais quente melhor* ou o vestido branco frente-única de *O pecado mora ao lado*, ou se eu um dia vou, afinal, vê-la novamente.

Mas não há tempo para lamentar, refletir ou torcer. Porque não vou piorar ainda mais a situação ao me atrasar vergonhosamente para a festa de inauguração superimportante do Olly.

15

A placa em cima da porta do restaurante diz *Nibbles*.

É *esse* o nome que o Olly acabou dando? "Petiscos", em inglês?

Não é... muito bom.

Quero dizer, sei que é um restaurante de aperitivos, então a ideia principal *é* que você se sente e petisque alguma coisa... Mas, mesmo assim, eu tinha em mente algo um pouquinho mais animador que isso.

Não vou dizer nada, contudo; não vou *ser* nada além de cem por cento positiva com relação à noite toda.

O que, para ser sincera, não vai ser uma tarefa muito difícil. Tudo está absolutamente maravilhoso. As portas de vidro laminado estão abertas para a rua, a música está chegando até a calçada e tem uma garçonete (bastante bonita) parada na entrada principal com um prato de umas coisinhas com cara de arancinos que parecem deliciosas, que ela está oferecendo aos transeuntes interessados. E como se isso não fosse atraente o suficiente, aromas incríveis de tudo quanto é tipo estão vindo do restaurante: ervas frescas, carne grelhada e uma pitada de alguma coisa doce que tem cheiro de pêssegos sendo assados com baunilha...

— Bem-vinda ao Libby's! — diz a garçonete.

Devo ter ouvido errado, ela deve ter dito: "Bem-vinda, Libby". Apesar de ser um pequeno mistério como ela sabe o meu nome.

— Desculpe! — continua ela, fazendo uma careta e parecendo irritada consigo mesma. — Bem-vinda ao *Nibbles*. O nome foi trocado no último minuto, e eu continuo falando errado!

— Quer dizer... que o nome *era* Libby's?

Ela confirma com a cabeça.

— Até hoje à tarde. Foi uma coisa de última hora, e ele teve que pedir para o decorador refazer metade da placa, e o gerente teve que correr para a gráfica e reimprimir todos os cardápios... — Ela abaixa a voz. — Não conte a ninguém que eu falei isso, mas eu até que gostava do nome anterior.

— Libby's? — repito. — Era assim antes?

— Sim. Eu preferia. Mas Nibbles também é bom. Por falar nisso, quer um?

— Como?

— Um *nibble*, um petisco! Estes aqui são bolinhas de arroz fritas e são ótimas. Algumas são recheadas com muçarela e outras com ervilhas frescas... Hum... Esqueci qual é qual, para ser sincera...

— Tudo bem. Vou comer alguma coisa daqui a pouco.

— Bom plano. Beba alguma coisa primeiro, é o que eu faria. O bar está servindo Aperol Spritzer, e tem um vinho muito bom rodando por aí com os meus adoráveis colegas.

— Vinho — exclamo, atabalhoadamente. — Céus, sim.

— Hum... Certo. Bem, aproveite!

Tudo está um pouco confuso quando passo por ela e entro no restaurante lotado, e não apenas porque está cheio de barulho e de pessoas.

O Olly *deu o meu nome para o restaurante*?

E depois... *tirou meu nome* de volta?

Ele deve estar mais zangado comigo do que eu pensava.

Consigo vê-lo lá no canto, perto do bar, papeando animadamente com o Jesse, antigo assistente dele, que agora está no comando de todas as operações do serviço de buffet itinerante do Olly.

Só por um instante, nossos olhos se encontram.

Ele não sorri.

Simplesmente acena, faz um "oi" com a boca e faz uma mímica rápida que acho que significa *"já está bebendo algo?"*.

Ele não espera pela minha resposta antes de retomar a conversa animada com o Jesse.

Preciso ir conversar com ele e pedir desculpas efusivamente por não ter aparecido ontem quando eu disse que viria. E, depois, ainda mais efusivamente por não ter estado por perto tanto quanto eu deveria para dar a ele apoio moral nos últimos meses. Pedir desculpas, francamente, tanto quanto for preciso. Porque, falando sério, o quanto ele deve estar furioso comigo para... remover meu nome do restaurante dele?

Quero dizer, obviamente tem, também, o fato de que estou bastante perplexa por ele ter escolhido dar meu nome para o restaurante em primeiro lugar...

Preciso encontrar a Nora, em algum lugar no meio dessa multidão, e ver se ela sabe de alguma coisa sobre isso. Vai ser difícil localizá-la, visto que ela é pequenina, mas tenho certeza de que se eu conseguir encontrar a cabeça alta e loira da Tash, a Nora não vai estar muito longe.

Acabo de começar a me mover em meio ao mar de pessoas com os olhos atentos quando sinto uma mão no meu ombro.

É o Adam. Sim, meu ex-namorado secretamente gay.

Suponho que eu devia ter me tocado de que, como maior investidor do Olly, ele provavelmente seria convidado.

— Adam — digo.

— Libby! — responde ele, com muito mais entusiasmo, aproximando-se para me dar um beijo em cada lado do rosto. — Que bom ver você... Se é que *é* mesmo você debaixo desse cabelo loiro.

— Sim, sou eu.

— Bem, combina com você! Você está maravilhosa! Esse vestido — ele aponta para o vestido de verão amarelo-claro que resolvi arriscar usar — é fabuloso. Você perdeu peso?

— Obrigada, Adam.

— Não, não, não estou dizendo que você estava acima do peso antes... Você com certeza não estava. Certamente não que eu tenha reparado, de qualquer forma. E antes que você me acuse de não prestar atenção, deixe-me apenas dizer, Libby, que sempre achei você muito atraente, apesar...

— Apesar de você preferir homens?

— Bem, não é uma questão de *preferência*... Quero dizer, não sou *bi*, se é isso que você está se perguntando. Não tenho interesse algum por mulheres.

— E, mesmo assim — pondero —, você não sentiu necessidade de mencionar isso durante nossos dois meses de relacionamento.

— Não. — Ele parece um pouco encabulado. — Entendo que eu estraguei tudo. Mas estou tentando ser legal aqui, Libby. Estou dizendo que *apesar* de eu não achar mulheres atraentes, sempre achei *você* atraente.

Minha cabeça está girando com tudo isso.

— Está dizendo que eu pareço um homem?

— Não! Jesus, não. Só estou dizendo... Olha, você tem uma ótima personalidade, Libby, está bem? Eu achava você uma pessoa agradável de estar por perto. E só para que você saiba, eu realmente via um futuro para nós dois juntos!

— Como o quê? — Fico olhando para ele. — Um futuro baseado em eu estar disponível para viagens curtas pelo Atlântico sempre que você tivesse um casamento ou um bar mitzvah na família e ainda não quisesse sair do armário?

Adam fica um tanto vermelho.

— Eu não colocaria *exatamente* dessa forma, Libby, não... Enfim... Eu teria contado a verdade a você, em algum momento.

— Duvido muito. Mas talvez o Ben contasse.

— Ah, sim, o Ben. — Adam parece aliviado por poder encontrar uma maneira de escapar dessa conversa desconfortável e, para ser bem sincera, fico perfeitamente contente em prover isso a ele. — Ele falou que finalmente conseguiu conversar com você. Estou dizendo, Libby, ele realmente adorou as suas coisas. Não seria incrível se ele decidisse investir na Libby Goes To Hollywood? Digo, eu simplesmente me sinto ótimo por ter colocado vocês dois em contato...

Quer saber? Não posso continuar zangada com ele.

Primeiro porque *não* estou mais extremamente zangada com ele. (Estou até, de certa forma, feliz em vê-lo, com seu rosto anormalmente saudável e suas roupas casuais que não parecem nada confortáveis.) Mas também porque não tenho tempo para continuar com essa conversa, porque preciso muito, muito mesmo encontrar a Nora.

— Sim — começo, distraidamente — e foi ótimo pôr o papo em dia com você, mas, para falar a verdade, preciso ir dar "oi" para...

— Ora, ora, *esse*, sim, é um pedaço de mau caminho — diz Adam de repente, sua atenção já desviada de mim, focada acima do meu ombro.

Dou uma olhada em volta para ver de quem ele está falando.

É o Bogdan, que acaba de entrar pela porta. Quando me vê, ele ergue a mão enorme em cumprimento e começa a caminhar na nossa direção.

— Não é aquele cara que foi libertar você do portão aquela noite? — sibila Adam no meu ouvido. — Você precisa me apresentar direito!

— Está falando sério? — Fico olhando para ele. Depois olho para Bogdan, que está, bem, peculiar com seu macacão (por quê?) alaranjado que parece roupa de presidiário e uma camiseta que diz *Keep Calm and Love Harry Styles*. — Adam, você tem namorado!

— Não estou pedindo para você me dizer que tamanho de cueca ele usa! — retruca Adam. — Só quero bater um papo... Adam Rosenfeld —

diz ele, estendendo a mão para Bogdan antes que eu possa dizer qualquer coisa. — Nos conhecemos aquela noite. Não sei se você se lembra...?

— Claro que estou lembrando. Não estou conseguindo esquecer.

— Ah, bem, você é muito gentil...

— Imagem de Libby com cabeça entre barras de ferro e bumbum no ar está mancada na memória para toda eternidade.

— Acho que você quer dizer *marcada*, Bogdan — digo. — Mas obrigada por relembrar todos nós disso, de qualquer forma.

— Não é problema — responde Bogdan afavelmente. — É bom estar vendo você de novo também — diz ele a Adam. — Estou pensando muito em você desde primeiro encontro.

— Que coisa incrivelmente doce de se dizer — suspira Adam. — E com um sotaque tão atraente... O que *é*? Russo? Húngaro?

— Sou original em Moldova.

— *De* Moldova — traduzo, começando a me sentir um pouco como aqueles intérpretes simultâneos da ONU. — Não *em* Moldova.

— Me desculpas — Bogdan abaixa a cabeça humildemente — por idioma ruim.

— Não seja ridículo! — diz Adam. — Você fala o meu idioma bem melhor do que eu falo moldavo!

— É bom — diz Bogdan, me dando uma olhada severa — ouvir alguém dizendo isso.

— Eu falo algumas palavras em russo; não sei se tem alguma similaridade...

E, para convencer, Adam começa a tagarelar no que parece ser um russo bem fluente, finalizando o que quer que ele tenha dito com uma sobrancelha erguida da direção de Bogdan.

— Estou gostando muito se você estiver fazendo isso por mim — diz Bogdan.

O que é um pouquinho preocupante (afinal, o que *foi* que o Adam disse para ele?), até que o Adam se vira e vai até o bar. Então estou presumindo que o que o Adam estava sugerindo, em russo, era que ele fosse pegar uma bebida para o Bogdan.

— Este é cavalheiro muito charmoso — observa Bogdan assim que Adam não pode mais nos ouvir. — É mimo agradável para ser tratado como rei, para variar.

— Fico feliz por você, Bogdan, mas você lembra que ele tem namorado, não lembra?

— Não estou presumindo que ele está me dando número de cueca que usa — diz Bogdan, com bastante propriedade. — Estou apenas curtindo conversa.

— Sim, bem, eu realmente preciso conversar com você, por sinal. — Respiro fundo. — O Olly realmente fez você trocar a placa do restaurante na última hora? Por *Nibbles* em vez de *Libby's*?

— Ah. — Ele confirma com a cabeça. — Sim. Isso é que Olly estava me fazendo fazer.

Sinto algo se contrair dentro de mim.

— Caramba — consigo dizer, após um instante. — Ele realmente deve pensar que sou a pior amiga do mundo.

— Não estou achando que tem a ver com sua ruindade como amiga, Libby. Tem mais a ver com amassos com Dillon.

Espere aí...

— *Meus* amassos com o Dillon? — pergunto, alto demais, antes de continuar, em um tom mais discreto — Desculpe, como é que o Olly sequer *sabe* dos amassos com... do meu beijo com o Dillon?

— Eu estava aqui mais cedo, quando sua irmã estava ligando para ele...

— Quando a Cass ligou para o Olly? — Estou confusa. — Por que é que ela faria isso?

— Ela fala que não vai estar vindo para grande festa de inauguração. Estava no viva voz. Tem nariz um pouco empinado, sua irmã. Não sei bem por que ela está presumindo que é detalhe importante ela vir para festa ou não.

— Ela é um pouco nariz-empinado de vez em quando, sim — digo —, mas ligar para avisar que não vem à festa ainda não explica como...

— Porque ela diz a Olly que se você aparecer na festa com Dillon como acompanhante, ele devia ligar para ela e avisar. Isso seria bom motivo para ela vir para festa, aparentemente.

— Com a equipe de filmagem atrás — murmuro quando a ficha não apenas cai, desaba com tudo — para um prato feito de um bom dramalhão.

— E Olly estava, como estou dizendo?, soltando fumaça no vento?

— Soltando fogo pelas ventas?

— Assim que ele estava — confirma Bogdan. — E estava perguntando a Cass por que você traria Dillon para festa sendo que terminou com ele oito meses atrás. E Cass estava contando a ele...

— Que ela tem uma filmagem do meu beijo com o Dillon aquela noite.

— Algo assim. Olly estava indo lá fora a essa altura, então não estive conseguindo escutar mais.

Certo. Bem, tudo isso faz todo sentido agora.

Eu não precisava me preocupar em dar mais motivos para o Olly ficar bravo comigo ao me atrasar para a festa, eu já tinha dado motivos suficientes ao parecer que tinha me envolvido novamente com o ex que Olly odiava.

Mesmo assim... Chegar a tirar meu nome do restaurante...

— Estou ficando um pouco preocupado — continua Bogdan — com Dillon vir aqui esta noite.

— E por que é — pergunto — que o Dillon viria aqui esta noite?

— Porque estive contando para ele.

— Esteve contando *o que* para ele? — Fico olhando para Bogdan, um medo sinistro se espalhando por mim. — E quando? Eu não sabia que você estava... em contato com o Dillon.

— Ele esteve dando um pulo no salão esta tarde — diz Bogdan, com certo orgulho. — Ele ainda está gostando de como corto franja dele.

— Certo, tudo isso termina agora. — Se eu tivesse mangas, eu as enrolaria. — Todos esses boatos e pessoas falando de mim pelas minhas costas... Vou encontrar o Olly e contar a ele que não tem nada rolando entre mim e o Dillon e que, para falar a verdade, não é da conta dele se tem alguma coisa rolando entre mim e o Dillon... — Porque ele pode ficar bravo comigo o quanto quiser por eu estar sendo uma péssima amiga, vou aceitar plenamente. Mas estender essa raiva às escolhas que faço na minha vida amorosa... Ora, isso não me parece totalmente justo, certo? — E enquanto eu estiver fazendo isso, você vai *ligar para o Dillon agora mesmo* — estendo meu celular na direção dele — e dizer que, *sob nenhuma circunstância*, é para ele vir aqui hoje.

(Posso estar um tanto zangada com o Olly por essa desaprovação presunçosa, mas não vou deixar que a grande noite dele seja arruinada pela presença arrogante do Dillon. Sem contar que estamos a apenas alguns metros de uma cozinha profissional totalmente equipada, cheia de mais cutelos de carne e panelas de ferro fundido do que se possa imaginar. Não posso deixar que o Dillon se submeta a esse tipo de perigo.)

— Por favor — diz Bogdan, baixinho, quando começo a me afastar dele —, leve o tempo que precisar com Olly. Estou querendo oportunidade para conversa privada com Adam... E diga a ele que estou solteiro — sibila ele, percebendo que vou passar pelo Adam no caminho para o bar, onde o Olly ainda está parado — e pronto para estar me enturmando...

Não faço nada disso, visto que, sinceramente, não acho que nem o Adam e nem o Bogdan precisam da minha ajuda como cupido dos dois e porque não quero, nem de longe, ser cúmplice de qualquer ato de infidelidade que Adam possa estar prestes a cometer contra meu (possível) investidor.

Quando chego até o Olly, ele acaba de encerrar sua conversa com o Jesse e está indo para trás do bar para pegar umas garrafas de vinho que o barman está abrindo para ele.

Pigarreio.

— Olly.

Ele olha para mim.

— Ah, Libby. Oi.

Não é o começo mais simpático, com ele falando desse jeito estranho e distantemente amigável.

— Tudo parece estar correndo muito bem! — digo.

— Está, sim.

— Ótimo! Hum, na verdade, eu estava querendo dar uma palavrinha com você, Olly...

— Certo. Agora não é uma boa hora, Libby, para ser sincero. — Ele ergue as garrafas que está segurando. — Preciso me certificar de que todo mundo tem o suficiente disso aqui.

— É claro. Desculpe. Não quero atrapalhar você, sei que você está trabalhando. É só que...

A primeira e mais importante coisa que eu pretendia fazer era aquele imenso pedido de desculpas.

Mas não é isso que sai da minha boca, como eu esperava que fosse.

— Por que você está tão bravo — me ouço perguntar — por eu ter jantado com o Dillon?

Ele se encolhe. É discreto, mas visível.

— Não parece — diz ele baixinho — que foi apenas um jantar.

— Certo, então vamos supor que não tenha sido apenas um jantar. — (Para onde diabos foi o pedido de desculpas que eu tinha planejado? Por que é que eu estou me desviando para toda essa situação ridícula com o Dillon, pelo amor de Deus?) — Vamos supor que não tenha sido nem mesmo apenas um beijo. Vamos supor que eu tenha ido para o apartamento dele e feito sexo selvagem a noite toda... Não fiz, por sinal — acrescento, rapidamente. — Mas por que você ficou tão furioso comigo a ponto de... tirar meu nome do seu restaurante?

Ele olha bem para mim, bem nos meus olhos, pela primeira vez durante essa conversa.

— Quem foi que te contou sobre...? Ah. O Bogdan. — Ele suspira. — Achei que o tivesse feito jurar que guardaria segredo.

— Olly, é do Bogdan que estamos falando. Ele não guarda segredos.

— Manteve a própria sexualidade dele em segredo do pai sabe lá Deus por quantos anos — diz Olly, irritado. — Apesar de exatamente *como* ele conseguiu fazer isso — continua ele, dando uma olhada para Bogdan, que, com sua camiseta do Harry Styles, está beberricando vinho timidamente e deixando que o Adam (ah, pelo amor de Deus) passe a mão no bíceps dele — ser um verdadeiro mistério para mim.

— Concordo. Mas não é sobre isso que eu quero conversar.

— Está bem. Mas *eu* não quero conversar sobre nada disso. — Olly coloca uma das garrafas no balcão, pega um guardanapo branco limpo e começa a enrolá-lo habilmente em torno dela para impedir que respingue quando o vinho for servido. — O que você faz com o Dillon O'Hara é problema seu, Libby.

— Olha, se você está chateado porque acha que eu deveria ter contado a você que o veria de novo...

— Não é por isso que estou chateado.

— ...então você tem razão. Eu devia ter contado. O único motivo pelo qual eu não contei é porque você já tinha coisas demais para lidar neste momento, e eu sei o quanto a mera menção do nome dele deixa você irritado. E sei que você não estaria preparado para ouvir o quanto ele mudou...

— Balela.

— Ele mudou, sim. Muito.

— Leopardos — diz Olly, ofensivamente — não trocam suas manchas.

— Certo, bem, eu sempre achei que isso é algo ridículo de se dizer. Estou me sentindo bastante irritada agora também. — Quero dizer, é simplesmente apontar o que é idiotamente óbvio. Você poderia muito bem dizer que tigres não trocam suas listras, ou que pinguins não trocam seus bicos, ou que elefantes não trocam suas trombas...

— Eles provavelmente trocam — murmura Olly —, se as trombas que estão usando precisarem de uma lavada.

Fico olhando para ele. Agora não é hora para leviandades.

— Quero dizer que simplesmente *observar aleatoriamente* que criaturas vivas não trocam suas características físicas essenciais não prova que as pessoas não possam mudar! Se as pessoas não conseguissem mudar, qual seria o propósito de uma organização como os Alcoólicos Anônimos? Qual seria o propósito das pessoas fazerem terapia...?

— Libby, querida, eu não continuaria batendo nessa tecla, se fosse você — diz Dillon, que acabou de se juntar a nós no bar.

Meu Pai do céu.

Se eu sair viva disso, vou matar o Bogdan.

— Espero que você não se importe por eu ter vindo de penetra, parceiro — continua Dillon, aproximando-se para dar um beijo bastante lento e deliberado na minha bochecha antes de se esticar para entregar uma garrafa de uísque ao Olly. — Só uma lembrancinha para dar os parabéns pelo restaurante.

— Obrigado — diz Olly, aceitando o uísque do mesmo jeito que um jogador de futebol decepcionado é mandado para o chuveiro pelo juiz.

— Está bonito — continua Dillon. — Bela decoração.

Olly apenas grunhe.

— Pintura decente — acrescenta Dillon, em um tom deliberado de surpresa positiva.

— Você entende muito de pintura, então, é?

— Claro. Trabalhei como aprendiz de pintor e decorador por dois verões quando era garoto.

— Ora, a perda do mundo da decoração é o ganho do mundo da interpretação...

— Certo! — interrompo alegremente, já pronta para arrastar o Dillon para longe do bar e para fora do restaurante (e, idealmente, para o mais longe de Clapham que ele me permitir), mas ele está imóvel como uma rocha.

— Então, o que você usou nessas paredes? — pergunta ele. — Parece aquela tinta cara demais da Farrow and Ball. Como é o nome dessa? Cachaça da Matrona? Arroto de Doninha?

— É Dulux, na verdade — diz Olly. — Branco Jasmim.

— Isso definitivamente não é Branco Jasmim — zomba Dillon. — Fiz uma casa inteira em Branco Jasmim lá em Clondalkin. O Branco Jasmim tem um subtom mais amanteigado. Isto é Algodão Natural, sem sombra de dúvidas.

— É Branco Jasmim.

— Estou te dizendo, parceiro, é Algodão Natural. Menos cremoso, mais pêssego.

— Não é pêssego.

— Damasco, então.

— *Nem* damasco.

— Jesus, parceiro, você nunca viu a cor de um damasco?

— Existe mais de um tipo — diz Olly — de damasco, porra.

Oh, Deus. Aqui vamos nós.

— *Você* já viu um damasco *Moorpark*? — continua Olly, encarando o Dillon como se sua vida dependesse daquilo. — Ele é *verde*. Ou o damasco *Red Velvet*...

— Certo, agora você está inventando damascos.

— ...cuja cor é de uma porra de uma ameixa. — Olly enfia a mão no bolso e pega o celular. — Vou procurar no Google para você — diz ele, tocando com força na tela do celular — e aí você pode analisar as minhas paredes com os seus olhos especialistas de pintor-decorador de novo e me dizer se elas têm cor de damasco.

— Ei, olha, estou cagando e andando para a cor das suas paredes. — O sorriso do Dillon desapareceu. — Você pode pintá-las com todas as cores da porra do hortifruti, não estou nem aí...

— Dillon, olha — digo, parando na frente dele antes que a guerra da tinta cor de damasco se torne física. — Talvez seja melhor você ir embora daqui e ir beber alguma coisa em outro lugar...

— Ele não pode *beber alguma coisa* — observa Olly, cruelmente —, ele é um *alcoólatra em recuperação.*

— Antes um alcoólatra em recuperação — diz Dillon — do que presunçoso, orgulhoso, obcecado por damascos...

E então, do nada, Tash aparece, como uma boa fada madrinha de um conto de fadas, toda loirice e saúde, linda, usando (maldita seja) exatamente o tipo de traje todo preto com o qual eu provavelmente estaria me sentindo mais confortável agora: um vestido de lese de algodão preto, com os cabelos presos em duas tranças de fazendeira irritantemente bonitas.

Ela coloca a mão no ombro do Olly.

É isso. Isso é tudo que ela faz.

Mas consigo perceber, imediatamente, o que isso provoca no Olly.

Ele se acalma.

E aí toca na Tash do mesmo jeito sutil: apenas uma mão, pressionada na lombar dela.

Parece que a temperatura, só ao meu redor, caiu uns quinze graus. Enquanto no canto da Tash e do Olly, o tempo está agradabilíssimo: idílico, na verdade.

Posso não entender muito de relacionamentos. Posso nem entender muito sobre homens, no geral.

Mas o Olly, eu conheço.

Algo começou a rolar entre ele e a Tash. É claro como água.

— Tudo bem? — pergunta ela.

— Tudo — responde ele.

— Sou a Tash — continua ela, de seu jeito sorridente e confiante, estendendo a mão para o Dillon. — E não se preocupe, eu sei quem você é, já o vi em várias coisas na TV!

— Não infle o ego dele ainda mais do que ele próprio já faz — murmuro, enquanto seguro o Dillon com firmeza pelo ombro e finalmente (*finalmente*) consigo arrastá-lo para longe do bar, pelo meio da multidão, até sairmos na rua.

— Que *merda* — pergunto — você está fazendo aqui?

A boca do Dillon se abre.

— E não me venha com alguma lorota — continuo — sobre o Bogdan ter falado sobre a festa, e você ter *apenas pensado* que talvez fosse uma boa passar no restaurante e dar ao seu velho amigo, Olly, uma bela garrafa de uísque que você não pode mais beber.

— Quem disse que ele não é um velho amigo meu?

— *Todo mundo no planeta inteiro*. Especialmente se tivesse acabado de ouvir vocês dois se bicando como dois adolescentes sobre tons de damasco, pelo amor de Deus. E você *foi*, um dia, pintor e decorador em Clondalkin, afinal, ou foi só mais uma das suas muitas fantasias sobre a sua antiga vida lá?

— Ei. — Ele está sério de novo agora, em um piscar de olhos. — Eu não minto, Libby. Nunca minto. Não sobre as coisas que importam.

— Ah, então vir deliberadamente até aqui para encher o saco do Olly não *importa*?

— Não foi por isso que eu vim aqui. Vim para ver você.

— Você podia ter me ligado e pedido para encontrar você depois da festa.

— Eu não queria esperar até depois da festa. — Ele estende a mão e toca no meu rosto, com uma mão leve como uma pluma. — Eu queria ver você agora.

— Dillon... — Dou um pequeno passo para trás. Um passo muito, muito pequeno. Certo, um passo tão pequeno que a mão dele ainda está tocando no meu rosto. Mas mesmo assim. É o princípio de alguma coisa. — Nós concordamos que não iríamos conseguir fazer dar certo ente nós.

— Você disse isso. Eu nunca concordei.

— Já aceitei isso.

— Ótimo. Agora tudo que eu tenho que fazer é persuadir você.

— Me persuadir a quê?

— A me aceitar também.

Parece que a calçada foi arrancada de debaixo dos meus pés. O que poderia significar que Clapham acaba de ser o epicentro de um pequeno terremoto. Porém, mais provavelmente, significa que o Dillon e o meu desejo arrebatador e irrefreável por ele acaba de transformar minhas pernas em gelatina mais uma vez.

— Posso esperar que o seu silêncio — diz Dillon, com um de seus sorrisos mais travessos — signifique que você ao menos está pensando no assunto? — Ele abaixa a voz. — E o fato de que você acabou ficar vermelha como um pimentão e parece prestes a desmaiar...?

— Não. — Filho da mãe arrogante. Engulo em seco com muita, muita força. — Ou melhor, sim, está bem? Estou pensando no assunto. Mas pensar não é sinônimo de fazer. Agora — continuo — preciso voltar lá dentro e pedir desculpas para o Olly no seu nome por toda aquela besteira do damasco de alguns minutos atrás.

E, bem mais importante até do que isso, preciso voltar e fazer aquele pedido de desculpas imensamente importante que não consegui fazer antes. Se eu conseguir ficar sozinha com o Olly por um ou dois minutinhos. Se eu conseguir desvencilhá-lo da Tash...

— Não acho que o Olly dê a mínima para se você vai pedir desculpas agora ou não. — Dillon tira a mão do meu rosto. — Ou você não reparou que ele e a loirona estão bem a fim um do outro?

Então o Dillon também reparou.

— Enfim, vou sair do seu pé — continua ele. — Pegar um táxi para casa. Lamento não conseguir convencer você de que as minhas intenções com relação a você são... Bem, nada honráveis, obviamente. Eu não poderia alegar isso. Mas são genuínas. E peço desculpas, Libby, mas quando se trata de você, eu simplesmente não consigo me controlar. Nunca vou conseguir.

Ele se vira e começa a andar na direção da avenida Clapham.

E eu me viro na direção oposta e, com as pernas ainda parecendo gelatina, volto ao restaurante.

Olly e Tash estão parados ao lado do bar.

Eles estão conversando e sorrindo. As cabeças deles estão muito, muito próximas, as mãos dela estão nos braços dele; uma das mãos dele está na cintura dela.

Acho que é melhor eu deixá-los em paz.

É melhor, na verdade, eu simplesmente ir embora da festa.

Apesar de uma parte de mim achar que também seria melhor sair correndo pela porta da frente e ir depressa atrás do Dillon...

A parte primitiva estúpida, aposto.

Alcanço o Dillon assim que ele chega na esquina da avenida e estende o braço para um táxi que está passando. Quando pego a outra mão dele, ele se vira.

— Menina do Fogo — diz ele, parecendo surpreso por um instante. — Eu achava que você tinha dito...

O táxi nem sequer parou rente ao meio-fio, e já começamos a nos beijar.

16

Então cá estou. De volta onde tudo começou.

O apartamento do Dillon.

Para ser, na verdade, mais específica, na cama no Dillon.

Mas as coisas ainda não foram *tão* longe assim, está bem? Nós dois ainda estamos totalmente vestidos.

Bem, *eu* estou totalmente vestida. O Dillon acaba de tirar a camiseta e está agora exibindo um tronco ainda mais impressionantemente definido do que eu me lembrava.

— Reabilitação — diz ele quando me vê admirando.

— Como?

— Responsável por isto. — Ele aponta para os próprios músculos abdominais. — Quando você para de beber e não pode fazer sexo, e tudo que tem para fazer o dia todo é ficar sentado olhando para o próprio umbigo, há bastante tempo e incentivo para que você tenha um umbigo extremamente atraente.

— Ah, certo, claro.

— E por falar em umbigos atraentes...

Ele se deita em cima do edredom e me puxa na direção dele.

O que com certeza demonstra que o amor — ou o tesão, ou o que quer que seja, que ele está sentindo por mim no momento — *é*, realmente, cego, porque o meu umbigo *não* é extremamente atraente. No máximo, em um dia muito, muito bom, e sob uma bela e escura luz de velas, poderia ser descrito como "útil".

— E eu simplesmente adorei esse vestido — murmura ele, aconchegando-se no meu pescoço e usando os dedos para tocar, com delicadeza, a frente-única e a pele por baixo dela. — Com esse cabelo loiro, faz com que você fique um pouquinho parecida com a Marilyn Monroe.

— Ah, acredite em mim, não tenho nada de parecido com a Marilyn Monroe.

— Tem razão — diz ele. — Você é ainda mais linda.

Eu ponderaria que isso é ainda menos verdadeiro do que os elogios dele ao meu umbigo, mas não tenho a chance de dizer nada. Ele vira de lado, me puxando junto, de modo que acabo em cima dele, e começa a me beijar de novo. As mãos dele estão nos meus cabelos, o corpo dele é quente contra o meu, e é tudo tão incrivelmente maravilhoso quanto na primeira vez que fizemos isso, e na última, e em todas as vezes no meio.

Então não faz sentido absolutamente nenhum que eu, de repente, saia de cima dele, deite de barriga para cima e fique olhando para o teto por um instante e, depois, diga:

— Então *você* também acha que a Tash e o Olly estão a fim um do outro?

— O quê?

— Você disse uma coisa mais cedo, do lado de fora do restaurante... Só estou perguntando se você realmente acha que a Tash e o Olly se gostam.

— Ahn... Esta é mesmo a melhor hora para conversar sobre outros casais, Libby? — Dillon se deita de lado para me olhar e se apoia no cotovelo. — Quero dizer, sem querer trucidar nenhum desejo seu, se isso vai deixar você excitada... Posso dar uma saída e comprar um aquário grande de manhã, e aí todos podemos colocar nossas chaves dentro e, depois, reencenar algo que talvez acontecesse nos subúrbios, nos anos 1970...

— Você acha que eles realmente são um *casal*? Já?

— Porque essa é a parte mais chocante do que eu acabei de dizer — observa Dillon. — É claro.

— Bem, obviamente, você estava brincando quanto à troca de esposas...

— Nunca brinco — diz ele — quando se trata de troca de esposas.

— ...mas você não parecia estar brincando quando os chamou de "casal".

— Sim. Não. Sei lá... Olha, Libby, falando muito sério, podemos simplesmente retomar o que estávamos fazendo? — Ele se aproxima, coloca um braço em torno da minha cintura e fixa os olhos em mim. — Quero dizer, você está me deixando louco, Menina do Fogo. Não consigo pensar em nada além de você. O seu corpo maravilhoso e macio, e como você é ótima na cama, e o seu sorriso estúpido quando você acorda ao meu lado pela manhã... Não dormi nem um segundo nas últimas noites pensando em tudo isso e em todas as coisas que quero fazer com você, e para você, e adjacentes a você...

— E perpendiculares? — pergunto, com um sorriso, porque sinto que nós dois estamos tentando encontrar o caminho de volta para os gracejos nos quais estávamos dedicados antes de eu tocar no assunto do Olly.

— Céus, sim. — Ele solta um grunhido teatral. — Perpendiculares. Por favor, Libby, não me negue o prazer de fazer qualquer coisa perpendicular.

— Não vou negar — digo.

E começamos a nos beijar de novo.

Até eu me afastar de novo, um instante depois.

— Quando você diz que *não consegue pensar em nada* além de mim...?

— Jesus. — Ele se deita de barriga para cima. — Você não vai facilitar as coisas, hein?

— Só acho que é uma coisa sobre a qual deveríamos conversar.

— Você acha que a cura para não poder pensar em mais nada além de você é *conversar* sobre isso? — Ele fica olhando para mim com uma expressão impassível. — É como estar em uma sessão de terapia de novo. Só que com uma terapeuta muito gostosa. De quem eu não consigo tirar as mãos. — Ele pensa nisso por um instante. — Na verdade, se você estivesse a fim de uma encenaçãozinha...

— Não agora.

— ...eu poderia ser o bêbado aposentado...

— Porque isso seria muito sexy.

— ...e você poderia ser a chefe do Instituto das Terapeutas Muito Gostosas... Onde elas usam uniformes irresistivelmente sexys, como, tipo, jalecos de médico bem curtos, e saltos, e nada por baixo...

— Não seria muito prático, para uma sessão de terapia.

— Ah, bem, isso talvez dependa de que tipo de terapia o Instituto das Terapeutas Muito Gostosas ofereceria...

— Dillon, por favor. Você não acha que é nem um *pouquinho* importante que, horas depois de ter saído da reabilitação, sem planejar encostar em uma bebida alcoólica ou em uma droga nunca mais na sua vida, você de repente... ficou obcecado com o nosso relacionamento?

— Quem disse que estou obcecado?

— Você! Você disse que não consegue pensar em mais nada!

— É uma figura de linguagem. — Mas ele está franzindo a testa e não me olha mais nos olhos. — E não estou curtindo a sessão de terapia amadora.

— Tudo bem. Mas não gosto de ser usada como algum tipo de muleta. Se é isso que você está fazendo.

— Não estou usando você pela sua...
— Muito engraçado.
— E não sei quantas vezes vou ter que repetir isso, Libby. Eu só quero dar mais uma chance a nós dois. Não porque eu esteja usando você como substituta para a bebida ou as drogas. Mas porque eu prefiro a minha vida quando você faz parte dela. Isso é tão bizarro assim?
— É, sim, para falar a verdade. Quero dizer, você é praticamente o único que pensa assim.
— O único que pensa como?
— Que prefere a vida quando eu faço parte dela. — Rio, para eliminar a severidade do que acabo de dizer, mas cometo um erro, porque a risada simplesmente sai amargurada. — Ninguém mais se sente assim com relação a mim, Dillon, está bem? Então é um pouquinho difícil acreditar que você se sinta.
— Está brincando comigo, certo?
— Não. — Sinto uma onda de autopiedade me inundar. Não é uma sensação à qual eu goste de ceder, em qualquer lugar, então certamente é uma péssima ideia ceder a ela aqui, quando tantas coisas melhores poderiam estar rolando. Então fico realmente furiosa comigo mesma quando me ouço soltar:
— Quero dizer, obviamente, eu sempre fui secundária para a minha família, mas nunca pensei que fosse acabar fazendo tantas besteiras a ponto de me tornar secundária para meus amigos mais antigos também.
— Do que é, meu Pai do céu — pergunta Dillon —, que você está falando?
— Bem, tem a Nora — digo a ele —, que está me substituindo devagar, mas com firmeza, por uma melhor amiga, mais alegre, mais jovem e melhor em um sentido geral... E aí tem... — Minha voz fica presa na garganta. — O Olly.
— Que finalmente tirou você do pedestal no qual a tinha colocado pela última década e meia e se conformou com uma substituta. — Dillon emite um ruído de escárnio. — Faça-me o favor, Libby. Você não pode estar falando sério quando diz que um dia vai ser secundária para o Olly.
Fixo os olhos nele.
— Por que você está me olhando desse jeito? — pergunta Dillon. — Vai dizer que você não *sabia* que ele é perdidamente apaixonado por você?
Abro a boca. Não sai som nenhum.

— Oh, Deus. — Dillon meio que se senta, parecendo abismado. — Você *não* sabia que ele é perdidamente apaixonado por você.

Estou congelada.

Quero dizer, é possível que eu tenha me transformado em um daqueles emojis do iPhone que só são capazes de uma expressão facial por vez.

— Merda — diz Dillon. — Eu só achava... Bem, eu achava que você não gostava de discutir isso abertamente. Não achava que... Digo, eu sinceramente não achava que você não sabia.

— Eu... Mas... Tash. — Consigo pronunciar essas três sílabas. — Ele gosta *dela*.

— Bem, não tenho respaldo suficiente para discutir qualquer coisa que esteja acontecendo na vida do Olly Walker agora... Mas, se ele gosta dela, tenho bastante certeza de que é só porque ficou cansado de esperar por você.

Tenho que me esforçar para me levantar e sentar na beirada na cama, encolhida, só para o caso de a náusea que revolve dentro de mim acidentalmente jorre para fora.

Isto está mesmo acontecendo? Será que o Dillon tem alguma *razão* quanto a isso? Todos esses anos — mais perto de duas décadas, na verdade, do que uma — o Olly tem nutrido esses... *sentimentos* por mim?

Minha mente está retornando às pressas, vertiginosamente, para O Erro que aconteceu entre nós em Paris, muitos anos atrás, quando subitamente nos pegamos no meio de um beijo embriagado enquanto estávamos em um bar ao sul do rio Sena. Olly estava me contando sobre uma menina pela qual era apaixonado, uma menina que eu simplesmente presumi — e ele não me corrigiu — que fosse uma velha amiga da faculdade, e ele estava parecendo tão vulnerável, e a discussão era tão intensa, que pareceu simplesmente natural que eu me aproximasse enquanto ele se aproximava...

— Ei... — Dillon dá um pulo e dá a volta na cama para se agachar ao meu lado. — Não vomite. Por mais que eu adoraria pensar que alguém acha que saber que o Olly Walker é apaixonado por essa pessoa seja motivo para vomitar, tenho que me preocupar com os meus lençóis chiques de linho.

Ele sorri para mim, seu rosto expressando bondade e frustração na mesma medida.

— Eu sinceramente — diz ele com delicadeza — não sabia que você não sabia.

— Mas... As outras pessoas sabem? Sobre isso?

— Quer saber se todo mundo que conhece você e o Olly está ciente da paixão frustrada que ele nutre por você há todos esses anos? Bem, não posso falar por todas essas pessoas, visto que não *conheço* muitas delas...

— Nora — digo. — A Nora deve saber.

— ...mas, sim, presumo que a Nora saiba. E o Bogdan certamente sabe. Quero dizer, por que você acha que eu fui àquela festa? Foi o Bogdan quem me contou que o Olly estava planejando dizer alguma coisa para você esta noite.

— *Dizer alguma coisa?*

— Sim. Você ia aparecer lá, ia descobrir que ele tinha dado o seu nome para o restaurante, e aí ele ia levar você para algum lugar silencioso e dizer a você que não pode viver sem você ou contrataria uma porra de um quarteto de violinos para fazer uma serenata enquanto ele cantava "I Will Always Love You", ou arrancaria o maldito William Shakespeare da cova dele para escrever um soneto sobre os seus olhos... Não sei bem o que aquele imbecil estava planejando, mas era esta noite.

— Então o que aconteceu? — Fico olhando para o Dillon, mas um tanto cega. Acho que talvez eu até consiga enxergar o rosto de Olly sobreposto no dele por um ou dois instantes. — Todos esses anos, e ele simplesmente joga a toalha no último segundo?

— Esse é o Olly Walker. Sem colhões. — Dillon, então, olha para mim. — Você não se... *importa*, né? Digo, o fato de ele ter jogado a toalha. Isso te incomoda?

— Ora, é claro que incomoda, porra!

— Porque você gosta dele.

— Sim, eu gosto dele, Dillon, ele é um dos amigos mais...

— Você gosta dele — repete Dillon. É uma afirmação, não uma pergunta. — Não no sentido "ele é um dos meus amigos mais antigos". Do mesmo jeito que ele gosta de você.

— Como é que eu poderia saber disso? — pergunto. — Tive exatamente três minutos para me acostumar com a ideia de que ele é desesperadamente apaixonado por mim, não dezessete anos. Não sei se eu gosto dele ou não! Quero dizer, eu realmente *não* gosto dele neste exato momento, para ser totalmente franca...

— Aqui — diz Dillon, esticando-se para trás de mim e pegando a camiseta que ele tinha tirado logo que chegamos ao quarto. Ele seca meus olhos com ela, e é a primeira vez que percebo que estou (apesar de não saber por quê) chorando. — E continue com essa última parte sobre você não gostar dele. Eu estava gostando dessa parte. Mais daquilo, por favor.

Pisco para ele, fazendo mais lágrimas escorrerem pelas minhas bochechas.

— É por isso que ele te odeia tanto? — fungo. — Não porque acha que você é meio babaca, mas por causa de... mim?

— Ah, tenho bastante certeza de que ele acha que sou um babaca também. — Dillon sorri para mim. — E é um pedacinho do motivo pelo qual eu também não consigo suportar olhar para ele. Não é nada de pessoal contra ele, em certo sentido. Eu só realmente não gosto de ter concorrência.

Apesar de tudo que estou tentando processar em meio às minhas sinapses confusas do momento, uma coisa de repente está ficando clara para mim.

— Dillon, seja totalmente sincero comigo. — Seco o que eu espero que seja minha última lágrima. — Na verdade, seja totalmente sincero consigo mesmo. Você só está obcecado por mim como alega estar porque sabe que tem outra pessoa que também gosta de mim?

— Ei! Cinco minutos atrás era porque eu sou um viciado irremediável.

— Não estou dizendo que não seja por isso também.

— Bem, você está errada. Nas suas duas hipóteses. — Ele parece encabulado, contudo. — Quero dizer, não vou negar que sou do tipo ciumento. E, obviamente, dá uma certa motivação ver que você tem todos esses homens caindo aos seus pés, Libby... Ninguém conseguiria reparar nisso e *não* entrar no jogo...

— Ah, Dillon.

— Mas eu ainda iria querer você tanto quanto quero, mesmo sem todos os Olly Walkers, e Jamie Cadwalladrs, e garçons grudentos. Eles só aumentam um pouquinho a pressão, só isso. Porque quero me certificar de que sou eu quem vai...

Ele para.

— Vencer? — pergunto.

— Está bem — diz ele. — Talvez.

— Então talvez você não esteja tão obcecado por mim, mas pela conquista.

Ele não diz nada por um instante.

Em se tratando do Dillon, é claro, que parece ter uma resposta pronta para cada ocasião, esse silêncio fala horrores.

Então ele diz:

— Sabe o que eu realmente quero agora? Mais do que tudo?

— Céus, Dillon — digo. — Não acho que a gente deva fazer isso agora.

— Bem, não sei o que você tem em mente, mas eu ia sugerir colocar a chaleira no fogo e fazer uma boa xícara de chá para nós dois.

— Chá? — A delicadeza dele enche meus olhos de lágrimas de novo. — Mas... eu achava que você quisesse fazer sexo.

— Libby, já fiz algumas coisas bem depravadas na vida. Mas nunca fiz sexo com uma mulher em prantos. Bem — ele reflete por um momento —, não com uma que estivesse chorando porque estava *chateada*. Já vivi situações particulares em que, no meio do ato, as mulheres simplesmente começaram a chorar e soluçar de puro encantamento. Meio que como você vê o Grand Canyon pela primeira vez, ou as Cataratas de Vitória.

Rio. É trêmula, mas é uma risada.

Ele se levanta e estende a mão.

— Então, vamos lá, querida. Vamos colocar a chaleira no fogo. Se você estiver com sorte, talvez eu até consiga encontrar uns bolinhos. E podemos conversar um pouquinho.

— Sobre o que fazer com relação ao Olly? — Engulo em seco.

— Ah, não vamos forçar a barra. Mas ficarei feliz em falar um monte de besteiras para você a noite toda para você não ficar pensando no que fazer com relação ao Olly. E se você tem alguma oferta melhor do que esta para hoje à noite, minha cara, eu não sei o que poderia ser.

17

Então eu acabei passando a noite na casa do Dillon.
   Eram mais de duas da manhã quando finalmente terminamos nossos chás e encontramos mais do que um pacote de bolinhos, então não fazia sentido ir para casa aquela hora. E enquanto tomávamos chá e comíamos bolinhos, ele me manteve habilmente distraída com anedotas divertidas sobre a reabilitação e a família dele... Ah, e depois passamos mais uma ou duas horas aconchegantemente acomodados em frente ao iPad dele analisando sites de imobiliárias. Primeiro, fuçando para procurar um novo lugar adequado para ele morar (um local distante dos antigos arredores dele, conforme aconselhado pelo terapeuta dele), e, depois, nos deliciando com mansões ridiculamente absurdas, de casas com vários andares, de doze quartos, em Knightsbridge, a chácaras amplas, onde o Dillon poderia se autointitular algum tipo de "senhor da casa grande". No final da noite, ele tinha se "decidido" por um terreno de mil acres, completo com uma mansão palladiana, na área rural de Wiltshire, pela bagatela de dezesseis milhões de libras.
   — Se você não vai sucumbir às minhas investidas, Libby — disse ele —, é melhor eu me devotar à vida no campo. Criar cavalos. Tosar ovelhas. Cuidar das galinhas. Ou, se tudo isso acabar sendo trabalho demais, posso simplesmente andar pela minha propriedade em uma Land Rover cheia de lama, admirando as belas camponesas e convidando-as para uma visita ao palheiro mais próximo para umas safadezas à moda antiga.
   O que me fez perguntar se a impressão dele da vida nas áreas rurais inglesas tinha sido *totalmente* embasada nas breves visões da coleção de romances da editora Mills and Boon da mãe de alguém durante sua infância. O que levou a uma discussão sobre nossas adolescências, o que o levou — de alguma forma — a tocar no exato assunto que ele tinha jurado que não ia discutir: Olly.

— Olha — disse Dillon, enquanto colocava a chaleira no fogo pela última vez e remexia nas profundezas do pacote de bolinhos em busca dos dois últimos —, sei que descobrir que seu melhor amigo é apaixonado por você desde que vocês dois eram pirralhos, ou quando quer que seja que vocês tenham se conhecido, foi esquisito para você. Mas tudo que vou dizer quanto a isso, minha caríssima Menina do Fogo, é isto: se você está realmente cansada de se sentir... qual foi a palavra que você usou antes? *Secundária*? Bem, se você está realmente cansada disso, então provavelmente poderia se dar muito pior do que pensar em dar ao Olly Walker o que ele sempre quis. Porque não acho que você jamais tenha sido remotamente secundária para ele. Aquele imbecil — acrescentou ele, incapaz de se conter.

E, mais ou menos meia hora depois, fomos dormir. Eu na cama enorme dele, e ele lá embaixo, no sofá.

Ele foi um amor.

Ele *é* um amor. Problemático, e imprevisível, e bem mais cheio de si do que qualquer um merece ser, sim. Mas um amor.

Se não fosse pelo fato de que retomar o relacionamento com ele fosse ser como uma galinha (uma das quais ele está planejando criar, quem sabe) entrando em um relacionamento com uma raposa particularmente perigosa, eu provavelmente o faria em um piscar de olhos.

Ah, e tem, também, a questão do Olly, obviamente.

O que, agora que é um novo dia e o choque de tudo diminuiu, está começando a parecer...

Quem estou enganando? Não está começando a parecer nada diferente. Ainda não.

No mínimo, o novo dia tornou a coisa toda ainda maior e mais impossível.

Porque agora que estou encarando o mundo de novo, espremida em meu caminho para casa no metrô e inalando as fumaças nocivas da avenida Colliers Wood, tudo está, para falar a verdade, parecendo *real*.

E desde que eu acordei esta manhã (com um café diabólico e uma torrada mal-feita; Dillon pode ser um amor, mas é um péssimo cozinheiro), não consegui parar de pensar nisso.

Reprisar, para ser mais precisa, reprisar momento após momento na companhia do Olly esses últimos dezessete anos: a primeira vez que nos vimos, nos confins nefastos do balcão superior do teatro New Wimbledon;

a primeira vez que saímos à noite juntos, com a Nora, quando eles dois falaram pelos cotovelos sobre seus planos para o futuro, e eu fiquei sentada ali, me deliciando, uma vez na vida, por ter encontrado pessoas que pareciam realmente gostar de mim; a primeira vez em que saímos à noite *sem* a Nora, para assistir a *Levada da breca* (escolha minha) no cinema Prince Charles, na praça Leicester, seguido por *O retorno da múmia* (escolha dele), no Odeon, virando a esquina; a vez em que eu o surpreendi com um bolo feito em casa, no dia em que ele se formou na escola de gastronomia, e depois tive que passar os três dias seguintes com ele no pensionato estudantil, porque tinha acidentalmente usado ovos podres no bolo e provocado uma intoxicação alimentar terrível nele...

Todas essas vezes, e ele estava nutrindo esse desejo ardente por mim todo esse tempo? Enquanto eu o provocava sobre o gosto dele para filmes e oferecia bolos tóxicos?

E aí houve todas aquelas vezes mais recentes, depois de termos deixado para trás aqueles dias simples da adolescência e termos entrado na fase adulta. Os jantares que ele fez para mim enquanto ficávamos sentados em torno da mesa da cozinha dele, endireitando o mundo. A ajuda prática que ele sempre esteve lá para oferecer, desde subir meus móveis por incontáveis degraus quando me mudei para o apartamento, até ficar pendurado no telefone com a embaixada britânica em Washington por horas, tentando descobrir se eu conseguiria voltar de avião para casa (com uma passagem pela qual ele ia pagar) de Miami, quando o furacão atingiu a cidade. Ir até a Escócia comigo, em uma época em que ele estava mais ocupado do que já esteve na vida, para me dar apoio moral no casamento do meu pai.

Quer dizer, cá estava eu pensando que ele estava fazendo todas essas coisas com o espírito de um irmão mais velho. É uma reviravolta tremenda pensar que ele estava, pelo contrário, fazendo isso com o espírito de uma pessoa com pensamentos distintamente nada fraternais.

Uma reviravolta tão grande que eu nem consigo começar a compreender, tendo em vista todas essas novas informações, como me sinto com relação a ele.

Apesar de ter sempre uma coisinha que fica surgindo na minha cabeça. Mais uma coisa que estou reprisando com ainda mais obsessão do que todas as lembranças que acabei de contar.

Aquele beijo, em Paris. Aquele beijo ótimo, tão confortável, e natural, e — mais surpreendentemente — arrebatadoramente erótico. O Erro que cometemos, do qual nunca falamos, nem nunca sequer mencionamos desde então.

E que talvez não tenha sido um Erro tão grande assim, afinal de contas.

Paro no pequeno café bem na frente da estação do metrô para um café mais ou menos decente para desanuviar a minha cabeça, e, bem quando estou me aproximando do prédio, vejo uma moto agora familiar estacionando rente ao meio-fio.

É a Tash, com a figura pequenina da Nora montada na garupa.

Tinha me esquecido de que a Nora disse que iria passar aqui para pegar o véu da minha avó antes de voltar a Gatwick.

Apesar de eu, para falar a verdade, não querer nada mais, neste momento, do que me sentar com Nora e ter a conversa mais franca que já tivemos na vida; não vai ser tão fácil assim com a Tash presente o tempo todo.

Especialmente se a Tash estiver mesmo engatilhando algo com o Olly, como pareceu na noite passada.

— Nora! — chamo, tentando soar natural, quando ela desce da garupa da moto e tira o capacete. — Desculpe, eu só vim... pegar um café.

Acho que isso é explicação suficiente; não preciso acrescentar que o motivo principal pelo qual estou pegando um café é porque eu estava indo para casa da estação de trem, depois de ter tomado um café espetacularmente impossível de beber feito pelo Dillon, no apartamento dele.

— Então você passou a noite na casa do Dillon ontem à noite? — quer saber Nora.

O que basicamente destrói minha tentativa de manter toda a questão de ter passado a noite na casa dele na surdina.

— Hum, café... — diz Tash, que acaba de tirar o capacete e está com uma cara de quem queria ter continuado com ele. Ela desce da moto. — Acho que eu vou pegar um para mim também — acrescenta ela, de seu jeito educado, solícito, espetacularmente irritante e apaziguadora. — Vai me manter alerta para a viagem até Gatwick. Alguma coisa para você, Nora?

— Não. Na verdade, sim. Um café preto.

— Descafeinado?

— Não — Nora praticamente late. — Normal.

— Certo — diz Tash. — É só que, sendo bem rigorosa, você já tomou um café esta manhã e, do ponto de vista de uma neonatologista...

— Tash, por favor, só vá pegar meu maldito café. — Nora parece levemente desesperada. — Estou tomando só uma xicarazinha de café por dia há semanas. Não deixei um único mililitro de álcool passar pelos meus lábios. Tenho evitado meu almoço de costume de sushi cru como se fosse algum resíduo radioativo. Posso simplesmente ter um diazinho para tomar apenas um café extra sem me sentir como se estivesse alimentando meu bebê somente com *nuggets* de frango do McDonald's e pedras de crack?

Tash parece levemente irritada, mas esconde bem.

— Um café preto normal saindo — diz ela, antes de acrescentar, expressivamente:

— Provavelmente vai demorar uns minutos.

— Acho que ela está nos dando um pouco de privacidade — digo, quando Tash se afasta, suas longas pernas marchando cheias de propósito pela avenida Colliers Wood como se ela estivesse deixando o campo base no K2, no Himalaia.

— Sim. Porque ela sabe o quanto estou furiosa com você.

— O quanto *você* está furiosa *comigo*?

— *Dillon*, Libby. *Dillon*. E você nem *falou* nada.

Então, Olly obviamente contou sobre a filmagem.

Sinto minhas guardas se levantarem defensivamente.

— Certo, então já que estamos falando sobre as pessoas não dizerem nada sobre coisas realmente importantes...

— Podemos deixar o bebê fora disso? — pergunta ela, colocando a mão na barriga. — Já expliquei por que não contei a você por telefone.

— Não estou falando do bebê. — Respiro fundo. — Estou falando do seu irmão.

Só por um instante, os olhos de Nora se arregalam.

Então ela diz, em um tom casual demais.

— O Jack?

— Sim, Nora. Jack é o irmão de quem estou falando. O cara de 43 anos, casado e pai de três filhos, que mora em Andover, de quem não vi nem a sombra desde as bodas de rubi dos seus pais, oito anos atrás.

— O Olly, então.

— Sim. O Olly, então.

Ficamos em silêncio por um instante, um impasse mexicano na avenida Colliers Wood.

Porque a Nora sabe do que estou falando; a expressão na cara dela me diz que ela entende o motivo da expressão na *minha* cara. Não tem como ser melhor amiga de alguém por dezessete anos sem desenvolver esse tipo de estenografia emocional em algum momento.

— Todo esse tempo — digo, sendo a primeira a interromper o impasse —, e você nunca encontrou o momento certo para dizer alguma coisa?

— Libby...

— Todas aquelas noites de balada, e domingos de ressaca, e férias na Grécia, e em Ibiza, e Saint Tropez, e o mochilão no Vietnã, e aquela semana que você tirou de folga para cuidar de mim quando eu tive varicela... — Me obrigo a parar com a lista aleatória de ocasiões, grandes e pequenas, que passamos juntas nas últimas duas décadas porque vamos ficar aqui um tempão depois de a Tash voltar com aqueles cafés. — E aí acabo descobrindo, pelo *Dillon O'Hara*, que o Olly é apaixonado por mim, dentre todas as pessoas?

— O Dillon te contou? — Nora parece perplexa. — Quando você ficou com ele ontem à noite?

— Sim. Olha, só para constar, eu não *fiquei* com o Dillon ontem à noite. Só fui embora com ele porque...

— Ele não devia ter ido lá — diz Nora abruptamente. — Não na grande noite do Olly.

— Sim, eu sei disso. Pode agradecer ao Bogdan por isso.

— Certo, mas o Bogdan não foi embora com ele, foi? E o Bogdan não partiu o coração do meu irmão voltando com o Dillon e deixando que ele ficasse sabendo pela sua irmã, entre todas as pessoas.

— Como é que eu ia saber que estava partindo o coração dele — pergunto, erguendo a voz pela primeira vez na nossa discussão — sendo que nem a minha melhor amiga pensou em avisar que o irmão dela sentia isso por mim?

— Está bem. Talvez eu devesse ter dito alguma coisa. Mas você devia ter reparado, Libby. Estava bem na sua frente! Você só não estava prestando atenção.

Certo, agora eu quero parar com isso tudo. Corremos o risco de fugir do controle e dizer coisas que não podem ser *desditas*. Mas a Nora claramente não está sentindo a mesma coisa. Talvez sejam os hormônios; talvez seja apenas o resultado de anos de frustração acumulados nela. Qualquer que seja a razão, ela não para.

— Quero dizer, você sempre ignorou o fato de que ele idolatrava o chão que você pisava. Você está sempre procurando por algo novo, mais brilhante e melhor. É como se você achasse que o Olly não é bom o suficiente para você ou algo assim...

— Está brincando? — Fico olhando para ela. — Eu nunca pensei que o Olly não era bom o suficiente para mim! No mínimo, o motivo pelo qual eu nunca reparei é porque eu sempre presumi que ele era *bom demais* para mim!

— Ele não é bom demais para você: vocês dois são *perfeitos* um para o outro, porra. E bem quando ele decide que não consegue mais continuar desse jeito, você escolhe esse momento para pisotear o coração dele exibindo o Dillon O'Hara por aí!

— Dá para você ouvir o que está dizendo por um segundo? Não é como se eu tivesse *traído* o Olly nem nada assim! E quanto a ele finalmente decidir que ia dizer alguma coisa, ora, se era um momento tão importante para ele, por que diabos ele desistiu com tanta facilidade no último minuto? Tirando meu nome do restaurante? Começando a se engraçar com a Tash?

— Porque quando ele ficou sabendo que você e o Dillon tinham voltado, ele finalmente percebeu.

— Finalmente percebeu *o quê*?

— Que sempre vai haver um Dillon. Que você é viciada no romance. Presa ao final de conto de fadas.

As palavras "*conto de fadas*" me fazem pensar, repentinamente, na Marilyn.

Mas não estou tão perdida quanto ela, estou? Não sou tão obcecada em fugir da realidade.

— Que o que ele tem a oferecer a você — continua Nora — nunca vai conseguir superar isso.

— Mas isso é... ridículo. Como é que ele sequer poderia saber, se nunca tentou?

Nora não responde. Ela parece chateada quando diz:

— Você não o viu antes da festa, Libby. Quando ele me contou que você tinha voltado com o Dillon. Ele estava arrasado. E é difícil deixar o Olly desse jeito.

Isso machuca tanto que eu retruco asperamente:

— Ele não parecia tão arrasado assim quando estava de chamego com a Tash algumas horas depois.

— Ah, Libby. Faça-me o favor. Um homem que está se afogando se agarra a qualquer coisa que ele ache que vai fazê-lo boiar. Além disso, a Tash é uma lufada de ar fresco. Ela vai ser boa para ele, depois de todo esse tempo. Ele precisa parar de pausar a própria vida por sua causa e seguir em frente. Ele precisa de uma namorada... Não, na verdade, não. O meu irmão, ele precisa de uma *esposa*. E filhos, e uma vida... Uma vida que não gire simplesmente em torno de esperar que você pare de fanfarrice com quem quer que seja o cara dos sonhos no qual você botou os olhos e reparar no homem que sempre — *sempre* — apoiou você.

Vejo que a Tash está voltando pela rua na nossa direção com dois copos de café. O que é um momento um tanto ruim (porque não quero que ela nos pegue no meio de uma discussão bem particular) e um momento ótimo (porque quero dar um fim a essa discussão bem particular).

— Vou pegar o véu — resmungo, me virando e seguindo na direção da porta —, se você ainda quiser, é claro.

— Mas é claro que eu quero — diz a Nora, com uma voz desesperançosa, com um quê de lágrimas por trás das palavras dela. — Você ainda é *família*, Libby, pelo amor de Deus.

Ignoro isso, porque provoca um nó na minha garganta, e corro escada acima para o meu apartamento, enquanto elas esperam com seus cafés na rua lá embaixo.

Quando abro a porta, vejo imediatamente que não há sinal nenhum da Marilyn. Nem casaco de pele, nem de vestido rosa, nem nada.

Há apenas um sopro remanescente bem sutil de Chanel nº 5.

Justo quando eu realmente poderia me beneficiar de ter a Marilyn por perto. Justo quando eu teria gostado da opinião dela, por mais esquerdista ou pré-feminista, ou simplesmente maluca, quanto a essa novíssima situação com o Olly. Justo quando eu realmente precisava de uma amiga.

Mas não tenho tempo para ficar aqui sentindo pena de mim mesma porque preciso levar o véu da minha avó para a Nora, para que ela e a Tash possam pegar a moto juntas e seguir para o aeroporto para que ela pegue seu voo para casa.

Vou até as gavetas de baixo do meu guarda-roupa, onde coloquei o véu depois de tê-lo trazido do casamento do meu pai e o pego. Ainda está dentro da caixa achatada, cuidadosamente dobrado em suas camadas de lenço, então, para facilitar o transporte na mochila enorme da Nora, eu o tiro da caixa, ainda com o lenço, e desço as escadas novamente para entregá-lo a ela.

Nora, quando abro a porta do prédio, parece ter lágrimas nos olhos. Ela e a Tash já estão montadas na moto e estão bebericando seus cafés em silêncio.

— Aqui está. — Vou até elas e entrego o véu enrolado no lenço. — Dê uma olhada, se quiser.

Nora ergue um pedacinho do lenço para exibir a bela renda marfim debaixo dele.

— Oh, Libby — diz ela, em uma voz vacilante.

— É ainda mais bonito quando você abrir por inteiro.

Ela entrega o café para a Tash, que coloca os dois copos para viagem nos porta-copos bastante interessantes nas laterais do guidão, e então se vira, de modo que sua mochila fica virada para mim.

— Acho que é melhor você colocar aí dentro. Não quero estragá-lo de jeito nenhum. Quero dizer, pode ser que fique um pouco amassado aí dentro...

— Amassar não é problema. Você pode desamassar com um pouquinho de vapor quando chegar em casa.

Então me ocupo em abrir a mochila dela, colocar o véu dobrado dentro e, depois, fechar o zíper da mochila o máximo possível; tem um trechinho final do zíper que não fecha, porque a mochila está explodindo de cheia, mas o véu está guardado em segurança lá dentro mesmo assim.

— Vai ficar lindo em você, Nora — digo, soando constrangedoramente gentil. — Mas, obviamente, você sabe, me avise se quiser que eu faça algo especial para você usar com ele... Uma tiara simples, ou uns grampos incrustados especiais, ou algo assim...

— Aviso, sim. Obrigada, Libby. — Ela se vira brevemente e aperta minha mão, que ainda está na mochila dela. — Eu... Eu te ligo quando chegar em casa, pode ser?

— Só quando você tiver tempo.

— É claro.

E, então, a Tash liga o motor, ela e a Nora colocam os capacetes e, um instante depois, a moto arranca em meio ao tráfego.

Uns dois segundos depois é que percebo: pareço ainda estar segurando o véu da minha avó, que está se desenrolando da mochila em uma velocidade alarmante.

Só que eu *não* estou segurando o véu — quer dizer, não está nas minhas mãos — então não entendo...

Oh, Deus. O bracelete da Marilyn.

Bem quando tenho tempo para pensar que *todas as joias relacionadas à Marilyn Monroe deveriam vir com uma espécie de alerta*, percebo que há um segundo problema: a outra ponta do véu ainda está dentro da mochila da Nora.

Não sei se a renda intrincada e delicada da outra ponta ficou presa em alguma coisa — o zíper, talvez, ou um pente, ou escova dentro da mochila mesmo —, mas não há tempo para descobrir, de qualquer forma, porque se eu não quiser que o véu precioso e inestimável da minha avó acabe retalhado ao meio, preciso começar a correr.

— Nora! — grito, ao mesmo tempo em que começo a trotar e, então, com bastante rapidez, a *correr* a uma velocidade razoável, pela calçada atrás delas. — Tash!

Mas elas estão de capacete, e, com o barulho do trânsito da avenida, elas obviamente não conseguem me ouvir.

Graças a Deus, a moto só está andando a uns dez quilômetros por hora, porque a Tash está rodando a uma velocidade relativamente lenta (lenta para uma moto). Mesmo assim, é rápida *pra caramba* para mim — no tráfego congestionado da avenida. Se eu não conseguir chegar até ela antes de o trânsito andar, e ela acelerar, ou vou ter que me transformar em uma versão humana do Papa-Léguas (pernas girando alucinadamente e atingindo uma velocidade recorde que iria impressionar meus antigos professores de Educação Física, e qualquer outra pessoa que um dia me conheceu), só para não puxar o véu com força demais, ou vou arriscar me machucar seriamente quando a moto acelerar, levando metade do véu da minha avó e, possivelmente, meu braço junto.

Estranhamente, a coisa que está me preocupando mais do que a ideia pavorosa de ter o braço arrancado do corpo é a parte da *metade do véu da minha avó*.

Não posso deixar que ele se rasgue no meio, com ou sem um braço meu acoplado. Não apenas porque é uma herança de família. Não apenas porque é lindo demais. Não apenas porque estou com um leve medo da reação da minha avó quando ela descobrir. Mas por outra razão que não consigo explicar agora, devido a um pânico ofuscante descomunal... É algo que tem a ver comigo e o Olly, e uma coisa que minha avó disse a ele sobre eu usar o véu para me casar com ele um dia... Algo relacionado àquela expressão no rosto dele quando ele me pegou experimentando o véu no meu quarto do hotel, o tirou do meu rosto e olhou para mim.

É, eu acho, a sensação de que se essa renda ficar irreparavelmente danificada, nós também ficaremos.

É um momento muito, muito malcalculado para essa percepção: estou tão perdidamente apaixonada pelo Olly quanto ele está — estava — por mim.

Porque já estou seriamente sem fôlego e — ah, *merda* — o trânsito está começando a fluir um pouquinho mais, e a Tash está começando a acelerar...

— Nora! — berro novamente. — Tash! Pare!

Agora consigo ver os transeuntes, em seu caminho para o metrô ou esperando pelos ônibus, olhando para mim, que pareço algum tipo de madrinha de casamento demente de uma motoqueira. Mas alguns deles estão se solidarizando surpreendentemente rápido, porque estão começando a gritar para a moto também. "Ei! Devagar!", ouço uma mulher com cara de inteligente gritar na direção da Tash. "Tem uma espécie de noiva em fuga atrás de você!" Alguns motoristas alertas aos seus arredores parecem ter percebido que tem alguma coisa acontecendo e estão buzinando.

Não adianta. A moto continua se movendo, e eu continuo correndo atrás dela, o mais rápido que minhas pernas conseguem me carregar, cambaleando com as sandálias de tiras e o vestido frente-única, até que um dos meus saltos fica preso em um pequeno buraco e eu não estou mais correndo. Estou caindo, caindo para frente, e a moto à minha frente está mantendo a mesma velocidade... Sinto, misericordiosamente, o bracelete da Marilyn arrebentar, em vez de meu braço ser arrancado do ombro (espero, mesmo com toda a confusão, ainda conseguir perceber a diferença), e tenho tempo apenas suficiente para ver o véu da minha avó, ainda intacto, tremulando atrás da moto, quando minha cabeça bate na calçada, bem em frente à estação do metrô.

18

A primeira coisa que digo quando recobro a consciência é:
— Olly.
Sei disso porque a paramédica, que não se parece nem um pouquinho com o Olly (já que é baixinha, loira e — crucialmente — fêmea), olha atentamente para o meu rosto e diz:
— Olá. Não, não sou o Olly. Você pode me dizer o seu nome?
— Libby...
— Oi, Libby. Então, você sofreu um pequeno acidente... Uma combinação nada legal de moto com véu de noiva, pelo que as poucas pessoas que testemunharam me contaram... Você sabe qual o dia da semana?
— Segunda — respondo, porque é o primeiro dia da semana que vem à minha cabeça e porque os outros me escapam neste momento.
— Hum. Certo... — Ela não parece tão convencida assim. — Bem, não se preocupe, Libby, nós vamos levar você diretamente para o hospital St. George. Agora, esse Olly... É seu marido? Namorado?
— Não — me ouço dizer. — Nenhum dos dois. Apesar de que ele provavelmente deveria ser, a essa altura. E se não é, é tudo culpa minha.
— Certo... — Ela acende uma luzinha nos meus olhos antes de perguntar:
— Então esse Olly é a pessoa que você gostaria que nós contatássemos? Tem alguma outra pessoa?
Balanço a cabeça. Ou melhor, tento: parece que eu fui colocada em uma maca, com algum tipo de braçadeira de cada lado da minha cabeça, para mantê-la confortavelmente em uma posição imóvel.
— Não tem mais ninguém — digo. — E, agora, nunca vai ter. Se não posso ter o Olly, não quero mais ninguém.
— Certo! — diz ela animadamente, com o tom de voz de uma profissional de emergências médicas cuja preocupação pelo meu bem-estar físi-

co é bem maior do que o interesse dela pela minha vida amorosa. — Então não há ninguém mais com quem você queira que a gente entre em contato? Alguém que você queira que vá nos encontrar no hospital?

— Não. — Consigo sentir uma lágrima grande e quente escorrendo pela lateral do meu olhos. — Só tem o Olly. Ele é a única pessoa que eu vou querer em uma situação assim na vida. Mas ele se foi. Se foi para sempre. Juntamente com a Marilyn.

— Então Olly e Marilyn eram as pessoas da moto?

— Não, aquelas eram a Tash e a Nora. O Olly deve estar no restaurante. E a Marilyn Monroe... Bem, até ontem à noite ela estava no meu apartamento, mas não está mais lá...

Os olhos da paramédica se arregalam, só por um segundo. Então ela diz, em um tom ainda mais animado e jovial:

— Muito bem! Vamos levar você para o hospital rapidinho, que tal? Você pode contar aos médicos tudo sobre... hum... a Marilyn Monroe estar no seu apartamento quando chegarmos lá.

— Eles não vão acreditar em mim — resmungo. — Sobre a Marilyn Monroe ou a Audrey Hepburn...

E aí acho que vou desmaiar de novo, porque as coisas ficaram todas embaralhadas como em um desenho, e o barulho do trânsito na avenida está reverberando pela minha cabeça como um baixo poderoso.

A primeira coisa que digo quando recobro a consciência pela segunda vez é:
— Olly.

Dessa vez, contudo, é bem mais adequado. Porque o Olly está, de fato, bem ali à minha frente.

Ele está olhando fundo nos meus olhos e quando me vê abrir os meus e olhar para ele, ele sorri.

— Oi — diz ele.
— Oi — respondo, sorrindo de volta.

Então cá estamos. Só nós dois. Juntos e sozinhos, finalmente, neste novo mundo que agora estamos habitando, onde ele me ama e eu o amo, e não há mais segredos entre nós. É um mundo *maravilhoso*, me apropriando daquela canção clássica. Tudo bem, talvez não haja literalmente o verde das árvores ou rosas vermelhas... Estamos, na verdade, sentados no meio do que parece muito com um quarto de hospital, com cortinas de tecido sintético verde desbotado, e uma máquina assustadora acoplada ao meu braço que emite um bipe a cada alguns segundos... Mas não acho que o Louis Armstrong teria feito tanto sucesso se tivesse falado sobre isso na música...

— Bem-vinda de volta — acrescenta Olly.

Não consigo deixar de notar que ele parece exausto.

— Obrigada — digo. — Mas sabe, Olly, eu não fui a lugar algum. Quer dizer, sei que pode parecer assim, às vezes, já que tenho sido tão relapsa e não disponível para você...

— Libby. — Ele se inclina para frente, de modo que seus cotovelos estão apoiados nos joelhos e o rosto dele está ainda mais perto do meu. Tão perto, na verdade, que se eu não estivesse com essa dor de cabeça terrível quando eu queria tanto mexer minha cabeça um único milímetro, eu poderia me inclinar um pouquinho para frente também e pressionar os lábios contra os dele e... — Você não se lembra do acidente desta manhã?

Acidente...?

Espere aí.

A moto... Os semáforos... O véu da minha avó.

— Meu Deus. Foi muito grave?

— Olha, podia ser bem, bem pior, só se lembre disso.

— Olly, me conte. Posso suportar.

— Libby, não se preocupe! Você vai ficar bem, ouviu? Os médicos estão cuidando muito bem de você. Foi só uma concussão feia — você ficou desmaiada por algumas horas — e alguns hematomas...

— Não estou falando de mim! Estou falando do véu da minha avó!

— O *véu* da sua avó? — As sobrancelhas dele, acima de seus olhos exaustos, se erguem de supetão. — É com *isso* que você está preocupada?

— Sim... Eu estava segurando o véu quando caí... Ficou preso no meu bracelete...

Essa também é a primeira vez que me ocorre: o bracelete da Marilyn. Outro objeto de valor sentimental incalculável que está perdido para sempre, graças a esse acidente idiota.

— Ah. Isso explica as coisas um pouco mais. Ninguém conseguiu entender, pelo que as testemunhas contaram à equipe da ambulância, por que você não soltava o véu... Enfim, até onde eu sei, o véu está bem. A Nora e a Tash perceberam que ele estava esvoaçando atrás delas assim que chegaram na A3.

— Ah, graças a Deus.

— Mas falando sério, Libby, e eu sei que aquele véu deve significar muito para você, você deveria se preocupar mais com a própria saúde, e não com a saúde de um pedaço bonito de renda. — Ele segura uma das minhas mãos. — Não quero perder você para um acidente maluco como esse, está bem?

Adoro a sensação da minha mão na dele. Adoro *mesmo*. Quando penso em todas as vezes que nossas mãos devem ter se tocado antes, mesmo assim, eu nunca tinha sentido essa sensação maravilhosa, quente e formigante... E o Olly está tão bonito. Cansado e com os olhos enevoados, mas incrível e surpreendentemente bonito...

— Ah, Olly — começo. — Você nunca vai me perder. Eu só queria que eu não tivesse levado tanto tempo para...

— Merda! — diz ele de repente, largando a minha mão.

O que não é... *bem* a reação pela qual eu estava esperando.

— Prometi que eu ia avisar a Nora assim que você acordasse e começasse a falar — continua ele, procurando o celular no bolso de trás. — Ela vai querer vir direto para cá.

— Mas ela não está no avião agora? — Não tenho muita noção de quanto tempo se passou, mas o Olly disse que eu fiquei desmaiada por algumas horas. — Ou já em Glasgow?

— Está brincando? Ela não ia pegar um avião sabendo que alguma coisa tinha acontecido com você! Elas fizeram a volta e chegaram pouco antes de a ambulância sair. A Tash ficou cuidando da Nora a tarde toda no restaurante. Elas conseguem chegar aqui em quinze minutos. — Olly pega o celular. — Vou só dar uma ligadinha rápida para as duas — acrescenta ele, tocando na tela e colocando o celular na orelha antes que eu possa dizer qualquer outra coisa. — Oi — diz ele, um instante depois. — Sim, sou eu...

Alguma coisa na voz dele, que ficou de repente incrivelmente suave, e no rosto dele, que ficou subitamente ainda mais relaxado, me faz perceber que ele não está conversando com a Nora.

É a Tash do outro lado da linha, tenho certeza.

— Não, pode dizer que ela pode parar de se estressar. A Libby está acordada... Sim, e falando... Eu sei... Exatamente... Eu também...

Ele está sorrindo agora, enquanto fala. Aquele sorriso tonto que faz com que os olhos dele fiquem um pouquinho enrugados nos cantos; aquele sorriso que ele dá não quando acha alguma coisa engraçada, mas quando está se sentindo incrivelmente relaxado e feliz.

É um sorriso que eu geralmente só o vejo dando quando ele está comigo.

— Sim, se ela estiver se sentindo bem o suficiente... — Ele para de falar ao telefone por um segundo, ergue os olhos para mim e diz:

— Tudo bem por você, né, Lib?

— Tudo bem por mim o quê?

— Se a Tash e a Nora vierem ao hospital? Quer dizer, não sei quantas visitas você pode receber, mas mesmo que elas só possam dar uma olhada em você...

— Sim, sim, claro. Seria ótimo vê-la... digo... vê-las.

— Sim, a Libby disse que adoraria ver vocês — diz Olly ao telefone de novo. Ele ouve o que quer que está sendo dito do outro lado da linha por um instante e, depois, abaixando o tom de voz só um pouquinho, diz:

— Com certeza... Desculpe, não vai ser exatamente tão saudável quanto eu pretendia... Mas vai, de qualquer forma, ser por minha conta. Ei, quem disse que não é um primeiro encontro de verdade? Está bem... Está bem... Vejo vocês daqui a pouco... Tchau.

Ele enfia o celular de volta no bolso, sem me olhar diretamente nos olhos por um instante.

— Então — digo, em uma voz que talvez não soe completamente normal (certo, que soa um pouquinho estrangulada), mas que, graças a Deus, provavelmente poderia ser explicada por toda questão do trauma craniano recente —, você e a Tash...

— Sim. Bem, talvez. — Olly está ficando com as bochechas um pouquinho vermelhas. — Quero dizer, tivemos uma noite fantástica ontem e concordamos em ir tomar um café juntos hoje, até... Bem... — Ele aponta para as cortinas verdes desbotadas e a máquina acoplada ao meu braço. — ... tudo isto acontecer.

— Me desculpe. Mesmo — murmuro.

— Libby, não seja ridícula! Não é como se você tivesse tido um acidente horroroso desses só para me impedir de levar a Tash em um primeiro encontro adequado.

— Não. Céus. Eu nunca faria isso. — Limpo a garganta. — Então... você realmente gosta dela.

— Bem, sim. Digo, obviamente seria um relacionamento à distância, e nós dois trabalhamos em horários malucos... mas se você deixar que coisas assim atrapalhem, vai acabar sozinho para sempre, não vai?

— Sim, vai.

— Mas, sim, eu realmente gosto dela. Ela é incrível. Você não acha?

Fico me perguntando, por um breve instante, se é possível que uma lesão na cabeça também provoque algum outro estrago em outras partes importantes do seu corpo. Porque parece, bem palpavelmente, que o meu coração acabou de ser dilacerado em vários pedaços.

Uma coisa que eu preciso perguntar a um médico, quando um deles aparecer em alguns minutos.

— Lib? Você está bem? Parece que piorou de repente. Precisa que eu chame uma enfermeira? Tenho certeza de que uma delas vai aparecer daqui a pouquinho, agora que você acordou...

— Não, estou bem. Eu só estava... Sim.

— Sim?

— Sim. — Engulo em seco. — Acho que a Tash é incrível.

Porque ela é, convenhamos. Pode ser que ela seja Um Pouco Demais, mas ela *é* incrível. Vai fazer o Olly muito feliz. E a felicidade do Olly é a coisa mais importante para mim.

É que é severamente doloroso o fato de que não serei eu a fazê-lo feliz.

— Isso é... Fico muito feliz em ouvir isso, Libby. — Ele parece, no mínimo, mais aliviado do que quando abri os olhos alguns minutos atrás. — Quero dizer, obviamente a Tash e a Nora já são amigas, mas é bom ouvir que minha outra irmãzinha preferida também dá o seu selo de aprovação a tudo isso... Quer saber? — acrescenta ele, levantando-se repentinamente com uma expressão alarmada, presumidamente porque estou com uma cara ainda pior agora — Acho que eu *vou* procurar uma enfermeira, para falar a verdade, só para ver se tem alguma coisa...

Ele para, porque a cortina verde desbotada acaba de ser aberta dramaticamente, e Cass e minha mãe aparecem do outro lado.

— Oh, graças a Deus! — grita a minha mãe assim que vê que estou com os olhos abertos e conversando com o Olly. — Ela voltou para nós!

O que faz parecer mais como se eu fosse um daqueles pacientes que ficam em coma por quinze anos e incrivelmente se sentam de repente na cama e pedem café da manhã do que uma pessoa que sofreu uma concussão e passou a manhã dormindo na cama do hospital. Mas suspeito que seja exatamente isso que minha mãe *quer* que pareça: o drama de ouvir que houve um acidente e correr para o hospital deve ter sido um pouco frustrante para ela agora que eu pareço, sem drama algum, estar acordada e conversando após apenas algumas horas.

Oh, Deus, por falar em drama...

— Você não está com a equipe de filmagem aí, está? — pergunto a Cass quando ela entra na repartição na frente da minha mãe.

— Não seja ridícula — diz ela, se aproximando para me dar um abraço breve, mas bastante apertado. — Que tipo de irmã você acha que eu sou?

Uma fração de segundo depois, ela continua.

— Quer dizer, nós os deixamos lá fora do hospital, fazendo imagens externas. Eu nunca os *traria aqui dentro* para filmar você, Lib.

Uma fração de segundo depois, ela continua de novo:

— Quer dizer, a não ser que você ficasse *contente* em contar para a câmera o que aconteceu...

— Não, não vou ficar — digo a ela, fazendo um carinho na mão que ela deixou no meu ombro, como se ainda não quisesse tirá-la dali. — Mas fico grata por você perguntar.

— Ah, Cass, como é que ela *poderia* falar para a câmera com o rosto todo horrivelmente deformado desse jeito? — pergunta minha mãe.

— Meu rosto está *horrivelmente deformado*? — arfo.

— Mãe, puta que pariu! — ralha Cass. — Não, Libby, o seu rosto não está horrivelmente deformado, nem um pouco. Quer dizer, obviamente, se você realmente *precisasse* do seu rosto por qualquer motivo — se essas mesmas lesões acontecessem comigo, por exemplo —, seria um desastre, porque você não poderia trabalhar por semanas, até todo o inchaço e os hematomas sararem...

— Francamente — interrompe Olly, dando uma olhada reconfortante para mim por cima da cabeça da Cass.

— Exatamente — diz Cass. — Quero dizer, não está muito pior do que aquela vez em que você, acidentalmente, atingiu a si mesma no olho com uma coqueteleira.

— *Você* me atingiu no olho com uma coqueteleira — digo a ela.

— Ah, é. — Cass sorri para mim, parecendo, e isso é um evento raro na vida de Cassidy Kennedy, um pouquinho envergonhada. — Fui eu, né? Ah, bem, ao menos estou dissolvida de qualquer responsabilidade dessa vez. Agora — continua ela, antes que eu possa explicar que é *absolvida* e não *dissolvida* —, eles já disseram quando você vai sair daqui? Porque se você não for passar a noite, preciso ligar para a minha diarista e ver se ela pode dar uma geral no meu apartamento e colocar uns lençóis limpos na cama extra...

— Cassidy, não seja ridícula — diz minha mãe. — A Libby não vai ficar com você. Ela vai ficar lá em casa.

O que é muito surpreendentemente legal da parte da minha mãe.

Até ela acrescentar:

— Você está ocupada *demais* com as gravações, Cass, para ter uma inválida em casa atrapalhando as coisas. Além disso — continua ela, com um de seus suspiros dramáticos preferidos —, sou A Mãe, afinal de contas. As pessoas iriam me acusar de abandono das obrigações se não fosse eu a dar um jeito nela.

— Certo — digo. — Não sou uma pilha de roupa suja. Não preciso que ninguém *dê um jeito* em mim.

— Na verdade, talvez você precise — diz Olly. — Se eles liberarem você hoje, você vai precisar de alguém observando você pelas próximas 24 horas. Por causa da questão da concussão.

— Ah, certo, então isso definitivamente deixa você fora de questão — diz minha mãe à Cass. — Você disse que tinha uma sessão de depilação marcada para amanhã às dez.

— Mãe — diz Cass — eu cancelo a porra da depilação.

Fico olhando para Cass.

— Você é minha *irmã*, porra — diz ela para mim, jogando os cabelos. — Você importa mais que a *depilação*.

Em se tratando de declarações de amor de irmãs, isso é praticamente o ápice.

Tudo bem, pode não ter sido embrulhada em corações e flores, e talvez não haja violinos da Disney tocando ao fundo. Mas mesmo assim. Cass estaria disposta a cancelar um de seus tratamentos de beleza por minha causa. Isso é incrivelmente tocante.

— Sinceramente, nenhuma de vocês precisa se preocupar com nada disso — diz Olly com veemência. — A Libby pode ficar comigo. Na verdade, eu insisto.

Meu coração palpita, só por um instante, com essa demonstração estimulante de masculinidade. Sem contar que a visão do Olly me carregando escada acima no apartamento dele e me colocando carinhosamente na cama... Até que me lembro: a Tash também está hospedada lá. E pensar em tentar me recuperar em um quarto enquanto o Olly e a Tash aprontam sabe lá Deus o quê no outro...

— Quero dizer, pode ser que a Nora tenha que voltar para casa amanhã, por causa do trabalho, mas a Tash ainda vai ficar pelo menos até segunda-feira — continua ele. — Então não acho que tenha um lugar melhor para você ficar. Mesmo que eu esteja preso no restaurante, a Tash pode cuidar de você na minha casa...

— Não! — praticamente grito. — Quer dizer, eu agradeço imensamente todas as suas ofertas para ficar com vocês — continuo. E eu estou falando realmente sério. Até mesmo a oferta da minha mãe que, apesar de ela ainda conseguir fazer parecer como se ela estivesse ajudando a Cass, e não a mim, eu, na verdade, acho que é tão genuína e de coração aberto quanto a da Cass e a do Olly. (É só que a minha mãe não tem, nem com toda boa vontade do mundo, um coração aberto.) — Mas podemos pelo menos descobrir se eu vou poder sair daqui esta noite antes de...

— Pode ter certeza de que você vai ter que esperar para ver se vai ser liberada — interrompe uma mulher com uniforme de enfermeira, entrando na repartição e dando uma olhada desaprovadora em volta para todo mundo. — Oi — acrescenta ela, vindo até a cama e me dando um aceno breve antes de começar a checar a máquina assustadora à qual estou plugada. — Sou a Esther. Bom ver que você está totalmente acordada. Como está se sentindo?

— Bem — digo. — Um pouquinho de dor de cabeça. Só isso.

Porque não acho que ela vá estar nem um pouco interessada em ouvir que, juntamente com a dor de cabeça, estou, na verdade, sofrendo de uma dor muito mais grave: uma dor originária da percepção horrível de que eu ferrei com a minha única chance de um "felizes para sempre".

— Mais motivo ainda para descansar um pouco antes de o dr. Regan aparecer. — Esther dá uma olhada para minha mãe, Cass e Olly daquele jeito que sugere que ela não está acostumada a ser desobedecida. — Tem um café bastante decente no bar em frente à ala Grosvenor — diz ela. — A apenas alguns minutos a pé. Recomendo fortemente o bolo de limão.

O que eles entendem como um sinal de que ficou bastante claro que eles estão sendo, sem meios termos, expulsos dali. Minha mãe e Cass, sendo minha mãe e Cass, vão embora resmungando de leve e jogando os cabelos irritadamente, mas Olly parece bastante condescendente, apenas pausando na beirada da minha cama por um momento para dizer baixinho:

— É sério, Lib. Vá ficar lá em casa. Afinal de contas, qual o propósito de ter um melhor amigo se ele não pode cuidar de você depois de uma briga entre um véu de um bilhão de libras e uma Yamaha?

Sei o que ele está fazendo, com aquele sorriso adorável dele e a menção casual de que somos melhores amigos. Ele está me avisando que nosso desentendimento da noite passada são águas passadas. Que nem mesmo o Dillon pode se meter entre nós.

Dou a ele um sorriso bem menos adorável, de encher os olhos d'água, e o observo seguir minha mãe e Cass para fora do leito.

— Quem dera — observa Esther, um instante depois — *todos* os melhores amigos fossem assim.

— Como?

— Ele. O seu amigo. O bonitão. — Ela ajeita meus lençóis, deixando-os perfeitamente arrumados em um instante. — Solteiro, por acaso?

Preciso dizer que estou ficando sinceramente cansada de todas essas pessoas aparecendo do nada para falar o quanto acham o Olly atraente: a nova enteada do meu pai no casamento; essa enfermeira; Tash, obviamente... Onde diabos todas elas *estavam* nos últimos dezessete anos? Quero dizer, se apenas uma pessoa tivesse me apontado que o Olly realmente é um pedaço de mau caminho, talvez eu tivesse parado de olhar para ele como Apenas Olly e o enxergado, ao invés disso, da maneira que eu o vejo agora: como o Olly Bonitão. Olly Perfeito. Olly Amor Da Minha Vida.

— Não exatamente — consigo responder. — Ele... acabou de começar a sair com uma pessoa.

— Ah, bem. Todos os que prestam já são comprometidos, não é mesmo? — Esther se vira para sair do leito. — Vou pedir para um assistente trazer água. Se você precisar de qualquer outra coisa, é só apertar botão, mas é melhor você fechar os olhos agora e tentar descansar um pouco antes de o neurologista chegar. Apesar de você ter a sorte de ter amigos bonitos e uma família que se preocupa, rondando você como uma galinha em torno dos pintinhos, você precisa de paz e sossego agora.

— Não tenho tanta sorte assim.

Ela bufa.

— Vejo pacientes entrarem aqui depois de acidentes bem mais graves que o seu, passarem por cirurgias de emergência traumáticas e saírem uma semana depois sem ter tido nenhuma visita. Você teve pessoas se aglomerando aqui quinze minutos depois de ter chegado. Acredite em mim — finaliza ela, quando sai da repartição e fecha as cortinas —, você tem sorte.

Isso coloca as coisas em perspectiva, obviamente.

E *é* ótimo — sem contar surpreendente — estar na posição de receber três ofertas distintas de assistência.

É só que nenhuma delas parece importar agora.

Fecho os olhos, ignorando as batidas chatas na parte da frente da minha cabeça, e tento me concentrar em fazer o que a enfermeira Esther me mandou fazer (descansar um pouco) sem permitir que o Olly surja nos meus pensamentos a cada dois segundos. Olly olhando para mim quando abri os olhos; Olly no telefone com a Tash; Olly me chamando, efetivamente, de irmãzinha...

— Ela está dormindo?

Essa é uma voz sussurrada, vinda do pé da cama.

— Não sei... Ela *parece* estar dormindo... Minha nossa, esse roupão do hospital não a valoriza em nada, pobrezinha.

— Para ser honesta, querida, não acho que um roupão de hospital valorizaria qualquer pessoa. Esse verde horrível e esse *tecido*...!

— Você acha que deveríamos vesti-la com algo que caia um pouquinho melhor? Eu ficaria perfeitamente contente em emprestar a ela esta estola de pele, mas ela é toda esquisita com relação a peles, você já reparou?

— Não posso dizer que eu tenha reparado, querida, mas receio que eu mesma não seja tremendamente fã de peles também.

— Oh, *meu bem*. Me diga, você não é canadense também, é?

Não preciso realmente abrir os olhos para saber que são Audrey Hepburn e Marilyn Monroe conversando.

Mas os abro mesmo assim.

E estou certa: as duas estão paradas no pé da minha cama. Audrey está usando seu vestidinho preto clássico de *Bonequinha de luxo*, uma tiara envolvendo o coque e uma piteira em sua mão envolta pela luva, e Marilyn está (pouco) vestida com aquele vestido *nude* cheio de brilhos, deslumbrante, de *Quanto mais quente melhor*, com outro animal peludo morto enrolado em seus ombros cheios de brilhos.

É um certo choque vê-las no mundo real desse jeito. As *duas*, paradas uma ao lado da outra, olhando para mim como dois anjos da guarda excepcionalmente glamourosos.

— Meu bem! — arfa Marilyn.

— Querida — diz Audrey.

Mas isso não faz sentido. Como elas podem estar fazendo isso: aparecendo aqui, no hospital St George, a quilômetros de distância do...

— Sofá — murmuro.

As duas piscam para mim e então, olhando para o lado, piscam uma para a outra.

— Ela está *me* chamando de sofá? — sussurra Audrey para Marilyn.

— Oh, meu bem, não, certamente não acho que seja isso! Se ela está chamando uma de nós duas de sofá, é bem mais provável que seja eu.

— Querida, não se denigra! Seu corpo é absolutamente maravilhoso!

— Isso é muito gentil da sua parte, meu bem! — Marilyn sorri para Audrey. — Apesar de eu sempre ter me perguntado como seria ser *mignon* como você.

— Você não está perdendo muito, querida, garanto a você! Pode ser uma provação terrível encontrar roupas que sirvam e não me deixem parecida com uma velha tábua de passar horrorosa...

— Oh, meu bem, se você está preocupada em ficar com o peito um tanto reto, você deveria fazer o que eu faço e...

— Não diga a ela para encher o sutiã com meia-calça! — grito. — Por favor!

As duas olham para mim, um tanto perplexas.

— Só estou dizendo — continuo — que você está falando com a *Audrey Hepburn*.

— Ora, meu bem, eu sei *disso*. — Marilyn parece levemente irritada. — Temos tomado uns coquetéis juntas e nos conhecido melhor.

— Sabe, querida — Audrey se inclina para a frente para se dirigir a mim —, a Marilyn faz o Manhattan mais divino que eu já experimentei.

Presumo que ela só esteja dizendo isso porque é, bem, Audrey, e totalmente adorável com relação a tudo... Mas não posso mais ter tanta certeza um instante depois, quando Marilyn tira uma coqueteleira da estola de pele, e os olhos lindos e felinos da Audrey brilham.

— Querida! — diz ela animadamente. — Você deve ter lido minha mente! Estou pasma!

— Então, saúde! — brinda Marilyn, abrindo a coqueteleira, colocando um pouco de bebida na tampa e entregando-a a Audrey. — Você primeiro, meu bem — diz ela. — Eu vou acabar enchendo tudo de batom.

— Ah, bem, não vou dizer não a isso — diz Audrey, sentando-se na beirada da cama para tomar um gole. — Divino! Agora, querida, você por acaso teria um isqueiro? Eu acho extremamente difícil tomar um Manhattan *sem* fumar junto.

— Você não pode *fumar*! — sibilo para ela. — Aqui é um hospital!

— Querida, se é um hospital, tenho bastante certeza de que todo mundo aqui deve estar fumando. Hospitais são locais pavorosos, e fumar é basicamente a única coisa que poderia torná-los suportáveis.

— Sim, um cigarro e um delicioso Manhattan — acrescenta Marilyn, dando uma piscadinha para nós duas.

— Sim, olha, vocês também não deveriam estar bebendo... Na verdade, vocês simplesmente não deveriam estar aqui — digo. — Sem contar que eu nem sei *como* vocês estão aqui. Quer dizer, eu achava que estava tudo relacionado ao fato de o sofá ser encantado, mas...

— Meu bem — sussurra Marilyn para Audrey —, ela está falando daquele sofá de novo. Você acha que ela tem algum tipo de complexo com relação a ele?

— Não tenho complexo nenhum quanto ao sofá!

— Quero dizer — continua Marilyn —, já passei por vários terapeutas, e eles me disseram que tenho tudo quanto é tipo de complexo, mas eu nunca soube que era possível ter complexo por causa de um sofá.

— Hum, não sei... Ela *está* com um galo horroroso na cabeça, a pobrezinha — diz Audrey —, então talvez seja por isso que ela está falando sobre estofados... Lesões na cabeça podem fazer você dizer e fazer tudo quanto é tipo de coisa esquisita, afinal de contas.

É então que a ficha cai. Minha lesão na cabeça. Deve ser por isso que as estou vendo aqui, fora dos limites do meu apartamento, pela primeira vez. E *juntas*. Dessa vez não é tanto mágica, e sim uma concussão.

É um alívio enorme e uma leve decepção ao mesmo tempo.

— Aaah, talvez possamos encontrar aquele médico bonitão e perguntar! — Os olhos de Marilyn brilham de animação. — Aquele que saiu daqui alguns minutos atrás.

— Aquele não era o médico — digo. — Era o Olly.

— Olly... Olly... — Marilyn franze a testa, tentando se lembrar se já tinha ouvido aquele nome antes. — Me diga, é aquele rapaz sobre quem você vivia falando quando morávamos juntas? Aquele que sempre confundia você com algum tipo de biscoito? Aquele por causa de quem você ficou loira?

— Não, ouça, não fiquei loira por causa de ninguém — começo. (Apesar de, na verdade, estar começando a duvidar disso. Porque quanto mais penso no assunto, mas eu suspeito que estava subconscientemente tentando ficar mais parecida com a Tash quando percebi que o Olly estava começando a gostar dela.)

— Olly? — interrompe Audrey. — Eu achava que o nome do homem de quem você tanto gostava fosse Dillon.

— Não. Digo, sim. Era Dillon. Mas era só porque eu não tinha percebido que... — Minha voz fica presa no fundo da garganta. — ...que era o Olly esse tempo todo.

Há um silêncio breve.

Então, Marilyn se debruça por cima do pé da cama, com o decote enorme praticamente transbordando de seu corpete brilhante, e diz, em sua voz sussurrada de menininha, para Audrey:

— Não me lembro de ninguém chamado Olly.

— Nem eu — responde Audrey. — Acho que ela nem sequer tocou no nome dele para mim. Ele deve ser novo na trama toda...

— Não! Essa é a questão. Ele não é novo na trama. Ele é *velho* na trama. E o único motivo pelo qual eu nunca falei dele — acrescento, desesperada — é porque ele sempre esteve *lá*. Sempre por perto. Então eu nunca tinha reparado nele até... Bem, até ele se apaixonar por outra pessoa. E agora é tarde demais.

— Oh, meu bem! — Marilyn se senta do outro lado da cama e generosamente estica a estola para secar as lágrimas que começaram a escorrer pelas minhas bochechas. Estou tão grata pelo gesto carinhoso que nem afasto aquela coisa horrorosa. — Não chore! Ele não vale a pena.

— Mas essa é a questão — soluço. — O Olly *vale* a pena. Ele é o melhor homem que eu já conheci. Ele é gentil, e engraçado, e bonito. Ninguém nunca tinha me mostrado que ele era bonito! E ele me apoiou nos altos e baixos desde que eu tinha treze anos. Ele é minha alma gêmea. Ou melhor, *era* minha alma gêmea.

— Bem, se ele é mesmo a sua alma gêmea, querida, então você não tem nada com que se preocupar. — Audrey dá uma olhada para Marilyn. — Não é mesmo, querida?

— Claro que sim! Você só precisa aguentar firme, meu bem — diz Marilyn. — Esperar até ele perceber que não consegue viver sem você!

— E então — acrescenta Audrey em uma voz distante —, ele vai pegar você nos braços, dar um beijo nos seus lábios e...

— Podemos, por favor — interrompo —, parar com os finais felizes de contos de fadas? Eu não estaria nessa confusão se não tivesse ficado tão apegada a malditos contos de fadas! Perpetuados — acrescento injustamente, usando a estola da Marilyn para secar as lágrimas de novo — por pessoas como vocês!

— Ora, ora, isso é bastante injusto, querida. — Audrey franze a testa em decepção.

— Além disso — diz Marilyn —, contos de fadas *podem* se tornar realidade.

— Não, não podem, caramba! Não na vida real. Nos filmes, certamente: você conhece o herói bonitão, e ele se apaixona por você, e vocês passeiam sob o pôr do sol juntos...

— Meu bem! Esta é exatamente a trama do novo filme que estou gravando! — anuncia Marilyn, para mim e Audrey. — Com o Tony Curtis! Agora, *aquele* é um homem bonito, sem erro. Aaah, e ele é solteiro também...

— Mas não funciona desse jeito do lado de cá da tela — continuo, antes que Marilyn possa oferecer seus serviços de cupido para mim e Tony Curtis ou algo assim. — No mundo real, você não consegue enxergar as coisas com clareza quando está envolvida demais. No mundo real, você passa os próximos trinta anos da sua vida sozinha enquanto outra mulher vive a vida que você deveria ter tido, com o homem que você não consegue esquecer. Mas isso não renderia um filme muito divertido.

— O que não renderia um filme muito divertido? — pergunta uma voz familiar, enquanto uma roseira com pernas entra na minha repartição.

Por uma fração de segundo, acho que é mais uma alucinação provocada pela concussão, até perceber que é o Dillon, entrando no meu leito com o maior buquê de rosas que existe no mundo.

E a Marilyn e a Audrey desapareceram instantaneamente, ou melhor, presumo que tenham voltado para as partes lesionadas do meu cérebro que as projetaram aqui.

— Porque se você está falando do filme que eu fiz com o Martin Scorsese no verão passado — continua Dillon —, você está enganada, redondamente enganada, posso garantir. Tudo bem, ainda não vi a versão finalizada e, conhecendo os padrões do sr. Scorsese, há uma boa chance de as minhas cenas acabarem no chão da sala de edição...

— Isso não vai estar acontecendo — diz Bogdan, que está entrando delicadamente atrás do Dillon (ou com a máxima delicadeza que alguém do tamanho do Bogdan consegue). — Nenhum diretor de filme que vale o que cobra vai estar cortando você de filme.

— Vale o que custa — digo a Dillon, que acaba de tirar a cabeça de trás das rosas para dar uma olhada confusa para o Bogdan. — E o que vocês estão fazendo aqui? Eu não deveria estar recebendo visitas.

— Ah, sim, a enfermeira responsável deixou isso bem claro... Mas eu, por acaso, sou ótimo com enfermeiras — diz Dillon, com um sorriso —, e também houve um rebuliço entre as enfermeiras quanto a este ser o maior buquê de rosas que qualquer uma delas já tinha visto...

— É verdade — acrescenta Bogdan, esticando a cabeça por trás do buquê para me dar uma olhada severa. — Este não é amontoado de rosas mais impressionante que você já tem visto em sua vida, Libby? Não é gentil de Dillon trazer para você?

— Hum... Muito gentil, sim, mas...

— E tudo que você precisou fazer para ganhá-lo — interrompe Dillon — foi se envolver em um acidente que poderia tê-la matado. — Ele coloca o buquê sem muito cuidado no chão ao lado da cama, então se senta nela, exatamente onde a Marilyn Monroe estava sentada agorinha. (Desculpe: exatamente onde eu *imaginei* que a Marilyn Monroe estivesse sentada agorinha.) — Puta que pariu — continua ele, olhando fundo nos meus olhos, sem nenhuma sombra daquela ironia ou humor zombeteiro de costume. — Onde é que você estava com a cabeça, Libby, pelo amor de Deus?

— Não sei *bem* ao certo o que faz você pensar que eu deliberadamente provocaria em mim mesma uma concussão terrível e um rosto que minha própria mãe acabou de descrever como *horrivelmente deformado*...

— Não está horrivelmente deformado. Só um pouquinho surrado. E eu ainda te acho maravilhosa. — Dillon pega uma das minhas mãos. — Mas é sério, Lib, você pode tomar um pouquinho mais de cuidado, por favor? Quando o Bogdan me ligou para contar que você tinha sofrido um acidente, meu sangue virou gelo nas minhas veias, posso garantir.

— Que bom que o Bogdan ligou para você — digo, dando ao Bogdan uma olhada por cima do ombro do Dillon que pretende avisá-lo de que eu sei muito bem por que ele fez isso: porque usaria *qualquer* desculpa para entrar em contato com o Dillon, francamente. — E me desculpe por ter assustado você.

— Ora, é melhor se desculpar mesmo. Agora, deixando de lado os arrependimentos pessoais profundos — ele ergue minha mão e dá um beijo rápido e bastante carinhoso nela —, como você está se sentindo?

— Estou bem. Minha cabeça dói. E, obviamente, tem toda essa questão do rosto surrado...

— Mas nada mais grave do que isso, certo? Quero dizer, você não continua vendo estrelas?

— Ah, bem, isso talvez dependa da sua definição de *ver estrelas* — murmuro, antes de acrescentar:

— Não. Um neurologista vai passar aqui mais tarde, mas parece que talvez eu possa sair hoje mesmo do hospital.

— Excelente. Aí você pode vir ficar comigo até estar totalmente recuperada.

— Ah, Dillon. — Fico ainda mais tocada por isso do que pela oferta da Cass e o comentário da enfermeira Esther sobre como eu tenho sorte, pois está me parecendo mais verdadeiro do que nunca. — Isso é muito gentil da sua parte.

— Não é apenas gentil — diz Bogdan, inclinando-se em cima da cama. — É gesto de verdadeiro cavalheiro.

— Sim, obrigada, Bogdan, eu sei disso.

— É muito mais do que obrigação.

— Concordo — digo a Bogdan com firmeza antes de olhar novamente para o Dillon. — Mas não posso aceitar sua oferta, Dillon. Você não precisa de mim no seu apartamento, atrapalhando a sua vida.

— Pelo contrário. É exatamente disso que eu preciso. E, de qualquer forma — acrescenta ele, com um sorriso —, se as coisas ficarem complicadas demais, é só eu dar uma ligada para uma agência e pedir para mandarem umas duas enfermeiras. Uma para cuidar de você, e uma gostosa para cuidar de mim.

— O que era mesmo que o Bogdan estava falando sobre você ser um verdadeiro cavalheiro? — pergunto.

Antes que Dillon possa responder, as cortinas do leito se abrem, e a enfermeira Esther aparece, distintamente menos brusca e irritada do que quando estava mandando minha mãe, a Cass e o Olly para o café.

— Mil perdões por perturbá-lo, sr. O'hara — diz ela alegremente —, mas tem duas adolescentes que deram entrada aqui algumas horas atrás com umas queimaduras feias de uma sessão espírita que deu errado... Elas ficariam muito contentes se o senhor fosse dar um oi para elas, tirasse algumas fotos...

— Ah, não sei se vai dar... Vou ter que ligar para minha agente, e meu administrador...

— Ah! Nesse caso, por favor, não se preocupe, sr. O'Hara, peço mil desculpas por ter...

— Estou brincando com você — diz Dillon, levantando-se e dando um daqueles sorrisos insanamente charmosos dele para a enfermeira Esther. — Eu ficaria muito feliz em ir dar um "oi". Você vai ficar bem — pergunta ele para mim — se eu me ausentar por alguns minutos?

— No quarto de um hospital enorme cheio de funcionários? Acho que vou sobreviver, Dillon, obrigada.

Ele aperta minha mão e depois segue a fascinada enfermeira Esther para fora do leito, me deixando sozinha com o Bogdan.

É a vez do Bogdan de se sentar pesadamente na beirada da cama. Ele olha melancolicamente para mim.

— Estou seriamente preocupado com seu bem-estar, Libby.

— Ah, é muito legal da sua parte dizer isso, Bogdan, mas, é sério, estou bem.

— Não estou falando de lesão em cabeça. Apesar de, obviamente, você estar sendo minha melhor amiga, Libby, então não estou querendo que você esteja sofrendo dor agonizante, ou risco de morte, ou nada assim.

— Oh, Bogdan. — É a primeira vez que ele me chamou de melhor amiga na vida. — Isto é...

— Estou falando de por que, meu Deus, você está dando fora em Dillon O'Hara! E não esteja tentando me contar que tem qualquer coisa a ver com estado mental afetado depois de acidente, Libby. Ele está me contando que você deu fora nele ontem à noite.

— Sim. Certo. Eu dei. — Olho para ele com severidade. — Ele contou por quê?

— Não pode estar existindo motivo que eu possa estar aceitando para...

— Descobri que o Olly é apaixonado por mim.

Bogdan não fala nada por um instante.

— Mesmo assim — diz ele, pesarosamente, quando volta a falar —, não é motivo bom suficiente para estar rejeitando Dillon O'Hara.

Desisto.

— Tudo bem, sim — continua ele. — Olly tem estado apaixonado por você. Estou me desculpando por não estar dando essa informação antes, mas estava presumindo que você já devia saber.

— Eu não sabia, não. Aparentemente sou estúpida demais mesmo.

— Mas ele está em outra, Libby. Você não estava vendo ele com Tash noite passada? Ele está deitadinho por ela.

— *Caidinho* por ela — corrijo. (Ao menos espero que seja uma correção, e não que ele estivesse literalmente deitado com ela.) — Eu sei. Sei que ele está em outra.

— Não tem problema você estar em outra também. Outro: com Dillon.

— Não estou apaixonada pelo Dillon.

Bogdan dá de ombros.

— Não estou apaixonado por seu ex-namorado Adam Rosenfeld. Isso não significa que não vou a encontro com ele amanhã à noite.

— Bogdan, pelo amor de Deus! Ele tem namorado!

— É relacionamento aberto.

— Segundo o Adam, sem dúvidas. O grande mestre da verdade e da honestidade? Porque vou dizer uma coisa para você, Bogdan, se o Benjamin Milne acabar me culpando, de qualquer forma, por esse romance entre você e o namorado dele, e decidir não investir em mim...

— Não existe chance de isso estar acontecendo. Ele já está planejando investimento. Adam está me contando ontem à noite. Conversa básica na cama, se é que você está me entendendo.

— Sim, Bogdan, eu já entendi... Mas o Adam realmente disse que o Ben está planejando investir em mim? Digo, eu ainda nem mandei meu plano de negócios para ele nem nada ainda. — Sem contar que, acaba de me ocorrer, eu perdi o prazo, visto que já é sábado à tarde e eu estou deitada em uma cama de hospital com uma concussão.

— Aparentemente, ele está gostando muito das suas coisas. E ele é pessoa que está seguindo seus distintos.

— Seus instintos?

— Sim. Ele disse a Adam que está separando quarenta milhões de libras para investimento inicial...

— *Quarenta milhões?* — arfo, o sangue subitamente pulsando com tanta força na minha cabeça dolorida que acho que estou prestes a ter um ataque epilético.

— Oh. Talvez não milhões. Sempre estou confundindo números. Estou pensando agora que era quarenta mil libras. Está soando mais provável?

— Sim, isso soa bem mais provável, Bogdan.

Apesar de impressionante, mesmo assim. Quero dizer, um investimento de quarenta mil libras na Libby Goes To Hollywood é praticamente além dos meus sonhos mais insanos. Vai me dar uma oportunidade de contratar um designer decente para o meu site; quem sabe até alugar um pequeno estúdio onde eu possa ter mais espaço e mais equipamentos...

— Então eu não estaria me preocupando, Libby. Não tem nada que vai estar mudando opinião de Ben. Pode estar relaxando. Você conseguiu. É bom — acrescenta ele — estar conquistando sucesso grande em vida profissional quando está mandando mal em vida pessoal.

E ele tem razão: não somente sobre eu estar mandando mal na minha vida pessoal, mas sobre ser legal ter uma enorme conquista profissional, pelo menos, para refletir a respeito. Porque se for realmente verdade que o Benjamin Milne decidiu investir quarenta mil em mim, isso é *gigante*.

— É exatamente — continua ele — o que estava dizendo para srta. Marilyn Monroe quando estava fazendo conversas com ela.

— Bogdan! — Fico olhando para ele. — Você não disse a ela que ela se deu mal na vida pessoal dela, né?

— É claro que não estou fazendo isso, Libby. Você acha que sou idiota insensível? Ah, isso está me lembrando. — Ele começa a remexer na bolsinha que está segurando. — Estou passando no seu apartamento no caminho para hospital para pegar coisas essenciais que estou pensando que talvez você precisa para passar noite: chapinha, spray antifrizz, condicionador de tratamento intensivo que estou recomendando para você na última vez que você estava no salão Aveda...

Parece que o Bogdan tem a mesma visão do que é essencial em um hospital que a minha irmã.

— Porque, falando sério, Libby, não existe motivo para ficar com cabelo horroroso só por causa de acidente horrível de trânsito...

— Na verdade, acho que de *todas* as vezes em que seria compreensível ficar com o cabelo horrível...

— E de qualquer forma, enquanto estava em seu apartamento, estava vendo isso em cima de televisão.

Ele tira da bolsinha o frasco pequenino de Chanel nº 5 que a Marilyn passou em mim na noite em que me deu todos os seus conselhos de como me Marilynizar.

— Estou pensando que não é tipo de coisa que você está possuindo. Estou pensando que é coisa que foi deixada para você.

Pego o frasco da mão do Bogdan e fico olhando para ele. As luzes neon ofuscantes do hospital brilham e reluzem nas facetas dele e, por um instante — só por um instante —, quase consigo imaginar o rosto da Marilyn brilhando e reluzindo para mim também.

E aí não tenho tempo para imaginar mais nada, porque de repente consigo ouvir a voz ansiosa da Nora no quarto, atrás das cortinas do meu leito.

— Desculpe, sei que você normalmente não deixaria uma amiga entrar para ver alguém, mas eu preciso muito, muito ver se ela está bem... E, na verdade, ela não é minha amiga, é mais como minha irmã...

Sinto um peso tão imenso sendo levantado dos meus ombros machucados que quase pulo da cama e corro até lá para cumprimentá-la.

Mas, obviamente, ainda estou, primeiro, plugada na máquina assustadora e, segundo, eu não gostaria de encarar a ira de qualquer uma das enfermeiras.

Então cutuco as costelas do Bogdan.

— Você pode ir lá dizer a ela que estou aqui? — pergunto. — E que estou absolutamente desesperada para vê-la?

Porque o que a enfermeira Esther falou é verdade: eu *tenho* sorte. Tenho, mesmo sem merecer, os melhores amigos de todo o mundo.

E vou precisar deles, convenhamos, se quiser superar o Olly.

Quando o Bogdan se levanta e coloca a cabeça para fora do leito, tiro a tampa do frasco de perfume e dou uma borrifadinha no pulso. Levo o pulso até o nariz e inspiro.

É como ter um desses amigos, a Marilyn Monroe, aqui comigo mais uma vez. O que é legal, apesar de tudo, porque desconfio que esse seja o presente de despedida dela e que — deixando de lado as visões provocadas pelas lesões e pela concussão na cabeça — eu nunca mais vou vê-la de novo.

Então dobro os dedos em torno do pequeno frasco de vidro e o seguro, com muita força, debaixo dos lençóis, enquanto a Nora passa correndo pelas cortinas verdes desbotadas na minha direção.

Ela está segurando o véu da minha avó, com o bracelete de zircônia da Marilyn ainda dependurado nele.

Consigo ver um pequeno rasgo, na barra, onde o bracelete está dependurado.

Mas, fora isso, ainda está, de alguma forma, intacto.

PUBLISHER
Kaíke Nanne

EDITORA DE AQUISIÇÃO
Renata Sturm

EDITORA EXECUTIVA
Carolina Chagas

COORDENAÇÃO DE PRODUÇÃO
Thalita Aragão Ramalho

PRODUÇÃO EDITORIAL
Jaciara Lima

COPIDESQUE
Marcela Isensee

REVISÃO
Daniel Borges
Maria Julia Calsavara

DIAGRAMAÇÃO
Abreu's System

ADAPTAÇÃO DE CAPA
Lúcio Nöthlich Pimentel

Este livro foi impresso no Rio de Janeiro, em 2016,
pela Edigráfica, para a HarperCollins Brasil.
A fonte usada no miolo é Minion Pro, corpo 11,5/15.
O papel do miolo é Chambril Avena 80g/m², e o da capa é cartão 250g/m².